WAKAINKYO
no
SUSUME

《2》

JUN

ill. LINO

TOブックス

# CONTENTS

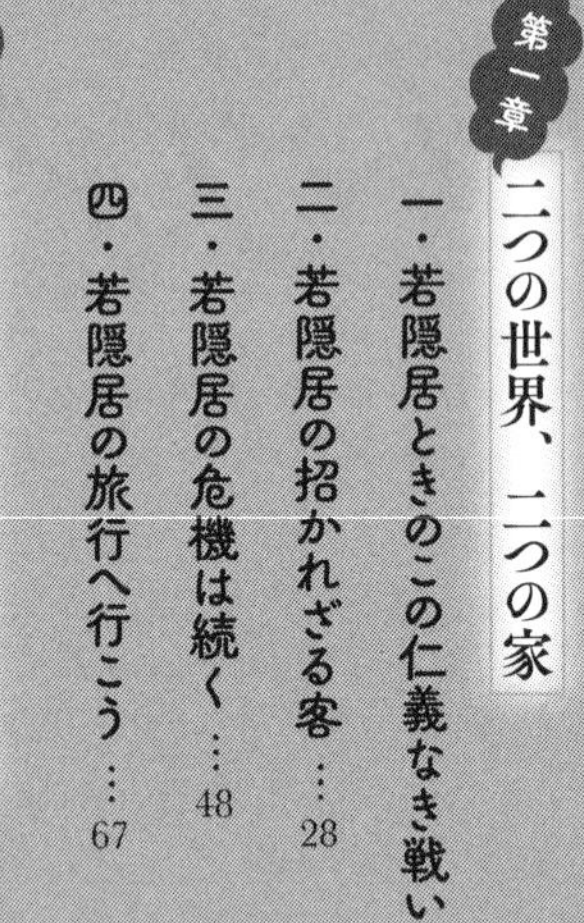



illust:LINO
design:Hotal Ohno(musicagographics)

第三章 慣れてきた頃に



特別書き下ろし番外編



巻末おまけ

# Character List

## 若隠居と仲間たち

**周川幹彦**

元サラリーマン。
史緒に誘われ、
同居しながら隠居中。

**麻生史緒**

元医者。
幼馴染の幹彦、
チビと気ままに隠居中。

## 異世界の住人たち

# 第一章 二つの世界、二つの家

# 一・若隠居ときのこの仁義なき戦い

どこからか、詳細はともかく僕と幹彦が何か強いとかいう噂が流れ、僕達の周りは鬱陶(うっとう)しい事になってきた。

つまり、力や名前や金目当ての女性や探索者やその他のよくわからない人達が連絡をひっきりなしにして来るようになったのだ。

これまでの金目当ての女性がかわいく見えるほどにエネルギッシュな女性達に、僕と幹彦は勿論、おばさんでさえ引いた。

「嫌だ。この中から結婚相手なんて探せないし、嵌められるかもしれないと思うと、恐ろしくてうかうかと話もできない」

そう言う幹彦におばさんでさえも、

「これも運命なのかしらねえ」

と溜め息をついていた。

「しばらくこっちのダンジョンはいいや」

「そうだな」

僕達はエルゼに逃げ出す事にした。

「こっちは楽でいいなあ」

のびのびと背伸びをして言うと、

「ああ、全くだぜ。こっちでは完全に普通の冒険者だもんな！」

と幹彦も笑う。こちらの冒険者は、物理でも魔術でも、もっと強い人がたくさんいる。

チビものびのびとした顔付きをしている。

「今日はどうするのだ？」

「そうだなあ。材料はあるから魔道具作ってもいいけど、どうする？」

「俺、向こうで最近暴れ足りなかったから、運動したい」

幹彦はそう首をコキコキと鳴らして言う。

「そうだな。じゃあ、ダンジョン？　森？」

「私は肉がいい」

「じゃあ森だな！」

それで今日は森で狩りをする事に決まった。

お弁当はサンドイッチにすることにして、照り焼きのナスとカリカリベーコンをクリームチーズを塗ったパンに挟んだものや、ゆで卵とスライスチーズを挟んだもの、レタスと白身魚フライとタルタルソースを挟んだものなどを用意し、出かける。

こういう時、空間収納庫は便利でいい。これが地球でも使えればもっと楽なのにとも思うが、そんなことをすれば間違いなくトラブルが多発するに違いない。

イノシシやシカやトリを狩っては手早く解体し、冷やす機能の付いた収納バッグへと入れる。動物は血抜きして内臓を取り除いてから冷やさないと臭いが残るので、美味しい肉を食べるためのバッグだ。

そこそこ狩り、幹彦の気も済んで、僕達は家へ帰る事にした。

と、チビがその辺の木の実を見て思い出したようにポツンと言った。

「そう言えば、そろそろあれの季節か」

僕も幹彦も、アレが何なのか気になって訊き返した。

「あれって？」

「ん？　ああ。ハタルという、辺境に、ほんの一時しか生えないきのこだ。これが美味くてなあ。ヒトも言ってたぞ。今の時季のシカと一緒に煮込んだりしたら、それはもう」

チビが思い出しながら涎(よだれ)を垂らしそうになる。それを見て、僕達もそのハタルとやらが気になってきた。

「辺境？　それってどこ？　どのくらい離れてるんだ、チビ？」

「ハタルってのは今生えているのか？　それ、売ってるのか？」

「ヒトの流通は知らんが、生えているのは今だな。ほんの半月かそこらのものだ。辺境までは、そうだなあ。私が走っても四泊だな。ああ。辺境にある本来の精霊樹からだと一泊程度で行けるな」

そう言えば最初に異世界へ行った時、その精霊樹の所へ行ったのを思い出した。何もない寂しい所で、町や村も近くにはない、ただ魔素がもの凄く濃い所だった。

もう、僕も幹彦も、

「行こう」

と即決していた。

「明日出発するか」

「じゃあ、今日は準備しておこう」

まだ見ぬきのこにワクワクして、僕達は家路を急いで日本へ戻り、キャンプの準備を整える。テントや食料、救急セット、着替えやタオル、雨具などだ。

勧誘などの電話しか来ていない事を確認して留守番電話を消去し、郵便物も取り入れてチェックしておく。

夕食後は速やかに入浴し、就寝。

翌朝、朝食後に昼食用のお弁当を準備してエルゼへ行くと、遠足日和と言いたくなるような良い天気だった。

「おやつ、忘れたぜ」

「ジャーキーとドライフルーツは持って来たよ」

「じゃあ、行くか！」

僕達の遠足が始まった。

エルゼの家から異世界の精霊樹に転移する。

人が辿り着く事さえ困難な僻地で、一番近い集落までもかなりの距離がある。魔素が多く、動物も植物もあまり見当たらず、殺風景だ。おまけに雲が低く垂れこめていて、寒々しい。

「精霊樹のまわりって、もっとこう、楽園的なものを想像をしてたなあ」

言うと、幹彦も頷く。

「魔素が濃すぎるのが原因だな。何でも魔物化してしまう。だいたい、何事もほどほどがいいと言うだろう」

　チビが大きくなって言う。

「まあな」

「待てよ。だったら僕達にも悪影響があるんじゃないのか？」

　しかしチビは、僕の心配を一蹴した。

「住むわけじゃないから平気だ。それにフミオもミキヒコも私の加護があるから、ここに住んだとしても問題はない」

　どこか寂しい風景に、ここに住むのはよっぽど世間が嫌になった時だなと思いながら、出発した。

　チビの背中に乗ったり歩いたり走ったりして、何も無いながらも景色を眺め、霧が出始めて薄暗くなってきたところでキャンプとなる。

　ワンタッチテントを広げ、自作の防犯兼魔物避けの魔道具『守るんです』を準備する。

　これは豆太郎のような機能を持たせた魔道具で、範囲内に許可の無いモノが侵入したら『守るんです』の莢に転送されて、麻痺と催眠の魔術をかけられた上に粘着物質で固められるという代物だ。どの程度の魔物まで行動を阻害できるのかがわからないので、今回、試そうと思って持って来た。

「でも、魔物がそもそもいないな」

　ぼやくと、

「まあ、もう少し離れたらいるんじゃないか」

　と幹彦が言い、チビも続ける。

「魔素がそれなりに薄れるからな。ただ、近い所にいるのは、強いヤツってことになるがな」

テストになるのだろうか。

不安がよぎるが、やってみるしかない。

夕食に、レトルトのご飯を使った焼肉丼と海藻サラダ、味噌汁を摂り、『守るんです』を周囲にセットしてテントに入る。

見張りは、チビが気付くから別にいいという事で、しない。

夜になると意外と暑くも寒くもなくちょうどいい気温の中、僕達はぐっすりと寝た。


翌朝、目を覚まして驚いた。

「なんじゃこりゃあ！」

テントの周囲で、眠りこけたり不満そうに唸ったりした魔物達が数頭、樹脂のように見えるものに拘束されて転がっていた。ベタベタの粘着物質は、乾いて固まると硬化してこうなるのだ。

「うわあ。ヒョウみたいなやつに、ハイエナか？　こっちは大蛇だぜ」

幹彦が遠くからチョンチョンと突いている。

「うわあ。まあ、魔物に効果ありってわかって良かったよ。うん」

僕は言いながら、こいつらって食べられないけど、売れるのかな、と考えていた。

「毛皮や皮、牙なんかが売れるぞ。息の根を止めて、そのままギルドで出せばいい」

チビが言うので、手分けして息の根を止めて回り、空間収納庫へ入れておいた。

食欲が失せそうな光景だったが、ホットサンドとスープと果物を見るとお腹が鳴り、普通に食べられた。こういう行為にもかなり慣れたということだろうか。

そうして、今日もハタル探しに出発だ。

相変わらず殺風景ではあったが、枯れているのかと思うような木がまばらに生え、静謐な湖が出現する。天気は昨日と一緒で、聞けば、ここの天気はずっとこうらしい。

鬱陶しい場所だ。

と、何か動くものが視界を走った。

「ん？　今、何か……」

言いかけて視野を広くもつと、幹彦が叫んだ。

「きのこが走ってる⁉」

僕にも見えた。

全長二十センチほどのエリンギに近い形のきのこが、走っていた。

「だから、きのこ狩りだと言っただろう」

チビは澄ましているが、きのこ狩りって、日本人はそういう意味で使うんじゃない。ミカン狩りも潮干狩りも紅葉狩りも、別に、ミカンや貝や紅葉が襲ってくるわけでも逃げ回るわけでもない。

「狩りって、マジで狩りなのかよ」

呆然として幹彦が言い、そして、ちょろちょろと走るきのこを捕まえようとして逃げられ、闘争心に火が付いたらしい。

「捕まえてやろうじゃねえか」

ブツブツと言い、無駄に身体強化をかけて飛び出して行った。チビも遅れじと飛び出して行く。

「うわあ。真剣だよ、幹彦もチビも」

無駄に素早い動きを思わず眺めてしまったが、我に返る。そうだ。美味しいというこのきのこを、自分も狩らなければ！

僕も慌てて参戦したのだった。

思いもよらない、アグレッシブなきのこ狩りだった。

きのこはちょろちょろと走って逃げるばかりでなく、時々蹴ったり頭突きしたりしてきた。そんなきのこなんて見たことも聞いたこともない。まあ、きのこが動くという事がそもそもおかしな話だが。

それでも動くのを想像するとすれば、大人しい感じの動きの方がきのこには合っている。下の石突(いしづき)を切ればただのきのこになるのだが、むんずと掴むと、身をくねらせ、頭突きをして逃げようと暴れる。仲間のきのこが後ろから攻撃してくることもあり、油断ができなかった。

それでも、三人でかなりの量のきのこを集める事ができ、石突が付いたままのものもいくつか捕まえている。

なぜか？　もちろん、地下室で栽培する気だからだ。

このきのこが生えるのはタイロンという木だそうで、その枝も確保している。あとは、檻で囲っていれば逃げ出す事も無いのではないだろうか。

ふふふと笑いながらきのこを触ると、適度な弾力と柔らかさがあり、香りもいい。これは本当に楽しみだ。

「まずは焼いて、塩を振ってかぼすかなんかを絞って食べようか」

「すき焼きもいいぜ」

「私の知らない食べ方だな。楽しみだ」

チビもグフフと笑う。

「天ぷらもおいしいぞ、きっと」

「史緒、パン粉をつけたフライも食いたい」

「そうだよな。あ、澄まし汁も忘れちゃいけないし、炊き込みご飯もしよう」

僕達は食べ方を考えて想像しながら、気もそぞろに歩いていた。

しばらく歩いたあたりで、それに気付いたのは、幹彦だった。

「何かいるぞ、この先に。動かないな。弱っている魔物か？」

今一つ自信が無さそうな口調で首を捻る。

「寝ているだけとかじゃないのか？　ライオンとかみたいな、夜行性のタイプ」

恐る恐る言いながら、見えないかと目を凝らすが、まるで見えない。

幹彦は気配察知を働かせながら警戒はしていたが、どうもそう心配はしていない様子だ。

「ヒトだな」

チビが言うのに、幹彦が疑いの目を向ける。

「ヒトぉ？　ヒトにしては魔力が多すぎるんじゃねえかな」

「うむ。それこそが問題な場合もあってな」

チビはそう言い、見る方が早いと足を急がせた。

近付いて行き、よく見ると、確かにそれは倒れている人だとわかった。

「わ！　行き倒れか？　病気、いや、襲われたのかな？」

言いながら、急いで寄って行く。

まだ子供と言っていい少年で、肌の色は黄色味を帯び、張りがない。意識は朦朧としており、全体に痩せている。

「ケガはないみたいだな。顔色からすると肝臓が悪いのかな。ポーションは、かけてもだめか、飲ませないと」

僕の専門は遺体だが、ある程度は生きている人間でもわかる。白目が黄色くなっているのは肝障害、結膜が白くなっているのは貧血の状態にあることが明らかだ。ちゃんと病院にかかっているのかと心配していると、チビが言う。

「その子は魔力過多症とかヒトが呼ぶ状態だな。幹彦が魔物と思ったのもそのせいだ。ヒトには多すぎる魔素を取り込んでいる状態だ」

元々魔素も魔力もない世界の僕達には、聞いた事の無い病気だ。

「どうすればいいんだ？」

「魔力を抜く？　どうやって？」

僕と幹彦が頭を悩ませていると、少年が目を覚ました。

「あ……誰……？」

僕と幹彦は少年を覗き込んだ。

「大丈夫か？　気分は？」

少年は瞬きして起き上がり、うっすらと笑った。

「大丈夫です。最近、時々倒れちゃって」

そう言って、転がった籠を手元に寄せる。

掘り出した芋のようなものが入っていた。

「送るよ。この近くに住んでいるの？」

少年はよろよろと立ち上がると、答えた。

「この先の――あ」

そして少年はチビに気付いた。声をかける前にチビは小さくなっていたのだ。

「うわ、かわい……いや、まさか？」

少年は途中で歓声を訝し気なものに変える。

「よくわかったな」

チビは大きくなって、少年は驚いて尻もちをついた。

「フェンリル！」

そして、畏怖の表情を浮かべて膝をつこうとした。これがフェンリルに対する、本来の対応なのだろうか。

「具合が悪いのに、いいから、いいから。チビ。この子、乗せてくれる？」

僕と幹彦にとっては、チビはチビでしかない。

恐縮を通り越して硬直する少年をチビの背中に座らせ、僕達は少年の村に向かって歩き出した。

人が住む土地の中で一番端にある集落。それがキキと名乗った少年の村だった。

精霊樹から離れているので、動物や植物が生存できる程度には魔素も薄まっている。ここが限界で、人の住む一番端の村らしい。

魔素が濃いので作物が育つ――と期待して開拓したが、まだ濃すぎて、育ちはよくないらしい。それでも領主はここを放棄せず、唯一ここに適した植物である薬草の生産地として、領民を住まわせていた。

「それで今日は、あそこで前に見付けた芋を掘りに出かけたんだ」

そんな話をしながら歩いているうちに、村に着いた。

魔素が薄まっているとはいえ、よそより濃い。なので周辺に出る魔物も強い個体が多い。そのため、魔の森のように村は高い壁で囲まれていた。

門番は最初僕達を見てギョッとしたようだが、チビの背中の上で手を振るキキを見て、門を開けてくれた。

中に入ると、村人と兵士がまずは取り囲んで来た。

そして中の一人が、大きな声を出す。

「キキ！　何やってるの！」

「お母さん、ごめんなさい。すぐそばで芋を探してたけど見付からなくて、前に見付けた所があったのを思い出したから、つい。どうしても芋を持って帰りたかったから」

母親は泣いて、キキに手を伸ばして抱き下ろした。

「それで、倒れちゃってたところをこの人達に助けてもらって、ここまで送ってもらったんだよ」

全員の目が、僕と幹彦、そしてチビに集まる。

「初めまして。ミキヒコです。こっちがフミオ。それと、チビです」

「こんにちは」

「ワン！」

子供のひとりが、

「どこがチビなんだよ」

とツッコむ声が響いた。


村の中に、更に塀で囲った場所があり、そこが薬草園だと聞いた。

「へえ。薬草園かあ。珍しい薬草とかあるんだろうなあ」

興味を惹かれて言うと、キキの家まで案内してくれていた村長が柔和な目を向ける。

「まあ。なのでこうして囲っておかないと、盗っていく者がおりましてねえ」

「え、酷いですね。確かにそれじゃあ、警備も必要ですよね」

「どこにでもそういう輩はいるもんだな」

僕と幹彦は、溜め息交じりにそう言った。

ふと、すれ違う村人の中に、キキと同じような顔色の人が多くいるのに気付いた。それに、若い人がやたらと多く、中年以降は村長くらいしかいない。

「村長さん。この村には、魔力過多症の方が多くいるのですか」

一応声を潜めて言う。

「ああ、そうですなあ。やはり魔素の濃い辺境ですから。成長してから発症する者はそれでもまだある程度は生きられるんですが、赤ん坊のころからとなると、成長する前に死ぬことになります。この村の赤ん坊の半分はこれで死にます。成長していくにしたがって魔力過多症の症状が出て来てさらに減り、成人はかなり少ない村になります。私みたいに、村長や兵士は領主から数年交代で派遣されて来ているんですよ」

僕も幹彦も、返す言葉が見付からなかった。

「あの、治療法とかは」

「全く。だから昔から、魔力過多症は辺境病と言われてきたんでしょうからなあ」

村長は苦笑し、

「いやあ、私も任期は来年までです」

と言った。

キキの両親は当然のことながら、若すぎると言っていい年だった。キキを産んだ時は、まだやっと中学生程度だったんじゃないだろうか。

父親にも魔力過多症の症状が出ており、臥せっていた。母親は元気で、薬草園で働いているという。

父親の食欲が落ちてきており、キキがどうしても芋を探して来たかったのは、芋が父親の好物だからららしい。

どうにかできないだろうか。

「これ、どうかな」

例のきのこを差し出すと、キキは高いヤツだと手を引っ込めたが、幹彦が強引に、

「なあに、ただで採って来たんだから気にすんなって。な？　一緒に食おうぜ」

と丸め込み、キッチンでキキと一緒に昼食の下ごしらえを始めている。

「血液検査をしてみないとわからないけど、肝臓に問題があるように見えるな。魔素が体内に過剰に残留して、肝臓に負担がかかっているという事だろうか。だとすれば、腎臓にも負担はかかっているはずだ。透析のようなものはどうだろう。それで血液中の魔力を取り除けたら、対処療法にはなるんじゃ。生まれた直後からというのは、母体内で、母親から栄養と一緒に魔力も過剰に受け取った結果だろうな。あとは、体質か。遺伝子も調べられたら、魔素を排出しやすい遺伝子とか、しにくい遺伝子とか見付かりそうなものなのに。どう思う、チビ」

するとチビは僕の手の甲をひとなめして言った。

「フミオの気持ちはよくわかる。詳しい事はわからないが、要するに体から魔素を抜いてみるというのは試した事が過去にもあった。でも結果、それは不可能だったらしい。ポーションも治癒魔術も、却って悪化するだけだ。何しろ、それはより魔力を体内に入れるという事だからな。唯一の方法は、この世界がほかの世界とつながって魔力を流し、分ける事。それだけだ」

そうして、魔素のない地球とつながったわけか。神がしたのか、自然になるべくしてそうなったのかはわからないが、どちらにせよ、スケールの違いすぎる人知の及ばない話だ。

「じゃあ、これからは発症率が下がるのか」

「そのはずだな」

「今は、間に合わないのか?」

「……そこまではわからないな。魔素の譲渡が済んで世界が離れる日が来るのは確かだが、数か月後なのか数年後なのか数百年後なのか不明だ。まあ、地球はこれまで魔素のなかった世界だ。魔素の流出は急速ではあるだろうな」

「そうか」

僕は洗った野菜をまとめて持って、楽しそうに準備を進めているキキと幹彦のいるキッチンに入った。

僕達はキキの家で、芋とハタルと前日に狩って持っていた魔物ではない動物の肉で昼食を一緒に摂った。

ハタルにはキキもキキの両親も大喜びで、美味しい美味しいと喜んで食べていた。きのこや海藻は塩分や脂の排出も行うから、もしかしたら体にいい食べ物じゃないかと思ったので、石突付きのものをタイロンに植え付け、それを網で覆ったものを皆で増やして食べてくれと言って置いて来た。栽培できるといいな。もし効果がなくても、美味しければそれでいいしな。

お礼にと薬草園の見学をさせてもらい、見た事の無い薬草も知ることができた。

そうして僕達は村を出た。


転移で帰って来たエルゼの家で、残った石突付きのハタルをタイロンに植え付けて網で覆って栽培の準備をする。地下室で万が一走り出したら困るが、脱走されても、「ラッキー」と思われるだけだろうからな。栽培はこちらがいいだろう。

「こいつらも豆太郎も、無口でよかったな」

幹彦がしみじみと言い、噴き出した。

「確かに。叫びながら走ったりしたらうるさいだろうなあ」

口々に、「たすけてー」「どいてー」「殺されるー」などと言いながら走り回るところを想像すると笑ってしまい、村を出て以降どうしても晴れなかった気持ちが、少し軽くなった。

まあ、落ち込んでもしかたがない。僕は医師は医師でも解剖医だし、全ての人を救いたいだなんてうぬぼれてもいない。

幹彦は笑い、よっと立ち上がった。

「今日はこっちで晩飯食っていくか？　きのこがまだあるし」

「そうだなあ。そうするか。あ、おすそ分けに誰か呼ぶ？」

「そうだな。参加費代わりに何か一品持ち寄りってのでどうだ」

「それはいいね」

話は決まり、適当に知人に声をかける事にした。オルゼ、ロイド、セブン、ジラール、明けの星。モルスさんにはおすそ分けと言って渡しておこう。そう決めると、声をかけて回る。皆参加すると言うので、我が家に仕事が終わり次第集合と言っておいて、僕達も戻って準備だ。

イノシシは味噌煮込みにして、シカはソテー、トリは唐揚げに。きのこと野菜とエビと貝を網焼きできるように切っておいて、カセットコンロ風の魔道具に焼き網をセットする。

異世界にも似たような魔道具はあったが、火の調整ができず、やはり日本のカセットコンロは優秀だとしみじみ思ったので、自作したものだ。

やがて皆も飲み物や総菜などを手にやって来て、乾杯をした後、きのこを見て一瞬黙ってから騒ぎ出した。

「これ、ハタルじゃねえか⁉」

ジラールが素っ頓狂な声をあげた。

「え？　うん。だから言っただろ、きのこ狩りに行って来たって」

「きのこには違いねえけど！　まあ、いいや」

セブン、オルゼ、ロイドは苦笑している。エイン達は、

「見たの、初めてだ！」

「こ、これがハタルか」

「一口ごとに銀貨が飛んでいくという」

などと恐ろしく真剣な表情で言い、

「大変だっただろ？」

と訊いた。

「まあ、すばしっこく逃げるし、頭突きしてくるし、大変といえば大変だけど、面白かったよな！」

幹彦が言って、僕もチビも同意したが、同じようにニコニコしながら、

「いや、ハタルの狩場まで行くのが大変なんだけどね、普通は」

とロイドが言って、気が付いた。

うっかりしていたが、普通は転移なんてできないので、えっちらおっちらと精霊樹の近くまで行かないといけないんだった。

当然、距離だけでなく、途中で出て来る魔物も問題なわけだ。

「気にするな。さあ、食おうぜ」

幹彦が言って、僕はハタルを裂いて網にのせ、チビは涎を垂らしそうな顔で肉を見る。

「乾杯！」

　秋の実りの食宴が始まった。

「うんめえ！」

「これがハタルか。もう二度と食えないだろうから、よく味わって覚えておくぜ。孫に自慢するんだ」

「こっちのワインも美味いなあ」

「二日酔いになっても、後悔しねえよ」

　持ち寄った食べ物を食べ、飲み、陽気に歌ったり子供の頃の話や新人の頃の失敗談に興じたりする。それは義務感で出席していた職場の宴会とは全く違って、皆が楽しく笑っていた。

　散々食べて飲み、オルゼにモルスさんへのお土産にとハタルを預け、僕と幹彦は片付けをしていた。

「ここもすっかり、自宅になったなあ」

「ああ。居心地がいいぜ」

「そのうち、地球とここが切り離されるだろ。生きている間にその時が来たら、どっちに住む？」

　幹彦は考え、悩み、

「まあ、日本かな。親や兄貴も理由だけど、やっぱり便利なのは向こうだもんな」

と言った。

「だよな」

　僕もそう言って苦笑し、

「さて、帰るか」

と、丸まって寝ているチビを起こして、地下室へ帰った。

## 二・若隠居の招かれざる客

人の噂も七十五日と言うが、噂も落ち着き、周辺は平穏さを取り戻してきた。それで僕たちは安心して、いつもの港区ダンジョンへ行ったり、他の近隣のダンジョンへ行ったり、エルゼへ行ったり、家で製作をしたり、家庭菜園の手入れや収穫をする。そんな毎日が続いていた。

「ああ、これぞ正しい隠居生活だなあ」

テレビを消しながら言う。

テレビは毎晩放送している『ダンジョン生活』という短い番組で、新製品の事や新しく出たドロップ品の事、ダンジョンや探索者に関する法律やお知らせ、チームメイト募集などを放送している。自分自身に関係のある事を放送する場合があるので、探索者は大抵見ているのだ。

「そろそろ寝るか」

幹彦は欠伸(あくび)をしながら言い、僕達は居間の電気を消して自室へ引き上げ、チビはリビングの隅に積んだバスタオルの上で丸くなった。

どのくらい経った頃だろうか。深夜なのは間違いなく、部屋の中も常夜灯以外に明かりは無く暗い。なぜ目が覚めたのかとふと考えた時、階下から微かな音が聞こえた。

何だろうと思って起き上がり、静かに部屋を出たところで、幹彦に会った。

幹彦は真剣な顔で人差し指を唇の前で一本立て、

「見て来る。危ないからここにいろ」

と小声で囁くようにして言い、足音を立てないで階段を下りて行った。

思わず素直に頷いてそれを見送ったが、それもどうなんだと考え直し、部屋へ戻ってスマホを握りしめて下りて行った。

と、

「ヒ――!?」

「ウオン!!」

「誰だてめえら!」

押し殺したような声とチビの声、幹彦の声がほぼ同時に聞こえた。

出遅れた!

僕は声がしたキッチンの方へと飛び込んだ。

そこには、大きなチビに押さえ込まれた黒ずくめの男達二人と、ナイフを逆手に握る黒ずくめの男一人、床の上で伸びている黒ずくめの男が一人いた。

ナイフ男は鋭くリズミカルにナイフを払い、幹彦はそれをかわしながら、隙を窺っている。

出番だ！　そう思って僕はスマホをタップした。

「ウワッ!?」

フラッシュが光り、ナイフ男は正面からそれを浴びて、反射的に目を覆うようなしぐさをした。それを見逃す幹彦ではなく、ナイフを叩き落し、側頭部を蹴りとばして意識を刈り取る。

しかし今度は、伸びていた男が意識を取り戻し、ナイフにそろそろと手を伸ばしている。

そこで今度はその男の耳元にスマホを突きつけ、大音量のサイレンを流してやった。

「グワアッ⁉」

耳を押さえて飛びのこうとするが、そのみぞおちに踵を落として呻くだけしかできないようにさせる。

「史緒！　警察！」

「わかった！」

「チビ、そっちは任せたぜ！」

「ウオン！」

チビは一声上げ、犬歯を男達に見せつけた。

「ヒイイッ！」

そうしているうちに、通報を受けた警察がパトカーで到着し、取り敢えず夜中の訪問者は警察官に引き渡すことができた。

調べていた警察官によると、男達は契約している警備会社の警備システムの回路を切断し、リビングの窓を焼き破りというやり方で開け、侵入してきたらしい。玄関ドアは電子錠付きの二重錠だったのでピッキングはやめた形跡があったという事だった。

「焼き破り……窓ガラスが割れてるんですか？」

思わず男達の方を睨んだ。

「明日ガラス屋さんに来てもらわないと。それに床の掃除をしないといけないし、新聞の束も倒れちゃって。ん？　同性婚の方にも？　うわあ、おばさんの持ってきた結婚式場のパンフレットまで出てきたぞ。ああ、用事を無駄に増やして……！」

呑気なその反応に、幹彦とチビは笑った。


翌日は、ガラス屋さんにも警備会社にもすぐに電話して来てもらった。ガラスはもちろん、警備会社とつながる線が切断されたので、取り換えだ。

それとは別に、ダンジョン庁からも人が来た。

「侵入しようとした男達は、コソ泥と言い張っていますが、恐らくは他国のエージェントでしょう。狙いは、精霊樹かダンジョンコアかもしれません」

「どうしてここにあると分かったんですか」

幹彦が言うと、しかめっ面で答えた。

「どこからか、情報が漏洩したものかと思われます」

それはわかっている。どこから漏れたのかと訊いているのだ。

視線でそう訊くと、手元の手帳に視線を落として口を開いた。

「調査中です。それよりも、やはり一般家屋に置いておくというのは危険です。侵入に気付かなかったら、殺害されていた可能性もありますし」

チビが、心外そうな顔付きを彼らに向けた。

「そう言われても」

「引っ越しをしませんか」

「嫌です」

するとと彼は不本意そうに、ふううう、と、長く鼻から息を吐いた。

「ガラスを全て防弾ガラスに替えます。それと、家の周囲に防犯カメラを増やします」

僕は了承しながら、防弾ガラスは高そうだけど、誰が払うんだろうとぼんやりと考えた。


結局、ダンジョン庁がガラスを総取り換えし、周囲の防犯カメラを増やした。警備会社は、外に出ている線が容易に切断されないように取り付け直した。そして我が家は、地下室の入り口に『守るんです』を設置しようかと話し合った。

『守るんです』の困るところは、融通が利かないところだ。僕と幹彦とチビ以外に反応するようにしてはいるが、いつか、ダンジョン庁の人とかが引っ掛からないかと気が気じゃない。

なので、豆太郎を再移植してここに転勤してもらう事にした。豆太郎なら臨機応変に対応してくれそうだ。それでエルゼの家に『守るんです』を設置する。向こうはそれでも大丈夫だ。勝手に入ると危険だと、既に周知してある。

「えらい目に遭ったなあ」

ガラスの欠片が思いも寄らないところから出て来る事があるので、掃除は念入りにだ。チビは裸足なんだから、危ない。

豆太郎の移植も終えると昼過ぎで、何かしようという時間でもない。

それで僕は古本屋へ行く事にし、幹彦は散髪に行く事にした。チビは留守番だ。

これで「えらい目」が終わったと思いながら。

買ってきた本を読んでいると、幹彦が帰って来た。

「いやあ、最近物騒なのかな。気を付けないと」

と言うので、何かあったのかと訊いてみた。

「散髪の帰り、因縁をつけられて車に引きずり込まれそうになってるやつがいたんだ。だからちょっと割り込んだら、引きずり込もうとしていた方の男らは逃げ出したんだけどな」

「へえ！　女の子？」

「いや、男。大学生くらいかな。細くて、なんかきれいな感じの。で、警察には行きたくないって言うからとりあえずそばのベンチに座らせて、水が欲しいと言うんでその辺で買って来て渡したんだけどな。家まで電車で帰るのが怖いって言うから、タクシーを停めて、乗せて来た」

幹彦が言い、僕も目を丸くした。

「へえ、怖いなあ。物騒な世の中なんだねえ」

言い合っていると、チビが欠伸をしてから言った。

「お前ら。それは、ハニートラップとかいうやつじゃないのか」

それに、僕も幹彦もキョトンとし、噴き出す。

「チビ。ハニートラップというのは、趣味に合う相手じゃないと意味がないんだよ」

「俺に男を宛がってどうするんだよ。なあ」

「世間的にお前らは女が苦手と認識されているんじゃないのか？」

チビの言い分に、僕と幹彦はピタリと黙り、考えた。そして、笑った。

「それで男？　いやあ、いくらなんでも」

「ああ。そこまで知られちゃいないだろう？　それに、苦手だからってそうはならねえぜ」

「それで、ミキヒコにフミオのようなタイプを宛てがって来たんだろう？」

僕と幹彦は、無言になった。

チビは伸びをして、

「結婚騒動の、自業自得だな。腹が減った」

と澄まして言った。

このチビの言葉は、頭の隅に残ることになった。

その真相がわかるのは、数日後のこととなる。


回ってきた回覧板に目を通す。

まずは近所に怪しい人物がウロウロしているので、出かけるときはもちろん、家に居るときでも注意して鍵をかけるように。相手を確認するまでドアは開けないように。もし忍び込もうとしていると
ころでも見かけたら、すぐに警察へ連絡すること。

もうひとつは、深夜に出されたゴミが荒らされている、もしくは、開封されている。なのでゴミは、必ず収集当日の朝になってからゴミ置き場に置いてカラスよけネットをかけるように。

それと、町内の一斉溝掃除は第二日曜の朝九時からなので、当日の時間までに溝の上に置いてある自転車や植木等は移動させておくこと。

内容は大まかにこの三つだった。

「溝掃除か。なんだかんだで、出られない事が多かったな。今年はちゃんとやろう」

そう僕は決めて、カレンダーに「溝掃除、九時」と書き込んだ。

そして、判子を押す前に、もう一度「不審者情報」「ゴミあさり」の件を読んだ。

僕には、ひとつひっかかっている事がある。思い出したくはないが、幹彦にかけられた、チビが言うところのハニートラップだ。

僕も幹彦も、同性にドキドキする質（たち）ではない。そんなことを言ったことも、そぶりを見せたこともない。

ただ例外は、幹彦がおばさんからしつこく「結婚しろ」攻撃を受け、言うだけでなく勝手に見合いめいた出会いを画策されたことで腹を立て、売り言葉に買い言葉で、

「だったら史緒と結婚してやる」

と言ったことだ。

あれは幹彦の実家の玄関先で言ったので、あのとき道場にいた探索者は聞いていた可能性がある。

それと、翌朝おばさんがわざわざ結婚式場のパンフレットを持って嫌がらせに来たが、その会話はうちのリビングでされていたので、僕たちと幹彦の家族以外に聞いた人はいない。

それにそんな冗談を、これまで僕も幹彦もどこかで言ったことも考えたこともないので、あの話が出たのは、幹彦の実家の玄関先かこのリビングのみだ。

第一、これまでは幹彦は彼女がいたこともあったし、はっきりとした性格のできれば巨乳がいいと友人に言っていた。

僕？　おとなしい彼女がいたことがあるし、一応婚約もしたことがある。

「どういうことだ？」

ううむと考えていると、幹彦が掃除機を片付けてリビングに入ってきた。

「どうした、史緒。何か欲しい商品とかあったのか。あ。まな板はやめろよ。同じ物が万能スライサー付きで通販で売ってたぜ」

親切に教えてくれたが、そうではない。

でもまな板は考えよう。

「そうじゃなくてね」

僕は考えていたことを話した。

「なるほどなあ。あの時は、ひっかかった事も無くは無かったけど、何かスルーしたんだよな」

「ああ。でも、おかしいだろ？　素人のしたことにしては、計画に加担した人数も多いし、手慣れてもいたみたいだしな。犯人役は幹彦が心配して声をかける程度には真剣に、且つケガをさせない程度に上手く絡んで、素早く逃げた」

そこで幹彦は眉を寄せた。

「婚活パーティーで例のプロポーズの話を親しいヤツには笑い話とグチでしたけど、親に反発しただけのものだって言ったよな。あれが本当は本心だったと思われたとかじゃねえのか」

それはそれで嫌だな。

「もしくは、プロポーズのことだけが漏れたか、女性を避けていたのを見ていてそう思ったかだけど。でもそれにしては、仕掛けてくるまでかなり時間が経ってるけどなあ。それよりも、この前の深夜に、侵入してきた奴らがいただろう」

　ガラスも割ったやつらだ。海外のエージェントだと聞かされた。

　そこで、内緒話ほどに声をひそめた。

「あの時に盗聴器でも仕掛けられたんじゃないかと思うんだけどな。だとすれば色々と納得できるんだよ。おばさんがパンフレットを持ってきたときに幹彦に『売り言葉に買い言葉はやめろ』って言ったけど、それを聞いていればこんな誤解は起こらない。盗聴器を仕掛けたのがその後ならそれを知らなくても当然だ。あの後片付けをしていてぼやいている時に式場のパンフレットが出てきたって言ったからな。それで誤解したのかも。だとしたら、やっぱり場所はこのリビングかな」

　幹彦はビクリとして、鋭い目でその辺を見た。

　僕たちは顔を見合わせ、頷いた。

「ちょっと大掃除しようか。なかなかできてないから」

「ああ、そうだな。今日は暇だしな。いいぜ」

　僕と幹彦は、盗聴器の捜索を開始した。


　盗聴器というものの実物を見たことはない。テレビの情報を頼りにするしかなく、イスやテーブルの下、家具の裏や掛け時計の裏などを捜す。

　業者を呼べばすぐなのだろうが、そうするとそれも相手に筒抜けになってしまう。なので、自分たちの目が頼りだ。

　そう言えばコンセントの中とかに入れる物もあるらしいと思いだし、工具を持ち出してきて、コンセントなどを片っ端から開いて安全を確認する。

しかし、思う。そんなに時間をかけてはいられなかったはずだ。工具が必要なほどの手順は踏めなかったのではないか。

だとすると、意外とどこかに隠して置いてあるとか、単純なものではないだろうか。

そこで僕は、今度は隙間や普段使っていないのがまるわかりのものをチェックすることにした。

万が一に備えて置いてはいるが、中身の消費期限が大丈夫かすらも確認できていない非常持出し袋。

来客用の食器を入れている箱。

天井の通風口。

あった。と、声に出しそうになった。

それは何の変哲もないタップコンセントに見えた。

だが、それがここに刺さっているということがおかしいのだ。

以前、リビングでたこ足配線にしていくつもの電化製品を使ったことがある。それはここにあるほうが便利だからと家族が各々、テレビやビデオデッキは言うに及ばず、空気清浄機、加湿器、こたつをつないだ。更に、アイロン、ノートパソコン、コーヒーメーカー、電気コンロをつないだら、ブレーカーが落ちた。

電圧を上げる工事を頼もうかと業者を呼んだらたこ足配線のしすぎだと注意され、それ以来、厳しく数を制限するようにしたのだ。

その時に、タップコンセントの数と形と場所は記憶している。目の前のそれは、うちのものじゃない。

その二つ口に変えるタップコンセントを幹彦に示し、頷くと、幹彦もＯＫサインを出して頷いた。

そして、僕と幹彦は地下室へ移動した。

ダンジョン庁に電話をかけて、連絡係の職員を呼ぶ。

「あ、お世話になっております。周川ですが」

ビジネスマンの見本のような挨拶から入った。流石は元営業マン。流れるように挨拶から入って要件をスマートに説明していく。

電話をかける幹彦の声を聞きながら、プランターの青ネギを今日の味噌汁に使う分だけちぎった。

エージェントなんて、フィクションでしか聞いた事は無い。日本にはたくさん入ってきて活動しているとは聞くが、見たことがない。

まあ、見たことはあっても、気付かないだけの可能性もある。何せ秘密工作員だからな。

そんなやつらにいつまでも会話を聞かれたりするのは御免被るし、留守を知られて侵入でもされると困る。

「はい、ではそのようにお願いいたします」

考えているうちに幹彦は電話を終えた。

「何て？」

「五分後に、モノリス発見と解析の依頼の電話をかけてきてくれるそうだ」

「じゃあ、戻らないとな」

言って戻りかけたとき、精霊樹の下にチビが現れた。

「あ、チビ。お帰り」

チビはくわえていた青いウサギを下に置いて上機嫌に言った。

「うむ。ちょっと散歩に行ってきた。こいつは土産だ」

「青いウサギ？　あれ。羽か？」

背中に羽がある。

「渡りうさぎだ。美味いぞ」

僕も幹彦も羽が生えたウサギを物珍しく眺めた。このウサギは羽がはえているが、大きさは日本の幼稚園などで見るのと変わらない。色は青いが。

「今晩食べようぜ。明日は忙しくなるし、チビにも頑張ってもらうことになりそうだしな」

「まずは電話を受けてからだよ」

僕たちは、何も知らないチビと一緒に家の中に戻り、リビングに腰を落ち着けて待った。

すぐに電話が鳴り出す。

「はい、麻生です」

計画がスタートした。


アンデッドダンジョンは、臨時の調査のために一部立ち入り禁止になっている。ダンジョンの重大な秘密に関わる事が記されたらしいモノリスが見つかった、ということになっているが、それは嘘だ。昨日リビングでその話を電話で受け、解析を依頼されてアンデッドダンジョンへ行く、と言ったのだ。これに、盗聴しているやつらは食いついて来るはずだ。

立ち入り禁止で人はほぼいない上、貴重なモノリスの発見だ。解析できれば、世界の覇権を握れる。

と考えても不思議ではない。

だが、もちろんそんな話はでたらめで、ダンジョンの秘密なんて全くわからない。ダンジョンは発見されたときから今に至るまで、謎の塊である。

しかも立ち入り禁止にするとなればダンジョン庁、探索者協会にとってはいくらかなりとも損失は出るのだが、アンデッドダンジョンならばそうたいした損失にもならないだろうとの判断で、そこはなんとなく、世知辛い物を感じる。

立ち入り禁止と聞いて、一応残念そうにして帰って行く者ももちろんいるが、大抵は、

「じゃあしかたないなあ」

「買い物でもして飯食って帰るか」

などと、あっさりとしたものだ。

これが資源ダンジョンやほかのダンジョンなら、不満をこぼして、いつまでかかるのかとか訊いて帰るだろうし、待っていたら終わるのではないかと粘る者もいるだろう。

幸か不幸か、それがアンデッドダンジョンの人気の程度だ。

職員は入り口に立っているわけでもなく、ただ、「調査のため立ち入り禁止」という張り紙があるだけだ。

こっそりと入ろうと思えば入れる。

僕と幹彦とチビはダンジョンに入り、墓地が舞台となっている階にいた。

「これか」

立ち並ぶ墓石の中に、やや目立つように黒くて四角い物が立っており、表面に象形文字のような何

かが彫られていた。

「まあ、墓が並んだところにあったら、これまで見落としていたっていうのにも不自然さはねえだろうけど」

幹彦は、そのなんちゃってモノリスを見た。

「これ、何て書いてあるんだ?」

チビが首を傾げた。

「たぶん、意味なんて全然ないんじゃないかなあ」

そう言って笑い、僕もそれを見た。

黒くてツルツルした材質で、表面は鏡のような鏡面加工になっている。その表に象形文字のようなものが彫られ、横には真っ直ぐな線が引かれていた。

この石をここに置いたのは探索者協会で、これは倒産した映画会社の倉庫にあった小道具らしい。なのでやたらと精巧に作られていた。

まあ、映画そのものは売れなかったそうだが。

それを眺めながら、それらしくメモに何かを書いていく。

牛乳、食パン、にんじん、しょうゆ、液体洗剤。

「史緒、それ」

「買い物リストだよ」

こそっと言い合って小さく笑ったあと、幹彦は低い声のまま言った。

「来たぜ」

チビもストレッチなのか伸びをした。

背後で僕にもわかるくらい気配がし、僕たちは今気付いたかのように振り返った。

そこにいるのは、アジア人探索者に見えた。日本人にも見えるが、どことなく違うようにも見える。

「今は立ち入り禁止ですよ」

一応、別人の可能性もあるのでそう言うと、その六人グループは間隔を空けて僕たちを囲むように半円状になっていく。

「騒がないでください。そうすれば手荒なことはしません」

中の一人が言い、幹彦も連中の一人を見ながら言った。

「車に引き込まれそうになったって言ってたの、あいつだぜ。残りはその時の犯人グループだな。やっぱりお友達じゃねえか。そもそも、そんなに非力そうに見えねえよな」

「ワン」

そいつらは僕たちから目を離さないままじりじりと近付いて来た。各々手には剣やら斧やら棍棒やらを持っているが、中の一人は鞄を持っていた。形がいつかダンジョンでドロップした収納バッグと同じなようなので、おそらく収納バッグで、モノリスを奪って行くつもりなのだろう。

「おとなしく、こっちに来て並んでください。ゆっくりと」

僕は見た目ではメモと筆記用具しか持っていないし、チビは子犬のフリだ。幹彦が刀を持っているので、脅威は幹彦一人と思っているらしい。

それでいい。僕たちは一応悔しそうにしながら、そろそろとモノリスから離れて行った。

「これがそうか」

収納バッグを持つ一人が言い、モノリスに近付いて手を伸ばした。

その途端、強力な光がモノリス付近から発せられて、彼らは反射的に目を覆って顔をそらせた。

なので何も見えなかっただろう。モノリスの周囲に仕掛けられていた新型『守るんです』が作動し、彼らを取り込んでさやの中に送り込む。

僕たちは素早く偏光グラスをかけていたのでそれらが見えた。

「こうやって侵入者を排除するのかあ」

作った本人である僕も、この距離でじっくり見るのは初めてだ。

「悲鳴とかもあんまり漏れねえな」

幹彦はしげしげと、さやから吐き出された、拘束された上麻痺までさせられた彼らを見て言った。

「例え夜中に侵入されても、安眠も守るんだな」

「ダジャレか」

思わず笑い出す。

「な、なん、で……」

意識と反抗心のある一人がこちらを見ながら訊く。

「盗聴器を見つけたので罠を張ったんですよ。罠猟は初めてです」

言うと、先の小部屋に隠れていた公務員が素早く小走りで来た。

彼らは内閣調査室所属の人だとかで、出身は警察とかなのだろう。よくは知らない。

そうして彼らに自殺防止の猿ぐつわをかませてから立たせた。

「ご協力ありがとうございました」

リーダーがそう言い、僕たちはにこやかに軽く頭を下げる。

「いえ。よろしくお願いします」

そうして、『守るんです』を解除し、モノリスの偽物と一緒に収納バッグにしまった。モノリスは後で支部長に返さなければ。

「あっさり終わったなあ」

幹彦はつまらなさそうだ。

「ははは。ケガもなくて何よりだったじゃないか」

言ったとき、その不穏な気配に気付いた。幹彦も表情を引き締めて刀を構え、チビも同じ方を向いてうなり声を上げている。

「何が」

内閣調査室のメンバーが緊張する中、それは姿を現した。

甲冑を着た武者のゾンビだが、配下の武士、足軽などをぞろぞろと引き連れている。

まず先頭の足軽が飛び込んで来たので、それを幹彦が軽々と斬った。そうしてビクビクと痙攣(けいれん)するかのようにうごめく体に近付くと、ひょいと魔石を弾き取るようにえぐり出す。今は拾っている暇はない。

しかし、その一体が消えたと思ったら、後ろの方に別の一体の足軽が生まれた。

「減った分だけ増やせるのか、こいつ」

幹彦が驚いたように言うと、内閣調査室のメンバーが言う。

「これだけの数、こいつらを守りながら片付けないといけないのか」

捕まえたやつらには、これから色々と語ってもらわなければいけないということか。

「これは僕たちだけでやりますよ。下がっていてください。幹彦、一気に消すから」

幹彦に言うと、幹彦とチビは突っ込む構えで動きを止めた。

「よっ」

強力LED攻撃ならぬ光魔術だ。聖水の浄化の術式を組み込んでいる。

しかしここで、思わぬ事が起こった。手下が主人らしき武者をかばって覆うように立ち、どんどん数を減らしていきながらも甲冑の武者を守り、武者は無事だ。

武者は光の消えた中ですっくと立っていたが、胸元に挿した軍配を上げようとする。

そう言えば、先ほど後ろでゾンビが復活する前にも、この武者は同じ動きをしていた。あの軍配が手下をどこからか呼び出すためのものに違いない。

「そいつが先だ！」

「おう！」

幹彦は素早く踏み込んで接近していく。そして槍と打ち合い、払いあった。

チビは手下の中に躍り込み、魔石を片っ端から外して回っている。

僕も、残った手下を斬るために、薙刀を握り直して突っ込んだ。

手下は僕とチビで片付け、武者は幹彦が懐に入り込んで首を斬り、胴を両断する勢いで斬り、魔石を弾きだした。

「よし、片付いたな！」

「ワン！」

「はあ、なかなか強い相手だったぜ」

僕たちは各々安堵しながら、魔石拾いに取りかかった。


その後の取り調べの結果を聞いたが、やはりやつらは深夜に忍び込んだときに盗聴器を仕掛け、結婚式場のパンフレットもその時に見かけたそうだ。それは実物が証拠として見つかっているので、認めざるを得ないと思ったようだ。

そもそも、我が家にダンジョン庁の人間が来たりしていたので何かあると思い、盗聴器を仕掛ける事にしたらしい。まあ、庁舎にしかけるよりは一般家屋の方が簡単だろうからな。

地下室の存在には気付いてはいなかったような口ぶりだったそうで、単に僕たちに何かあると思い、懐柔、取り込みを目論んでいたらしいが、ダンジョンの秘密を記すモノリス発見の知らせを盗聴中に知って上に報告すると、強奪を指示されたそうだ。

やれやれだ。

「疲れたぜ」

「はあ。まったくだ。私も大きい姿の方が効率がいいんだがな」

「疲れたときは甘い物が一番」

僕はプリンの実を運んで行き、幹彦は喜んでコーヒーを淹れに立ち、チビは尻尾を盛大にぶんぶんと振った。

「まあこれで、盗聴器は排除できたし」

言いながら、プリンの実を切って皿に入れ、スプーンを付ける。

「はあ。スパイ大作戦はテレビの中だけでいいや」

そう言うと、幹彦は苦笑し、チビは嘆息し、プリンの実を口にした。

## 三・若隠居の危機は続く

その日は、家から一番近くの一番よく行く港区ダンジョンへ朝から潜っていた。

ワイバーンという空を飛ぶ大型の魔物のいた次の階には、足の下から呑み込もうとしてくる大きなミミズがいた。歩くと足下が揺れ、地面が割れ、そこから口を開けたミミズが出て来るという、ワイバーンとは別のやり難さがあった。

それでも主に幹彦が奮闘してミミズを片付け、何事もなかったかのように整った地面を恨めしく眺める。

「さっきの穴ぼこだらけでグラグラ揺れる地面が嘘みたいだな」

「この、ピタリと戻る整地の凄さ！　ダンジョンってのはどうなってるんだろうな」

「ダンジョンのことわりは誰にも読み解く事ができん」

言い合いながら階段を下りると、一面の砂場が現れた。

「鳥取砂丘は行った事があるけど、ここ、砂漠かな？」

「おお、これが砂漠か！　巨人の砂場みたいだな！」

足を踏み出すと、軽く砂に足が沈み込み、小さく「キュッ」と音がする。鳴き砂と呼ばれている現象だ。石英が多く、且つ綺麗な砂浜でのみ起こるものだ。その為環境のバロメーターと呼ばれており、その仕組みはいくつか考えられているが、まだ調査中らしい。

「面白い！」

よたよたとしながら、砂山に登って行く。

チビは半ば呆れたように、

「気を付けろよ。砂漠がそんなに面白いのか？」

と言うが、僕も幹彦も、砂がキュッと鳴くのが楽しくて、歩いていた。

その時、足元が抜けるような感じがし、地面が流れるように動いた。

「え？」

我に返った時には、足元に大きな穴が開き、そこに砂が滝のように流れ込んでいくところで、一緒に自分も流れ込んでいた。

「史緒⁉」

「フミオ‼」

幹彦とチビの焦ったような声がし、顔が見えたが、すぐに砂の壁に隠れてしまった。

「砂の中？　うわあ。あれ？　息ができるぞ？」

空洞に砂諸共流れ落ちたようで、生き埋めという感じではなかった。

とはいえ、安心できるかと言えばそうではない。穴の中に砂と落ちたと思ったら、地面が無くなっていて下に向かって現在落下中なのだ。

底がどのくらい深いのかは知らないが、墜落死するかもしれない。

これが単なる自然現象ではないらしいのは、穴の上、天井に当たる部分が砂で塞がれて行くのが見える事から明らかだ。罠、だろうか。

真っ暗な中、何かこのピンチを脱する魔術は無いかと慌ただしく考えた。重力軽減をかけ、風を下向けに撃つ。

体がふわりと浮くような感じで落下スピードが弱まり、地面に足が着いた。

「硬いな。砂じゃないぞ。ああ。また、穴の底かあ」

僕は周囲を見回し、そこが地下室の底に似たところだと見て取った。

しかし違いはある。ここには祭壇のようなものはないし、宝箱も無いし、螺旋階段も無かった。代わりに、僕を捕食しようとして待ち構えていた魔物がそこにはいた。

ウスバカゲロウの幼虫、アリジゴク。丸いテントウムシのような形の体に、ニョキッとした手足と頭がついているような形で、茶色と赤のまだら模様という毒々しい色合いと見た目だ。

「風の一撃は防いだって事か」

じりじりと逃げながら、それに気付く。

火はどうかと思うが、この密閉空間で火を付けるのは、こちらにも危険が及ぶ。

水攻めか、凍り付かせるか。

考えながら、想像より早い前足の攻撃を避けて地面に伏せ、一転した後跳び起きて横っ跳びに逃げていた。

アリジゴクが何か液体を吐き、それが当たった地面から煙が出ていた。

そう言えば、アリジゴクはフグの持つテトロドトキシンの一三〇倍の毒を持ち、それと消化液を獲物に注入して、体液を啜るのだと聞いた事がある。

当たるわけにはいかない。

しかし、逃げ道も見当たらない。このアリジゴクを倒さなければ、どうしようもないという事か。

氷の槍を突き立てようとしてみるが、魔術無効を持っているのか効き目がない。

「接近戦⁉」

泣きたくなった。

毒を回避し、隙あらば接近して攻撃する。

計画では、足を斬って動けなくしてから、上に乗って頭部と胸部の境目に刃を立てて切断。

上に乗るなんて気持ちが悪いが、そうも言っていられない。がまんだ。

足は半分以上を斬ったが、盛んに毒を吐くようになった。怒っているのだろうか。それを回避しつつ後ろへ回り、上に飛び乗って胸部と頭部の間に薙刀の刃を差し込み、振り抜く。

硬い手ごたえではあったが、流石は幹彦の作った刃だ。切断はできなかったが、かなりの深手を負わせたようで、アリジゴクは盛んに手足をばたつかせ、頭を振って暴れる。

飛び降りた——と言いたいが振り落とされて、地面に転がり、体を起こした僕の目の真ん前に、アリジゴクがこちらを睨みつけるようにして、いた。

表情が読めなくとも、言葉が交わせなくともわかる。こいつは今、物凄く怒っていると。

「うわわわわ！」

これでもかと吐き出される毒を転がるようにしてかわす。

しかし、穴の底は狭かった。グルグルと回るように逃げても、大きなアリジゴクが邪魔で、いつしか追い込まれていた。

ああ、何か何か何か！　幹彦がここにいれば！

アリジゴクが僕の前で、立ち上がるように足を振り上げ、毒を注入して体液を啜る管をのばす。

そこから先は無意識に近い。管を薙刀で斬り飛ばし、頭部の根元を腹側から斬る。その傷が上から斬った傷とつながったらしく、頭部が変に揺れた。

それを見て側頭部を殴りつける。それで頭部は外れ、飛んで行った。

遅れて、胴体が地響きを立てて地面に落ちる。

虫は、死んだと見せかけて動く事があるので、用心しなければ。そう思って警戒していると、アリジゴクはサラサラと崩れて消え、魔石と液体の入ったビンが残った。

何だろうとじっと視て鑑定してみると、そのビンは毒液となっていた。

いつ、どうやって使えと言うのかわからないが、せっかくなのでそれらを空間収納庫へと入れておく。

「さて」

アリジゴクは片付いたが、脱出経路についてはまだ未解決だった。

幹彦もチビも、どうしているだろうか。考え、脳裏に思い浮かべた。

ここに精霊樹があればなあ。これから、万が一に備えて、小枝でも携帯するべきだろうか。

そう言えば、転移する時って、術式が取り巻くよな。

そんなことを思い出していた時、めまいにも似た感覚が体を襲った。

砂の上に、投げ出される。

「うわっ！　ぺっ、ぺっ！」

口の中に入った砂を吐き出すと、声が頭上から降って来た。

「史緒!?　お前、どこから!?」

「まさかフミオ、転移か!?」

幹彦とチビだ。

しかしそれどころじゃない。

「砂が、ぺっ」

水筒を出して、うがいをする。そしてようやく、落ち着いた。

「いやあ、参ったよ。また穴の底だったよ」

ぼやくと、幹彦は脱力したように肩に両手をかけた姿勢で嘆息し、チビは周囲をぐるりと回った。

「ケガはないな」

「うん。アリジゴクの巣だったけど、どうにかね」

「アリジゴク？」

幹彦は地面を見回した。

「これ、どこに巣があるのかよくわからないな」

チビが、

「罠に関するスキルがあれば発見できるだろうがなあ」

と言う。

「魔石と毒液を残したけど、どこでどう使えっていうんだろうね」

僕はそれらを空間収納庫から出して、見せた。

「暗殺者とかなら喜びそうだけどよ」

幹彦が苦笑し、僕は再びそれをしまった。

「ところでフミオ、転移したのか」

チビが思い出したように言う。

「あ、そうだな。いやあ、アリジゴクは倒せたんだけど、出口がなくて。精霊樹目掛けて転移する時の事を思い出したら、術式が見えて」

呑気に言いながら、立ち上がって砂を払う。

「いや、転移だぞ。そんな簡単なものじゃ」

チビがもごもごと言うが、

「いやあ、生きた心地がしなかった。無事に戻って来てよかった」

と幹彦が笑いながら息を吐き出し、チビはどうでも良さそうに苦笑した。

「ま、そういうやつらだな」

それからは、砂漠で拾った棒で突きながら慎重に進んで行ったのだった。

やはり、転移について実験してみなければならないだろう。そう思って、日本に帰ってからほかに人のいないここならうってつけだと地下室で実験を行った。

まずは、転移できる範囲だ。

これに関しては、魔素のある所で、行った事がある所なら転移できた。地下室も、ほかのダンジョンも、このダンジョンのほかの階も。

次に自分以外の誰かも連れて行けるのかを試してみた。幹彦もチビも、触れていれば大丈夫だった。

しかし、興奮するチビや幹彦と違い、僕は唸った。

「これ、そこまで便利かあ？　だって、エレベーターがあるし、ほかのダンジョンへ行くなら免許証をリーダーに通さないとだめだし、あんまり使い道がないと思うんだけど……？」

それにチビは、愕然(がくぜん)とした様子で、声を絞り出した。

「わかっているのか、フミオ？　名だたる魔導師達が取り組んでも、精霊樹のガイドによる転移が精一杯の偉業とされる魔術なのだぞ？」

「でもなあ。地球には、エレベーターもあるし、電話もビデオもあるし、飛行機だってあるからなあ。向こうで夢のような魔術と言われている色々な魔術の多くは、科学でとうに実現できているんだよなあ」

しかも転移は魔素の無いところでは使えないので、自宅から駅まで、というわけにはいかない。

「むしろ、幹彦がすごいと思うな」

幹彦は、「こんな事ではいけない」と、何をどう努力すればできるのかわからないが、罠を察知できるようになった。

「罠が危険だとわかってはいたけど、今回は本当に、肝が冷えたからな」

幹彦は真面目な顔でそう言った。

「まあ、今更か」

チビはそう言って、床に寝そべった。

「でも、急に何か素材が欲しくなった時は便利かもな」

幹彦が思いついたように言った。

「ああ、資源ダンジョンとか？」

「それもだけど、異世界は？」

僕は目を見開いた。

「ああ。そっちは試してないもんな」

やってみると、できた。幹彦とチビも連れて行けた。

それでチビは、力なく床に伏せた。

「チビ、その、精霊樹を使った転移っていいよな。飛ぶ位置を間違えないから安全だし。それに、その経験が無いと、できなかったし」

「そうだぜ、チビ。えっと、なんだ。おやつ食うか、チビ」

二人がかりで、落ち込むチビの相手をしたのだった。


しかし数日後、異変を感じる出来事が起こった。

家の近くにあるゴミ集積所にゴミを出そうと、ゴミ袋を下げて歩いていた時だった。まだ朝の七時前で、小学生の登校時間には早いが、通勤途中の社会人や部活の高校生が歩いている。

と、背後で悲鳴が上がったので振り返ると、僕の後ろから乗用車が迫って来ていた。

運転席の中年女性の凍り付いた顔が、こんな時だというのによく見える。

その乗用車と僕との間には、もう一人高校生らしき女の子がいたのだが、硬直して、車を見ながら叫ぶばかりだ。

間に合わない。道が狭く、次の辻まで逃げる時間も無いので、逃げ場がない。

唯一助かる方法は、運転手がブレーキを踏む事だ。

僕は女子高生に手を伸ばして引っ張り、ゴミの山に倒れ込んだ。倒れ込みながら、無意識に盾を張る。

魔素のないところでは魔術は使えない。だから魔術がここで使えるわけがない。それは、術式を構築し、車が接近するのをスローモーションのように見ている時に思い出した。

ああ。僕は魔術を無意識に使うようになったのかな。エルゼでのクセかな。

思わず目を閉じ、女子高生諸共その時を待つ。

が、一向に衝撃が来ない。

それで恐る恐る目を開けると、車は盾に阻まれる形で停まり、僕も女子高生も無事だった——ゴミの臭いにはこの時は気付いていなかったが。

盾を消し、車に近寄る。

運転手はエアバッグに顔を埋めて失神しているようで、ひしゃげたドアをどうにか開けると、足を挟まれてケガをしていた。

「誰か、救急車と警察に電話を！」

言って、運転席から運転手を下ろそうとすると、運転手は意識を取り戻した。

「ブレーキが利かなかったのよ！　私は悪くない！」

僕にとっての衝撃は、はねられそうになった事でも、女子高生にゴミ臭くなったと泣かれた事でも、運転手がアクセルとブレーキを踏み間違えてそれを認めないというのを目の前で見た事でも無い。ダンジョンの外なのに、盾を出せたという事だった。


ダンジョン庁の職員は、監視カメラで事故を目撃しており、すぐに来た。

そして盾の事を話すと、表情を引き締めた。

「すぐにネットででも広まるでしょうが、海外でも同様の事例が報告されています。ダンジョンの近くに限られはしますが、ダンジョン外で小さいものなら魔術が使えるようです」

僕と幹彦は顔を見合わせた。

「ダンジョンの駐車場で火弾を出す練習をしていたら本当に出たとか、すぐ近くで思い切り走ったら身体強化できたとか。まあ、時間も程度も大したものではなかったようですが、今後エスカレートしていく事を危惧しています」

ダンジョン庁の職員が真面目な顔でそう言い、僕達も唾を呑み込んだ。

「これまではダンジョンの中だけだったから良かったものの、ケンカでうっかりとか、犯罪に意識的に利用とかしだしたら……」

言うと、幹彦も頷いた。

「ただ禁止というだけじゃ歯止めにならないと思うぜ」

「それに、探索者免許が無い人でも、魔術を使える人が出始めるかもしれません」

職員が言うのに、僕も付け加える。

「あと、動物が魔物化する危険性すらありますよ」

僕も幹彦もエルゼで見ているから知っている。それは低くない確率で起こるだろうと。

職員は「まさか」という顔をしていたが、

「動物が魔素を取り込んで魔物化したものを魔獣という。植物でも起こる。全てがそうなるわけではもちろんないがな」

とチビが言うと、顔色を青くして電話をかけ始めた。


人の口に戸は立てられないとはよく言ったもので、とある国でダンジョンの外でも魔術が使えたというニュースがまずネットで一斉に世界中に広まり、地上波のニュースがそれを後追いし、さらにダンジョン庁からの発表とそれを報じる新聞という形で、日本中、世界中に知れ渡った。

政府としては当然、ダンジョン外で魔術を使うのを法律で禁止したし、一般人が魔術を使う事も禁止とした。

それで急遽、魔術士と呼んでいたものを国家資格の魔術師と変え、魔術師資格を持たない人の魔術の使用を禁止し、これに反すると未成年者であっても重罪となる法律を制定、施行した。

そして現在魔術を使える人には改めて講習を課し、魔術師の資格を与えた上、全国民が、魔術を使えるかどうか検査をして、使える者は登録しなければならなくなった。

これらの法律を作って施行するのは驚くほど早かった。

僕たちも行ったが、講習はマナーとか魔術使用に関する法律などを教えるものだった。

それでもその法律が施行されるまでのわずかな間にも、「事件」「事故」は起こった。ダンジョンのそばでは魔術が使えるか試す者が続出し、ダンジョン内の売店では収納バッグを使った盗難未遂があったし、ダンジョン近くでひったくりが増えた。

海外でも、ダンジョン内の売店で強盗があったり、収納バッグを店に入る前に預ける規則にしたら偽物を返却されて収納バッグが盗まれたという騒ぎも起こった。

世界中が、混乱している。

いずれこの「魔術を使えるダンジョン外の範囲」が広がるのは間違いなく、そうなれば、そこら中で犯罪に魔術が使用されたり、魔術が犯罪を誘発したりという事につながるだろう。

まあ、そこまで僕が考える必要はないけど。

考えていると、幹彦がコーヒーを持って来た。

幹彦の淹れるコーヒーは好きだ。濃さがちょうどいい。同じように淹れても味が違うのはどうしてだろう。

「何考えてるんだ？」

「うん。魔術を阻害する方法がないかとね」

「ほうほう。で、あるのか？」

幹彦は続いておやつのドーナツを持って来て、チビは早速一つをくわえた。

「まあ、目の前で紡がれる術式に干渉するならね」

チビが喉を詰まらせた。

「チビ！　水！」

「ああ、急いで食べるからだぜ？　こういうのは口の中の水分を持っていくんだから」

僕と幹彦は慌ててチビに水を飲ませようとする。

が、チビは落ち着くと言った。

「ドーナツのせいじゃないわ！」

僕と幹彦は首を傾げたが、チビは、

「もういい」

と残りのドーナツに取り掛かった。

「まあね、前から人が魔術を使うところを見てて、それはできそうだなあって」

チビが小声で、

「思っていたのか……」

と言った。

「スーパーの中とか、範囲を指定して、その中では一切の魔術が使えないようにっていうのはできると思うけど」

「できるのか？」

幹彦とチビの声が重なった。

「うん。どうして魔術が魔素のある所でしか使えないのか考えてたら、まあね」

チビが首を傾げた。

「チビは元々魔素のある所でしか生きて来なかったから考えた事も無いんだろうけど、僕達にしてみれば、魔術なんて不思議でしかないし、それがダンジョンに限られるって事も同じくらい不思議だよ。でも、ダンジョン外で使えないという事は、そこに魔素があるかないかが関係するとは思うだろ。で、魔術は体内の魔力を体外の魔素と反応させて起こす現象じゃないかと考えた。となると、魔術を阻害したいなら、魔素に干渉すればいい。一定範囲内で魔術を使えないようにしたいなら、その範囲内の魔素にいうなればロックをかけて、使えなくすればいいんだよ。相手の発する魔術を阻害するのも理屈は同じだね」

幹彦とチビは考えていたが、真面目な顔で言う。

「特に向こうの世界のように戦争とかで魔術を組み入れるのが当たり前だと、戦争の概念が変わる。向こうでは言わない方がいいな。命を狙われるか、拉致される」

「こっちだと、今のうちに知らせておけば、そもそも魔術を戦争や諜報に組み入れようとしなくなるかも。もしかしたら、魔術犯罪が減るかもな」

それで、それを魔道具にして特許をとる事にした。

「しかし、よくそうポンポンと思いつくな、術式を」

幹彦が言うのに、僕は笑う。

「だって、目の前に術式があるんだから、それをいじくり回すだけだよ」

「その術式ってやつがよくわからないんだけど？」

「魔術を見たら、その術式が頭の中に浮かぶだろ？」

「俺は魔術師じゃないからかな、わかんねえ」

チビはと見ると、硬直して僕を見ている。

「チビ？」

「ま、魔術師だろうとも術式がそうそう簡単に読めてたまるか！」

おやあ？

魔素の動きを阻害する魔道具が完成したので、それをダンジョンの支部長室に持って行った。電話で先に知らせておいたので取次はスムーズで、ダンジョン庁大臣のほか、総理、防衛省のトップと防衛大臣、警察庁のトップが集まっていた。

そこで、目の前で実験してみせた。範囲内の魔素の動きを阻害するものと、個人の身に着けさせて、個人の魔素の動きを阻害するものだ。

画期的な魔道具だと興奮していたが、発明者として名前を出したくないと言うと、理論発明者及び魔道具発明者は「扶桑碧海」、あそうふみおのアナグラム、ふそうあおみという架空の人物として発表する事としてくれた。

公共施設や重要施設、学校などで使うほか、魔術師にかける手錠はこれになるそうだ。世界中の軍隊や警察、店や銀行、病院など、たくさんの場所でこれが使われるだろう。魔術が生活にも軍事にも影響していない地球では、今の段階で阻害方法が広がる方がいい。

まあ、阻害を阻害する魔道具、というものが、ＥＣＭ対ＥＣＣＭというふうに開発合戦が進んでいくかもしれないが、これ以上はプロに任せよう。

ただ、幹彦のレシピによる箱を採用する事で術式部分をブラックボックス化した。これで反社会的組織などに解析されて、対策を立てられる心配はない。

なので、共同経営の会社を登記して、そこの開発、販売とする。

これで隠居の資金は驚くほどの額になったようだ。今後も勝手に増えるから安泰だ。やっと安心して隠居できる目途が立った。

日本での騒動も一段落したので、エルゼへ行って魔物を狩ったり、何かを作ったりして過ごす。

枝豆はエルゼでブームになり、元からあったものじゃないかと思うくらいに浸透していた。今やどの居酒屋でも枝豆は人気のつまみとして置いてある。

ただ、魔物化することはなく、豆太郎だけが特殊な苗だったようだ。

すでにエルゼで売り出している『守るんです』は一般家庭というよりは冒険者に人気で、野営の時にこれをセットするのが当たり前になりつつある。

どちらで隠居しても、やっていけそうだ。

異世界の方が昔から魔物がおり、ダンジョンの攻略も断然進んでいるので、遥かに強い魔物が出ている。なので素材も、段違いに良いものが溢れており、防具でも武器でもよい品質の物を作れる。だから、こちらで得た高級素材を惜しみなく使い、こちらの金銭で、こちらの一級の職人に依頼して、防具を仕立てた。

何せ、幹彦は資源ダンジョンでとうとうミスリルやアダマンタイトやヒヒイロカネを出したのに、地球ではこれまでなかった物質なので加工ができないくらいだ。

地球でこれだけのものを作る事すら不可能だろうし、間違いなく現在では僕達の武具が地球で一番高性能だと思う。

日本でよく行く港区ダンジョンでこの前攻略したばかりの魔物は、とうにエルゼで僕達も討伐している。新人から抜け出した辺りにちょうどいい相手だと言われた。

「動きやすいし軽いし、防御力は高いし。いいな」

ごきげんで薙刀を振り回して言うと、幹彦も刀を振り回して言う。

「ああ！　もう、ドラゴンだって討伐に行けそうな気がするぜ！」

ここは森の中なのだが、周囲にはオオカミの群れの死体が積み重なっている。

チビも暴れまわり、

「やはりこちらの方が、骨のある魔物が多いな」

と嬉し気だ。

問題らしい問題もなく、僕達はすばらしい隠居生活を楽しんでいた。

手早く解体してばらばらの種類毎、部位毎になったものから魔石と皮と牙を収納バッグに入れ、そろそろ帰るかとギルドへ向かう。

この時間は、収穫品を売ったり依頼達成の報告に来たりする冒険者が多く、混む時間帯だ。仕方がないとのんびり待つつもりで、カウンター前の列に並ぶ。

とは言え、大人気の美人お色気職員ベーチェの前は更なる大行列で、僕達の馴染みの職員の所は比較的短い。

「こんにちは。買い取りお願いします」

収納バッグの中身を出すと、それを専用のかごに移しながら査定していく。

「状態がいいですね。これなら全部で、この金額になります」

職員はサッと金額を書きこんだ紙を見せる。

その時、横から声がかかった。

「お前達がミキフミか」

偉そうな口調と高そうな服装から、貴族らしいと一目でわかる。

「ミキフミ……そう呼ばれてるのか」

「知らなかったぜ」

僕と幹彦は、ボソリと呟いた。

男はイライラしたように、売店に置いてあった剣と魔道具を振って言った。

「これを作ったのが貴様らかと訊いているんだ」

面倒くさいやつが来たな。そう思いながらも、僕達は頷いた。

「そうですけど。不具合でも起こりましたか？」

「返品ですか」

男はそれに答えず、言う。

「ライリー侯爵が召し抱えてくださるそうだ。旦那様のために、剣、魔道具、ポーションを作れ」

「え。嫌です。なあ？」

「ああ。断る。帰ってくれ」

僕と幹彦はそう言い、これで終わりと職員に目を戻した。

「貴様ら！　二度と商売ができんようにしてやるぞ！」

「じゃあ、冒険者一本でいくから別にいいぜ」

「貴様らぁ！　ライリー侯爵はここの領主の寄り親で、冒険者ギルド長の親類だぞ！」

そんな事言われてても。そう思いながら僕達は目を合わせて苦笑した。

「貴様らは冒険者として不正な活動を行っている疑いがある！　なので冒険者資格を停止するように、本部に即刻申し入れてやる！」

「そんな横暴な！」

どこからか声が上がるが、男は勝ち誇ったような顔で出て行った。

「どうするんです⁉」

「まあ、ほとぼりが冷めるまで、のんびりと旅行でも行きますよ」

僕は肩をすくめると、幹彦もうんうんと頷いた。

「それもいいいな。そうしようぜ！」

チビも、

「ワン！」

と鳴く。

「支部長が抗議するでしょうから、こんなのは通りませんよ。すぐに撤回されるでしょう」

馴染みの職員はそう憤るように言っていたが、僕達はしばらく、エルゼでの活動を控える事にした。

## 四・若隠居の旅行へ行こう

地下室へ戻って来た僕達は、片付けをしながら言い合った。

「旅行かあ。本当に、久しぶりにそれもいいいな」

「異世界へ行くのが旅行みたいなものだったけど、たまにはいいよね」

「温泉とか」

幹彦が言うのに、僕も続ける。

「美味しい海産物とか食べたい」

するとチビが思い出したように言う。

「この前テレビでやっていたあれか」

それは『グルメ探偵の食べ歩き事件簿』という二時間サスペンスのシリーズもので、事件そのものよりも、日本各地のグルメが目玉というドラマだ。その時の舞台になっていたのが、北海道だった。

「カニ、ウニ、メロン、ジンギスカン料理」

「サケ、ホッケ、ラーメン、カキ」

脳裏に北海道の美味しいものが浮かんでいく。

「北海道にあるダンジョン、海産物がでるんだってな」

「行く？」

「行こうぜ」

「私も賛成だぞ」

こうして、旅行がてら北海道のダンジョンに行く事が決まった。


武具類を空間収納庫と収納バッグに入れ、ほんの手荷物だけを持って飛行機に乗り、北海道へ行く。着いたところで持参した精霊樹の枝を幹彦が持ち、僕が家で待っていたチビを転移で迎えに行き、再び転移で北海道で枝を持って待つ幹彦の所へと行く。

そこでまずはレンタカーを借り、調べておいた店でジンギスカン料理の昼食を食べたり観光をしたりしながら、ダンジョン近くの探索者用ホテルへ行ってチェックインした。空港から数十キロ離れた所にダンジョンはあるらしいので、それだけでちょっとしたドライブだ。

元は普通のホテルで、客室に鍵付きのロッカーは無く、フロント奥にある武具を保管する鍵付きのロッカーに武器を預けておかなければならない。

猟犬なども入れていい事になっているので、広めのツインルームを予約してある。

「晩は海鮮寿司を食べに行こう。明日の朝はホテルの朝食にするか」

一般客と探索者でダイニングが分かれていて、動物連れの探索者もペットとして犬や猫を連れた客も、探索者用ダイニングへ行くと動物も一緒に入れると書いてあった。

「楽しみだなあ」

「食い過ぎには注意だな」

言いながら、部屋を出て鍵をかけた。

観光客でにぎわう街を皆と同じように観光し、名物を味わい、観光スポットで写真を撮る。

レストランではチビが入れない店があったが、探索者が飼う探索用の動物は介助犬と同じような扱いをされている所も最近では増えているので、そういう店を選んだ。

「このウニもホタテもカニもエビも、その前のジンギスカン料理の羊もメロンも、ここのダンジョンで獲れるのだな」

チビが決意をにじませて言う。

「いるよ。カニもイカもカキもいるよ、チビ」

「明日からが楽しみだぜ」

「ああ。これは、遅れを取ってはいかんな。フミオ、ミキヒコ、真剣にいくぞ」

チビはどうやら、気に入ったらしかった。


僕と幹彦は大浴場の温泉を堪能したが、チビも部屋についているペット用の温泉に入った。せっかくだからと温泉をすすめてみたのだ。

「チビ、温泉はどうだった？」

「たまには悪くないな」

「明日も入った方がいいぜ。温泉は、疲れを取るからな」

「何？　回復作用があるのか？　魔素は感知できなかったのに」

チビがフンフンと鼻を蠢（うごめ）かすのを、僕は笑いをこらえながら見ていた。

「まあまあ。チビも明日をお楽しみに、だよ。万全の状態で臨まないとな」

「うむ！」

幹彦が笑いをこらえ、肩を震わせていた。

「海に来たのなんて何年振りかな」

幹彦が潮風に髪をかき上げて爽やかに笑う。

「僕は去年の年末が最後だな。河口付近で遺体が発見されて、呼ばれたんだよなあ」

遠い目をしながらフッと笑う僕。

「それは、ちょっと違う」

幹彦は言った。

北海道のダンジョンに入ると、縦穴型だった。地下室と同じタイプだ。

穴の壁沿いにらせん状に階段があるが、所々途切れている。その途切れた所に横穴があって、そこが二階やら三階やらになっていると聞いた。

真ん中の穴部分の底は見えない。

らせん階段を下りて、初めの横穴である一階に入ると、磯になっていた。

「黒いものが落ちているぞ。栗か？」

チビがウニを発見して言った。

「ああ、あれがウニだよ」

「あれがあの、オレンジ色の甘いとろけるウニなのか？」

チビは半信半疑という感じでウニに近寄り、チョンと突いた。

そして勢いよく飛び退る。

「チビ⁉」

そうだ、大人しい海産物ではないのだ。ここにいるのは、魔物なのだ。ウニは全身を覆う針を飛ばして攻撃して来た。

「む。危ないところだった」

チビは低く唸って、おちょくるようにからだを揺らすウニを睨みつけた。

しかし見た目は、子犬がウニを警戒しているだけだ。何ともほんわかとしている。

つい、僕も幹彦も、微笑みを浮べてその光景を眺めてしまった。

「おい」

チビに低い声で言われ、我に返る。

「ああ、はいはい」

「わかってるぜ、チビ」

僕達はウニを凍らせ、殴り、いくつもドロップ品であるウニの詰め合わせを手に入れたのだが、それを見かけたほかの探索者たちが、「かわいい白い子犬が磯遊びをしている」と微笑ましく見ていた事に、僕達は誰も気付いていなかった。

だから、

「ちょっと!」

と険のある声をかけられた時、僕達は、自分達の事だと思っていなかった。

「次に行くかぁ」

「そうだな。ウニはもうこんなものでいいかな」

「ワン!」

そして二階へと歩きかけた時、乱暴に僕達の進路を塞ぐようにそのチームが割り込んで来て驚いた。

「無視する気?」

四人組のずいぶんと若い女性達だった。

僕達を睨みつけているのは、短剣を両手に持つ小柄な女の子と剣を持つ金髪の女の子、背の高い大鎌を持つ女の子だ。杖を持つ女の子は、見るからにオドオドと慌てふためいた様子だった。

「え、俺達？　何か？」

幹彦はケンカ腰の彼女らに、まずは穏やかに話しかけた。

小柄な子が、目を吊り上げる。

「何かじゃないわよ。遊びに来てるの？　子犬なんか連れて」

僕と幹彦は、揃ってチビに目を向けた。

家の近くや探索者協会の幹部の間ではチビの事が知られているが、知らない人からすれば、確かにただの子犬だ。しかし、こんな言われようは初めてだ。

「鑑札も付けてるけど」

チビの首には首輪がかかっている。大きくなった時は首輪も大きくなるようなものが異世界ではあるので、向こうで手に入れて来たものを首輪として使っているのだ。それに探索犬である事を示す札を着けている。

「犬を魔物にエサとして投げたりする気？」

剣の女の子が目を眇めて言うのに、僕達は目を丸くし、首を横に振った。

「まさか！」

「そういう発想するなんて。怖いな」

「ワン」

短剣の女の子が歯をむきだすようにして嗤う。

「じゃあ、子犬に危ない狩りをやらせて安穏としてるわけだ。情けない」

僕も幹彦もチビも、首を傾けた。

この子達は何を言ってるのだろうか？

「はわわわ。ヨッシーもビビアンも落ち着いてくださいぃ」

杖の女の子がそう言うが効き目は全くないし、大鎌の女の子は黙ったままそこに突っ立っている。

「何を勘違いしてるかわからないんだけど。もしかして、いちゃもん？」

幹彦がイライラを抑えるようにして言うと、周囲の探索者から声が上がる。

「クローバーに、いちゃもん⁉」

「何を言ってるんだ！」

「動物虐待か⁉」

「でも、探索犬の鑑札があるんでしょ？」

「クローバーの皆がそう言ってるんだから間違いないんだよ！」

どういう事だ？　僕と幹彦は、戸惑いながら周囲を見回した。

「クローバー？　何それ？　知ってるか、幹彦」

「いや、知らねえ」

僕達はこそこそと話していたが、聞こえていたらしい。聴力を強化できる人でもいたのだろう。

「クローバーを知らない？　お前らぺえぺえの探索者だな」

一人がそう声を上げると、周囲に、

「新人かよ」

「それでクローバーに楯突くなんて」

などという声がさざ波のように広がった。

僕も幹彦もチビも、気分が悪いという顔を、隠す気もなくなっていた。

「あなた達は何ですか。抗議したいなら、探索者協会を通して正式にお願いします。これでは単なる言いがかりでしかないし、そんな事に付き合う義理はありませんから。失礼」

僕達は見物人という包囲網を破って、そこを離れた。

背後で、

「逃げるのか!?」

「卑怯者！」

という声がしたが、取り合う気はない。

さっさと次へ行こう。


星の形をしていて、じっくりみると気持ち悪くなって来ない事も無い。

それは飛んで来て貼り付くと、毒を注入してくるそうだ。

「うわっ！」

「ギャッ！」

「ワウ！」

ヒトデだ。大した威力は無いので、片っ端から叩き落とせばそれで済む、初心者向けのものだ。持ち帰るほどのドロップ品も無く、僕達はそうそうにここを切り上げる事にした。

やれやれと進むと、白くて薄っぺらいものが飛んで来た。

幹彦がそれを反射的に叩き落し、皆でそれを見た。

「ホタテだよ！」

見る間に消えて、魔石を残す。

「たまには貝柱を落とすに違いないぜ！」

「貝ひもはないのか」

「あるかどうかわからないけど、無さそうだったら買ってあげるよ、チビ」

チビは喜び、目を輝かせてホタテに襲い掛かった。

貝ひも好きとは、酒のみのようなやつだ。

クスリと笑って、僕達もホタテに挑む。これも個々の力は大した事がなく、数が多いのと飛んで逃げたりアタックして来たりするのさえ注意していればいい。

何ならまとめて凍らせるか重力を増して潰すかしても片が付くが、これも訓練と思って対処している。

ホタテがたまに貝殻で挟もうとして、ガチンと、貝殻とは思えない凄い音を立てていた。

「貝柱が大漁だぜ」

「ホタテフライを作ってくれ」

「あ、照り焼きも！」

チビと幹彦は、涎を垂らしそうな顔で言った。

「シーフードカレーも食べたいな」

「お、いいな」

言いながら、先へと足を進める。

チラリと振り向くとこちらを苦々しい目で睨むクローバーのメンバーがいたので、短く溜め息をついた。

そうして先へ先へと進み、適当な所で切り上げて戻ったのだが、そこで異変に気付いた。

ほかの探索者がこちらを見て、何か小声でこそこそと言っては、きつい目で睨む。

カウンターへ並んでいたら、この列の探索者だけ、やたらと質問や雑談を職員相手にしていて時間がかかる。

立っていても歩いていてもやたらとぶつかり、置いた荷物を蹴られる。

目が合うと舌打ちされる。

「何だ、ここは」

ホテルの部屋へ帰った途端、幹彦が溜め息をついた。

「ドロップ品目当てに来たけど、あんまりいいダンジョンじゃないいな」

僕も気が重い。

何となくスマホで検索してみた。

「北海道の評判は悪くなかったんだけどなあ。ダンジョンも、魔物は美味しいし、レベルは低いので簡単って。あ」

見付けてしまった。

「どうした？」

幹彦とチビが寄って来て、覗き込んだ。

クローバーと名乗っていたあの女性チームは、ここで人気のアイドル探索者らしい。そして、「クローバーチャンネル」という配信を行っていた。

そこで、もう「今日見た許せない探索者」として僕達の事を言っていた。

ダンジョンに機械を持ち込んでも作動しないので、写真も録画も録音もできない。それでも、「白い子犬を連れた二十代後半くらいの二人組の男」で大体わかってしまうだろう。僕も、僕達以外にこれに該当する人を見た事がない。

「何々。『子犬に危険な事をさせて自分達は後ろにいる腰抜け。危ない時には子犬を囮にして逃げるつもりに決まってる』か。よくもまあ想像でここまで言うぜ。しかも、あの後すぐに外に出て配信してやがる。熱心だなあ」

幹彦は呆れかえったような声を出した。

「これを見た探索者が、ああいう反応をしてたのか」

嫌がらせの原因がわかった。あの場にいた探索者やクローバーのファンが、それに賛同するリツイートを次々と出していた。

「これは、明日からやりにくいかもなあ」

気が重い。

「事実無根なのに、参るよなあ」

「名誉毀損で訴えるとかしてもいいけど、ハッキリと僕達だと書いているわけでもないのが厄介だよな」

「それでも、探索者協会に訴える方がいいんじゃねえか。ちゃんと探索犬の鑑札も受けてるんだし、そんな事言われる筋合いはねえ」

「いっそ、皆の前で大きくなるか」

チビも怒っている。大方、まだ十分に獲れていないのに帰らなければならないかもしれないと思って、不機嫌になっているのだろう。

「怖がるか譲れと言うか、騒動になる事はまちがいないよ、チビ」

言うと、チビは不満そうにフンと鼻を鳴らした。


クローバーというアイドル探索者の言いがかりと配信で迷惑していると探索者協会に一言入れておいて、僕達はダンジョンに入った。

昨日よりも更にたくさんの人が配信を見たのか、こちらに好意的でない人が多いように感じられる。まあ、被害妄想かもしれないが。

それでも、さっさと昨日行ったところは通り抜け、先へと進む。

らせん階段を下りて下のフロアへ行き、そこのフロアからまたらせん階段へ行く。だからほぼ一本道のようなものだ。前が遅いと後ろがつかえるし、どこかのチームが狩っていると後から来たチームは狩るスペースがないので待つか先に行くかだが、先に先にと進むと、いつかは自分本来の実力では太刀打ちできない魔物とやり合う羽目になるので、待つ事になる。

僕達が行った時も、前のチームがそこを狩場にしていて、僕達は待つか進むか迫られた。

「どうする？」

「行くか」

「そうだな」

「ワン」

それで僕達は、カキを諦めた。


ようやく人が減ったのは、カニの前だった。

「カニだぜ、カニ」

幹彦が嬉しそうに言う。

「うん。タラバガニだね。カニも嬉しいけど、やっと普通に狩れるのが嬉しいよな」

「ワン！」

チビも、鬱憤がたまっているようだ。

「さあ、やるぜ」

僕達は、遠巻きに様子を窺っている探索者たちを尻目に、飛び出した。

甲羅は硬いし、滑る。おまけにハサミで挟まれると腕くらいは簡単に切断されるし、ブクブクと吐き出す泡は、こちらの動きを阻害するようにベタベタとする。

まず泡を凍らせると、ベタベタすることもなく、ただの球になった。バランスボールのようなものだ。

「あらよっと！」

幹彦はその球を避け、刀で斬りかかった。甲羅くらい、サラディードの敵ではない。

チビは球から球へと走って飛び移り、カニに飛び掛かる。

僕はカニごと凍らせた後、ひっくり返して柔らかい腹を斬ったり刺したりした。

「鍋しようぜ、鍋！　あ、焼きもいいな」

いいよな。甘くて香ばしくて。

「タラバガニにズワイガニもあるよ。どこかに毛ガニはいないかな」

嬉々として、狩って回る。魔石もドロップ品であるカニも、大量に溜まっていく。幹彦の実家にもたくさんおすそ分けしよう。

流石にもういいかと、もう一度湧くのを待つでもなく次へと進む事にしたが、鬱憤が晴れたのか、幹彦もチビも足取りは軽かった。

進むと、階段手前のボス部屋だ。

今までこのボスを倒せたものがいなかったらしい——という以前に、カニに歯が立たず、ボスに挑んだ者もいなかったと聞く。

ボス部屋の扉を開ける。

「毛ガニ!!」

毛ガニがいた。

全身にトゲトゲとした短い剛毛のようなものが生えている、あれだ。握りしめると痛いが、身は甘い。

「毛ガニ!!」

幹彦も叫んだ。

毛ガニはずんぐりとしていて、いかにも当たると痛そうだ。

「美味いのか」

チビが舌なめずりをする。チビはすっかり海の幸の虜だ。

「甘いんだぜ」

「タラバガニやズワイガニとも違うんだよ」

チビは本気になったのか、大きくなり、言った。

「どうせここまで誰も来んのだろう。何匹か持ち帰るか」

まさかの周回宣言だ。

毛ガニがハサミを振り上げ、横ではなく縦に走って来たところで戦闘はスタートした。

ハサミを振り下ろすと、ハサミの当たった地面がひび割れた。

しかし、カニはカニ。関節を狙って幹彦が刀を振り、チビが腕を振り、僕も薙刀を振る。それでカニの足は斬れた。

毛ガニは怒ったように残った足を動かし、泡を吹き、口をガチガチと開け閉めする。口には尖った歯が生えていた。そこに氷のつららを突っ込んでおき、残りの足を根元から斬って接近できるようにしてから、甲羅を裏返して、柔らかい腹に刀を突き立てておしまいだ。

カニは大きいが、解体の仕方を知っていればいけると思う。

「おお……！」

魔石のほかに、希望通りに毛ガニが出た。ほかにも真珠が転がっていたが、皆毛ガニに夢中だ。

「よし。あと二匹は獲るぞ」

幹彦が宣言し、僕達はいそいそと元の扉の方へと出て行った。

毛ガニを首尾よく五匹もゲットし、ようやく僕達は次に進む事にした。

その間に見ていたが、カニの甲羅の硬さと泡に苦戦して、皆毛ガニまで——じゃない、ボスまで辿り着けていないようだった。

例のクローバーもカニに苦戦していたが、杖の女の子は慌てながらも、杖で殴ったり、皆の回復をしたりしていた。魔術師ではあるが、攻撃魔術は使えないのかもしれない。ほかの三人はどうにか斬ろうと頑張っているが、甲羅に負けている。剣が折れないだけましだろう。杖で殴るのがまだ一番効いていた。

ボス部屋の向こうの扉を開けると短い廊下の向こうにある奥の壁が音を立ててスライドし、らせん階段へとつながった。

こうして階段は下へとつながって行くのか。

そう思いながら階段を下り、次の横穴、下の階へと入った。

「海じゃない」

呆然とした。てっきり、海だと思い込んでいた。

「雪山？　知らなかったら遭難するぞ」

そこは一面吹雪の雪山だったのである。

「私は平気だぞ」

チビは言って、僕と幹彦を見た。

「向こうで作っておいてよかったな」

そうだ。エルゼで作った防具は、最高級の代物だ。それだけでも一級品である魔物素材にミスリルを糸にして編み込み、どんな攻撃でもまずは耐えられる性能を持っているのに、見た目と着心地はほぼ普通の服と同じという優れモノで、防刃、防魔術、防水、防汚、耐熱、耐寒の性能が付いているのだ。おまけに編み込まれ、刻み込まれた術式さえ無事なら、少々の傷であれば直してしまえる。コートとシャツとズボンとベストをこのスタイルで作っており、貯金はほぼなくなったが、惜しくはない。

「さあ、行こうぜ」

「雪山だろ。何が出るかな。雪男?」

「フン。私が返り討ちにしてやろう。で、それは食えるのか?」

言いながら、雪山に足を踏み入れたのだった。


耐寒仕様とは言え、視界からの情報で寒い気がしてくる。不思議なものだ。

ビュッと強い風が吹いて雪を舞い上げ、視界を白い雪で覆う。ホワイトアウトだ。

チビは大きくなって、僕と幹彦の風上を歩いてくれている。フェンリルは寒冷地に強いものらしく、むしろ海より居心地はいいという。

「何にもいないなあ」

言うと、チビと幹彦が足を止めた。

「いや、来たぜ」

「うむ。三頭だな」

目を凝らすが見えない。視力云々という理由もあるが、雪も一因だ。気配察知はつくづく便利だな。が、見えてきた。

「おお、かわいい……！」

キタキツネではないだろうか。

「史緒、騙されるなよ。あれは魔物だからな」

「わかってるよ、うん。大体野生のキツネだって、エキノコックスっていう寄生虫がいるから、触ったら危ないんだし」

「では、一人一頭だな」

チビが言いながら獰猛（どうもう）に歯を剥きだしにし、僕たちとキタキツネはお互い同時にとびかかった。

しかし僕にとっては、嫌な相手だった。姿を消すのだ。それで、噛みついたり引っかいたりしようとする。なので魔術の盾で全方向を防御し、様子を見た。

幹彦とチビは、気配を読んで見えない相手を仕留めた。大したものだ。

僕もいつまでもこうしてはいられない。

足元を見た。雪の上に、点々と足跡が付く。

「そこか！」

盾を解除し、空中を薙刀で払う。間違っていれば、場所によってはこちらがやられるので、勇気がいる。

しかし上手く捉えたようで、穂先に手ごたえがあり、その姿が現れると痙攣し、かき消えた。

残ったのは、魔石と尻尾だ。

「尻尾？　マフラーにしろって事か？」

キツネのマフラーというのは見た事がある。銀狐だったが。

「お、暖かいぜ」

幹彦が巻いてみて、声をあげた。

「チビは無理だなあ」

「私はいらん。肉でも残った方が嬉しかった」

チビはがっかりしたように言い、僕も幹彦も噴き出した。

「そろそろ昼だな」

「昼ご飯にしようか」

「戻るか？」

転移で戻れなくはない。しかし、このダンジョンは人が多い。

「せっかくの雪山だから、なんかそういうのがいいな。カマクラとか作った事ないし」

すぐに幹彦が目を輝かせた。

「おお、いいな！　俺もやってみたいぜ！」

カマクラをチビは知らなかったが、説明して作り始めるとその気になり、出来上がると小さくなって中に潜り込んだ。

「おお！　これはなかなかいいな」

気に入ったらしい。

「じゃあ、ご飯にするか」

僕達も中に入り、食事の支度をする事にした。

空間収納庫には色々な物を入れてあるので、鍋もコンロも良く使う食材もある。

「何にしようかな。鍋がいいかな。カニは体を冷やすんだったっけ」

「鍋か。いいな」

「ホットワインなんかも欲しくなるな」

「いっそここでキャンプしたくなるな」

冗談を言っていると、幹彦が立ち上がった。

「獲物が向こうから来たぜ」

チビもすっくと立ちあがる。

「クマだな」

僕もまだ見えないながらも立ち上がった。

「クマか。味噌仕立ての鍋が合うな。よし。消える前に肉にしよう」

言っているうちに、大きなクマが四つん這いで近付いて来るのが見えだした。

「あれはヒグマか。大きそうだな」

クマは足を止めると、体勢を低くして唸り声をあげた。

爪と牙が鋭いほか、単純に力が強いので腕でふっ飛ばされれば骨折や内臓破裂もあり得るし、伸し掛かられると圧死する。

クマは後ろ足で立ち上がると、吠えた。

吠えると同時に、槍状の氷が飛んで来た。それを盾で受け止め、火を飛ばす。

それをクマは軽々と跳んで避け、雪を蹴立てて走って接近して来た。とても全長二メートルを超す巨体とは思えないスピードだ。

振るわれる腕をチビが払いのけ、幹彦が滑り込んで空いた首元に斬りつける。

「グガアア!!」

クマが痛みと怒りの声をあげる。そののけぞった首の傷に、氷の槍を飛ばしてねじ込むと、幹彦はそれを蹴り込んで傷を大きくする。

クマはヨロヨロと後ずさり、雪の上に倒れた。

それでも腕を振り、涎を垂らして目を爛々と光らせる。

チビが腕を押さえ、幹彦が刀を振って首を落とした。

そして僕はすぐに近寄り、クマに触って「解体」する。ダンジョン内では解体を急がないといけないのでこれが便利だ。

クマはきれいに解体された状態でそこに転がった。

「いつ見てもふしぎだなあ」

「うん。でも、外ではともかくダンジョンでこれは助かるよな」

「肉が出るとは限らんし、急がないとほかのやつに襲撃されかねんからな」

言いながら魔石や牙、爪をしまい、使う部位以外の肉は冷やすためにカマクラの中に入れて雪の中に埋める。

取っておいた部位は魔術でざっくりと冷やしてから切り、味噌をまぶしておく。その間に野菜を切り、鍋に水と野菜、調味料を入れる。

沸騰してきたところでクマ肉の味噌を洗い流してから肉を入れて新たな味噌を入れた。

「これは、たまらんな」

「締めはうどんか、ご飯か」

「どっちもあるよ」

「むむむ。これは難問だぞ」

「あはは。食べ終わるまでに考えればいいよ。じゃあ、いただきます」

カマクラの中で、熱々のクマ鍋を食べた。

残りは、しぐれ煮とかもいいなあ。そんな事を考えていると、急に声がして騒がしくなった。

何事かとカマクラから顔を出してそちらを見ると、クローバーが震えながら歩いて来ていた。

「寒いぃぃぃ。ぼ、防寒着を着て来た方が、いいんじゃないですかぁ」

「もう一度カニはごめんよ。丁度いい武器を貸してくれるファンがいたからよかったけど、わざわざ殴りつける武器を持ち込むの、邪魔じゃない」

「使い捨てもねえ」

「……」

頭をそっとひっこめた。

全員の顔に、「面倒くさい奴が来た。このままやり過ごしたい」と書いてある。

しかし現実とは無情なものだ。

「なに、あれ」

「カマクラ？」

見つかった。しかも、

「いい匂いがしない？」

と近付いて来た。

僕達は無言のまま、視線をかわし、嘆息した。

しばらくすると、遠くから覗き込まれる。

「あ！　あんたら！　え、鍋？」

短剣の女の子が言って目を丸くすると、それに他の声が続く。

「まさか、遭難して犬を？」

「あんの野郎！」

そして、バタバタと走って近付いて来る。

溜め息をつきながら、幹彦が言う。

「犬鍋って、いちいち想像が恐ろしいな、あいつら」

「同感」

「ワウゥ」

恐ろしい顔付きで、クローバーの短剣の子と剣の子が入り口から覗き込んできた。

またここで、いちゃもんをつけられるようだった。

僕達は無言で睨み合う。

その間で鍋がグツグツと煮え、いい匂いをさせていた。

締まりがないな。しまっておいた方がよかったかな。そう思った時、幹彦が表情を引き締めて立ち

上がり、チビも耳をピクリとさせた。

「史緒、大物が来たらしいぞ」

言いながらカマクラの外へと出て行くので、僕も続いて外に出て行った。

「なによ！　やる気!?」

剣の女の子がそう言って剣を抜こうとするのに、幹彦はチラリと目を向けただけで視線を外して横を通り過ぎ、チビは関心もなさそうにそれに続く。僕はどさくさに紛れて、カマクラの中身を急いで空間収納庫にしまう。

するうと後方の階段の方から、男達が四人、来るのが見えた。

「あ、お前ら！　クローバーに何かしてるんじゃないだろうな!?」

こちらを指さして喚くのに、杖の女の子が慌てたように、

「違います！　落ち着いてください！」

と手を振り、大鎌の女の子はぼうっとそのまま立ち、剣の女の子は軽く舌打ちをし、短剣の女の子は、

「おおい！　無事に来られたんだな！」

と手を振る。

クローバーのファンらしかった。変形した鉄棒と槌を持っている。

彼らはクローバーのメンバーに話しかけた。

「大丈夫？　何かされてない？」

「僕達が守るからね！」

「動物を使い捨てにする卑怯者なんかに負けないからな！」

彼らはそう言って武器を構えるが、寒さで震えている。

それにクローバーのメンバーは、杖の女の子が愛想笑いを浮かべ、ほかは無視している。

「あはは、どうも。その、さっきは武器を貸してくださって、ありがとうございました」

「いいいえ！　ビビアンちゃんに使ってもらえて、こちらこそ、もう！」

「ぼぼぼくも、ヨッシーちゃんに使ってもらえて光栄です！」

それに、短剣の女の子と剣の女の子が義理とわかる笑顔を浮べる。

ふうん。彼らの武器を借りて、殴ってボス部屋を通過して来たのか。

そう考えている間にも、幹彦とチビは前に立ち、前方を睨んでいた。

「史緒にもそろそろ見えるぜ。見るからに雪山ってやつだぜ」

それで皆がそちらに目を向ける。

僕は目を凝らしながら言った。

「見るからに雪山ねえ。ビッグフットとかかな。とにかく、火に弱そうなのかな」

「たぶんな」

言っている間にも吹雪は強まり、冷気もますます強まり、クローバーのメンバーとクローバーのファンは寒そうに震え出す。

その時、やっと見えた。

「ああ、ハズレたなあ。雪女？」

予想と違った。

「和テイストじゃねえけどな」

幹彦が言う。確かにその雪女はドレス姿をしており、氷か雪でできた女性像という感じだった。

「まあ、熱には弱そうだな。氷の剣を持ってるし、あと、氷とか飛ばしても来そうだね」

言った時、クローバーの杖の女の子以外が前に出て宣言した。

「後ろに下がってなさい！　犬を連れて！」

「こいつは私達が倒す！」

短剣と剣の女の子が言い、大鎌の女の子は無言で頷く。そして杖の女の子は仲間に向かってガードの魔術をかけた。

そこに雪女が、雪の弾を投げつけて来た。

一斉に避けるが、杖の女の子が逃げ遅れて弾がかすめた。ガードのおかげで大したケガはなかったようだが、

「キャッ！」

と悲鳴を上げてひっくり返った。

助けた方がいいのか迷うが、まあ、横取りと騒がれるか余計な事をするなと言われるのがオチだ。

幹彦を見ると、首を小さく横に振っていた。

「がんばれー！」

「いいよー！」

ファンの男達が声援を送る中、クローバーのメンバーは攻撃に出る。

一応身体強化はできるらしく、接近は素早い。それでファンの男達は、彼女らに代わってドヤ顔で

説明した。

「身体強化だぜ。ヨッシーちゃんもビビアンちゃんもイズミちゃんもできるんだぜ。凄いだろ」

「マミーちゃんは魔術師なんだぞ。ざまあみろ」

僕と幹彦は返事に迷ったが、

「凄いですね」

「わあ、凄い凄い」

と棒読みで言っておいた。

その間に彼女達は雪女に接近して行ったが、雪女が吹雪を吹き荒れさせると軽々と短剣の女の子は吹っ飛び、剣の女の子が斬りかかったが雪女の持つ氷の剣で防がれる。しかし大鎌の女の子が無言で斬りかかると、上手く連携して剣が肩に入った。

「硬い！」

剣は雪女の体を傷つける事は出来ず、雪女はニヤリと勝利を確信したように笑った。

「て、撤退よ！」

剣の女の子が言うのに、短剣の女の子は、

「まだまだ！」

と叫んで突撃して行く。

誰もが、危ないと思った事だろう。そしてその予測通りに、雪女は吹雪を吹き荒れさせ、剣を短剣の女の子の足に当てた。

「キャッ！」

女の子は派手に転がり、それを大鎌の女の子は引きずるようにして後退させ、剣の女の子が牽制するように立つ。

「えっと、撤退するなら、こっちがやってもいいか？」

幹彦がのんびりと言うと剣の女の子がキッと睨みつけた。

「犬を囮に逃げる気ね⁉　恥ずかしくないの⁉」

それに幹彦は嘆息し、僕は苦笑した。

「何でそう、人の言う事を聞かないのか。はあ」

「幹彦、そういう人はいるんだよ」

「ワン」

「とにかく。いいな？」

剣の女の子が悔しそうに唇を噛むが、大鎌の女の子が初めて口を開いた。

「私達には無理。撤退だけでも難しい」

杖の女の子は、必死に短剣の女の子に回復魔術をかけている。

ファンの男達は青い顔で震え、半分逃げ腰だった。

「無理だよ、ヨッシーちゃん」

「ここは、しんがりを任せて撤退しないと！」

「そうそう！」

それで彼女は、渋々認めた。

「わかったわ」

それを聞いて、僕と幹彦とチビは前へ出た。

「さあて、女王様。相手は俺達にチェンジだぜ」

雪女はニヤリと嗤った。

雪女は雪の弾を投げつけてきた。それに向かって火の弾をぶつけると、爆発のようなものが起きて視界を奪った。

しかしその中で幹彦とチビは飛び出しており、雪女に姿を見せないまま接近して、刀と爪を振るう。

だが雪女はそれに気付き、とっさに氷を生み出して盾にした。

「チッ」

氷に阻まれて攻撃が届かない。

その氷の盾に向かって、火の弾ではなく、火炎放射器のように炎を浴びせかけた。それで盾は溶けていき、溶けた瞬間を狙って、幹彦は刃に魔力をまとわせて斬り込んだ。

ゴウッと冷気の息を吐きつつ、雪女が幹彦に向き直って剣を振り上げるが、反対側に潜んでいたチビが飛び掛かって攻撃を加えると、雪女は体勢を崩しながら、氷の槍を上空に飛ばした。

「幹彦、チビ！　こっちだ！」

言いながら飛び出すと、即、幹彦とチビが走り寄り、僕は僕達の上に障壁を張った。障壁が雨のように降り注ぐ氷の槍を全て防ぐ。

防ぎながら、こちらも再び火を放つ。今度は半径五メートルはあろうかという弾で、雪女は盾で防ごうとしたが、盾の向こう側にも火が侵入しているので効果はない。

「アアアアア!!」

雪女は体を揺らし、冷気と氷を吐き出し、逃げようともがく。

そこに幹彦が飛びかかって斬りかかると、雪女は倒れ込み、首にチビが噛みつく。

雪女が倒れ伏すとこれで終わりかと思われたが、冷気が強まり、雪の上に落ちていた剣が浮くと、僕の方へと飛んで来る。

「史緒⁉」

「大丈夫！」

薙刀で剣を打ち払うと、幹彦とチビがホッとしたような顔をし、雪女は悔しそうに顔を歪め、そのまま溶けるように崩れた。

しばらくそのまま様子を見たが、雪と氷の残骸（ざんがい）は消え、魔石と氷のような短剣を残して消えた。

短剣をよく見ると、説明が頭に浮かぶ。

「ジャックフロストの短剣？　雪女じゃなかったのか。これで斬りつけるとそこから凍り付くんだって」

チビが小声で解説する。

「ジャックフロストは、女の姿や老人、雪だるま、色んな姿で現れるからな。今回は女だったわけか。ジャックフロストの持つ剣は、斬られたところから凍り付いて凍傷になるぞ」

僕も幹彦も、誰も剣に当たらなかった事にほっとした。

そんな僕達の背後から、声が聞こえた。

「嘘よ！」

振り返ると、剣の女の子が目を見開いてこちらを見ていた。

短剣の女の子がポーションの空瓶を手に立ち上がり、足を何度か踏み下ろし、異常が無いとみて、杖の女の子がホッと肩から力を抜いた。大鎌の女の子はそんな仲間達を黙って見ており、ファンの男達は腰を抜かしたように座り込んでいた。

そして杖の女の子が、ためらいながら言う。

「その、申し訳ありませんでした」

しかし剣の女の子が叫ぶ。

「そんなわけないじゃない！　動物を連れたやつら、見たでしょう⁉　あいつら！」

「ビビアン！」

大鎌の女の子が割って入り、剣の女の子が唇を噛んで黙った。

短剣の女の子は頭を掻きながら、気まずそうに言う。

「ああ……こっちの早とちりだったみたいだな。悪い。迷惑かけたかな」

それに僕達はムッとした。

「かかってないと思うのか？　どう思うよ」

ファンの男達は幹彦の視線を受けて、気まずそうに下を向いた。

「いやあ、この辺で動物を捨てゴマにするチームがいてさ。しかもあいつら、動物を使う前はチームを組んでない弱いヤツを使っててさ。ビビアンもそれで殺されそうになったんだよね。それで私達、動物を使うチームは皆そんなものかと早とちりしてさあ」

幹彦はフンと鼻を鳴らした。

「それは猟師にも失礼すぎるだろうし、皆がそんな事をするなんて決めつけるなよな。文句はそのチームに言えよ」

ファンの男達が口々に反論する。

「あいつら強いし、抗議したって！」

「そうだよ！　言えるわけないだろ！」

「知らないくせに！」

「だから、噂とかを流して、ここから追い出したんだ！」

それにウンザリしてしまう。

「弱そうな相手にならなら言えると？　僕達の事を知らないくせに、よく勝手に決めつけて言えましたね」

それで彼女らも彼らも口を閉じた。

僕達は顔を見合わわせ、

「じゃあな」

「これ以上根も葉もないうわさを広めるなら、名誉毀損で訴える事も考えますので」

「ワン！」

と言い、その場を後にした。

僕達は黙々とユキヒョウやクマを狩り、ボスのトナカイを倒したところで戻る事にした。

長々と話し込んで嫌がらせをするチームに閉口しながらも待ち、冷たい態度の探索者協会職員に買い取りを頼み、ホテルに帰ると、大きな溜め息をつく。

「幹彦ぉ。ちょっと僕、反省したよ」

幹彦は怪訝な顔を僕に向け、それから頭をガシガシと掻いた。

「ああ、あれか。皆がそうと決めつけるなって」

「そう。あれって、ブーメランだよな」

ズーンと落ち込む。

「はあ。確かにな」

幹彦も頭を抱えてベッドに座った。

チビは僕と幹彦を順番に眺め、言った。

「女が皆、騙すわけでもストーカーになるわけでもないからな」

それで僕も幹彦も、もっと落ち込んだ。

「ミキヒコの母上だって、何度もそう言ってたな」

ますます落ち込む。

そして、幹彦は呻くように言う。

「毛嫌いは、しないようにする」

僕も頷いて言う。

「僕も、身構えないようにする」

チビはふわあと欠伸をして、言った。

「そうか。それより腹が減ったぞ。今日は豚丼を食うんだったな」

僕達は立ち上がって、着替えをし始めた。

肩身の狭い思いまでしてここのダンジョンに行く事も無いと思うが、ここで帰るのも逃げ帰るみたいで嫌だ。そう思って、今日もダンジョンへ行く事にした。

すれ違う探索者たちは、こちらを見て何かこそこそと言っていたり、相変わらず睨みつけてきたりしている。

クローバーのした事に腹は立つものの、理由を聞いた今は、その動物や弱い者を囮や捨て駒にしたというチームにこそ腹が立つ。

うっとうしい視線を無視して歩いてゲートをくぐる。

まあ、昨日最前線に達しており、今日は進む邪魔をされる事も無い。僕達はエレベーターを使って、トナカイのいた部屋を出たところに行った。

「さあて。今日はどんな美味いものが出るかな」

チビが舌なめずりして言い、思わず幹彦は噴き出した。

「僕はメロンとかトウモロコシなんかもいいなあ」

「俺はやっぱり海鮮かな」

「わたしはジンギスカン料理もいいな。あれは、羊か」

好きな事を言いながら、僕達は食料調達——いや、魔物討伐にと歩き出した。


サーモン、イカ、エビ、ホッケ、マグロ、昆布、羊肉、牛肉。食料を山のように仕入れて、ホクホクしながら戻る。チビも足取りが弾んでいる。

「いやあ、ここは美味いものが出て本当にいい所だな！」

幹彦は機嫌よく言う。

「ここまで地域の特産物を落とす所もないんじゃないの？」

言うと、幹彦も頷いた。

「何でだろうな。まあ、ありがたいから別にいいけど」

「そうだね」

そして、買取カウンターの列に並ぶ。

今日も列は長く、視線がチラチラと飛んで来る。しかし意外にも速く進み、順番はすぐに回って来た。それに内心で首を傾げながらも魔石を売ってその分の料金を受け取り、ロビーを出ようとしたところでクローバーのメンバーと鉢合わせした。

「あ」

「あ」

お互いに気まずく目を合わせ、そしてサアッとそらす。

が、短剣の女の子が声を張り上げて僕達は足を止めた。

「ごめんなさい！」

振り返ると、彼女達は並んで頭を下げていた。それで周囲の目が僕達に集まっている。

「うわっ。あの、顔を上げてください」

言うと、彼女達は顔を上げたが、視線は下を向きながら、短剣の女の子が代表して言う。

「昨日はちゃんと謝らなかったから。あれから話し合って、誤解だったって動画にあげたんだ。見た？」

幹彦と一緒に首を振る。

「いや、見てない」

「うん」

「そっか。私達毎日動画をあげてるんだ。だから、全部誤解で、ちゃんと強くて犬も可愛がってたって言っといた。嫌がらせとかしないでくれっていうのも」

短剣の女の子がおずおずと言うのに続いて、大鎌の女の子と杖の女の子が何度も頷き、剣の女の子はこちらを上目遣いで睨みながら言う。

「その、悪かったわ。自分があいつらに殺されそうになったものだからって、調べもせずに決めつけてあなたたちに八つ当たりしてしまって」

僕と幹彦は、ぐうっと言葉に詰まった。

「いや、その、わかってくれればもういいですから」

「そうそう。実害がなければ別に。なあ？」

「ワン！」

彼女達の反省の言葉が胸に突き刺さる。

そして謝罪を受けると早々にその場を立ち去った。

ああ、胸が痛む……。

それで何となく、幹彦の実家に、土産物とは別に海産物を送ったのだった。

# 求めるものと七大冒険者

# 一・若隠居の決意と剣聖

北海道ダンジョンを切り上げて家へ帰り、いつもの近くの港区ダンジョンへ行く。

結局あの後クローバーは探索者協会の北海道支部から二週間の業務停止命令と罰金の罰則を受け、僕たちはそれなりの慰謝料を受け取り、訂正の動画を上げたことにより和解とした。

それで仕切り直して、この前の続きから潜り始めたのだが、単純に力が強いタイプの魔物から、魔術を使ったり集団で襲って来たりする魔物が中心になっていた。段々と、魔物が強くなってきたらしい。

火を噴いて飛ぶカメが残した簡易鑑定ができるべっこうの眼鏡を拾い上げ、幹彦が試して遊んでいると、斎賀たち天空の幹部メンバーが通りかかった。

アンデッドダンジョンをやめてこちらへ移って来たらしい。

と、大きなトリが現れる。毒を吐き、それがかかると体が石化するという魔物だ。

「毒に注意しろよ！」

斎賀が言いながら剣を抜き、構える。仲間たちもトリを囲むようにして剣を構えた。それを、僕と幹彦とチビは見物し始めた。

トリは羽をバサバサとさせ、逞しい足をドンドンと踏み鳴らし、

「ケェーーッ！」

と鳴いて液体をメンバーの一人に向かって吐き出した。

同時に斎賀が飛び出し、トリに背後から一太刀浴びせる。

トリは羽をばたつかせ、鋭い爪の生えた足で蹴ろうとするが、斎賀は位置を変え、後ろに回って剣をないだ。

それで右足が切れてトリはその場にうずくまり、恨みを込めた目で斎賀を捜す。怒りのあまり斎賀にトリの注意が集中したのを好機としてほかのメンバーが一斉に攻撃をかけ、それにトリがイライラして鳴きながら目を向けた時に斎賀が思い切り斬り込み、それでトリは魔石と刀を残して消えた。

「トリってバカなのか？　集中力がないのか？」

喜び合う斎賀たちを見ながら幹彦が言う。

「鳥頭って言うくらいだからな。次の攻撃を受けたら前の攻撃は忘れるんじゃないか？」

言うと、幹彦はなるほどと頷き、チビは、

「特にこいつらはバカだからな」

としみじみと言った。

と、斎賀たちがドロップ品の刀を囲んで興奮している。斎賀がそれをさやから抜き、皆でうっとりと眺めていた。

「斎賀さんが使ってください」

「いや、でも」

「斎賀さんは刀の方が本来の力も出るでしょう？　ぜひ」

メンバーたちの勧めに斎賀も満更でもない顔をしている。

僕はその刀を視てみた。斬ったら毒が付与される刀らしく、壊れにくい、なかなかいいものらしい。

「ふうん」

幹彦を見ると、幹彦もべっこうの鑑定眼鏡で視ていた。

「サラディードには負けるけど、悪くなさそうなものだな」

どこか満足そうに言って、眼鏡を外す。

「行くか」

歩き出す前、斎賀の目がこちらを捉えたような気がした。


数日後、僕達は同じ港区ダンジョンでばったりと天空に会った。斎賀の腰には、この前ドロップした刀が下げられている。

「周川」

斎賀たちの睨むような、それでもどこか余裕を感じるような目付きに、幹彦は呑気そうに答えた。

「よお」

僕は眼中に入っていないようなので、そばにはいたが黙っていた。

「得物を替えた」

斎賀は言って、腰の刀に手をやった。そして、幹彦を見る。

「どちらも同じ刀。これで条件は一緒だ。勝負を申し込む。お互いに魔術なし、加勢なしの、剣技のみでの勝負だ。どっちが上か、はっきりさせよう」

暑苦しくも面倒くさい事を言うやつだ。向こうの流派はそういう人間ばかりなのか。

と思ったら、幹彦も斎賀達と同じように面白そうな顔付きをしていたので、愕然とした。

「え。やるの?」

幹彦は苦笑して頭を掻きながら、

「どっちが上とかはともかく、剣技には興味があるなあ」

と言う。

剣術好きという奴らは、皆こうなのだろうか。

僕とチビが呆然としている間に話はまとまり、人の少ない階でやり合う事に決まっていた。


エレベーターに向かう僕達を、すれ違う探索者たちが何事かという目で見る。

そりゃあそうだろう。因縁の仲だと思われているし、皆顔付きが普通じゃない。何しろ、決闘なのだから。

「ここでいいか」

どちらも来た事がある二十二階は、森と草原からなるエリアだ。サルとオオカミが出る所で、どちらも群れを成していて鬱陶しかった。

「麻生、邪魔するなよ」

言われて、「サルの脳みそって中華料理で本当に食べるのかな」などと考えていた僕は、現実に戻された。

天空メンバーと一緒に、チビを抱いて見物する事になった。

幹彦と斎賀は距離を置いて向かい合う。こうして見ると、幹彦と斎賀は身長も体格も似た感じだ。

天空のメンバーたちは幹彦と斎賀を真剣な目で見ながら、僕が何かしないかと時々様子を窺っている。


と、いきなり両者が動いて、僕の意識はそちらに向いた。

剣道の試合は、当然ながらルールがあり、狙う場所が決まっている。今回もルールはあるが、それよりはずっと決闘に近い。佐々木小次郎と宮本武蔵のような。

力強く数多く打ち込んでいくのは斎賀の方で、幹彦はそれを丁寧に流し、避けている。

「周川！　真剣にやれよ！」

斎賀が言うのに、幹彦が少し困ったように言う。

「俺はいいけど、お前はいいのか？　竹刀じゃともかく、真剣で受けたら、刃が欠けるか最悪折れるぞ？」

斎賀は固まり、数瞬目を泳がせ、

「に、逃げる言い訳か！　見苦しいぞ！」

と言い、大きく振りかぶって、

「キエエイ！」

と言いながら振り下ろして来た。

それを幹彦は払って胴に向かって寸止めをしようとしたが、斎賀が返す刀で斬り上げて来たので、小さく避ける。

攻守を入れ替えながらそういう繰り返しが続き、少しチビは飽きて来たらしい。欠伸をして目を閉じた。

が、目を開けてピクリと耳を動かして顔を動かした。

と、幹彦が、

「待て」

と言って、同じ方を見た。

「待てだと⁉」

イライラと斎賀が言う。

「群れがこっちに向かって来てるぜ」

幹彦が嬉しそうに言う。

「わかった。じゃあ、これでどうだ。どちらが多く魔物を斬るか」

「おお！　それに変更な！」

本人達もこの決闘にイライラしていたらしい。

「というわけだ。お前らは手出しするなよ！」

「史緒、チビ！　頼んだぜ！」

二人がどこか嬉々として言うと、メンバー達も各々承諾の声をあげて改めて二人を見守る。

やがて、オオカミの群れが近付いて来た。全部で二十匹は超えているだろう。

「ここから先も、魔術とかなしか？」

「……いや、ここからは何でもありにしよう、周川。ただし、加勢とかはなしだ」

「よし、いいぜ！」

「まずは！」

飛び掛かって来た一匹を、斎賀が斬る。飛び掛かって来た勢いも作用し、一刀でオオカミが上下半分になった。

「おお！」

メンバー達が喜びの声をあげた。

「じゃあ、俺」

幹彦はオオカミの奔流の中に身を躍らせ、ひらひらと舞う。それでオオカミは幹彦に到達する事無く斬られて行く。

力強い斎賀と、優美にも思える幹彦。動きは全く違えど、恐ろしい速さでオオカミの群れを消し去っているのは同じだ。この魔物は決して弱いものではないのだが……。

それに見惚れるようにしていると、本流から外れた一匹が、やっと気付いたかのようにこちらに向かって来た。

「あ」

「え？」

天空のメンバーたちは、完全に応援か見物の気分になっていたらしい。虚を衝かれたように声を上げ、はっと現実に立ち返る。

が、

「手出し禁止は？」

「こういう場合は？」

と困った様子で、どうしていいかわからず、オタオタしていた。

「よっ！」

幹彦が刀を振るうと、飛剣が飛んで来て僕達に向かっていたオオカミの頭を落として消し去った。

「幹彦、ナイス！」

「おう！」

声をかけると幹彦は残りのオオカミに向かいながらそう返した。


結果は、幹彦の勝ち。

「くそう。剣技のみにするべきだった」

斎賀が言うが、

「でも、オオカミの群れ相手にそれは舐めすぎじゃねえか？　単体ならともかく、群れになった途端相手が面倒になるからな」

と幹彦が言い、斎賀も渋々それは認めた。

「でも！　剣技のみだったら話は別だからな！　勝負はついていない！」

幹彦は笑った。

「おう、そうだな。またやるか」

「今度は、道場とかで、竹刀でやろう」

「それがいいな」

それには天空のメンバーたちも細かく何度も頷いていた。

僕は正直、またやるのかと思ったが、そういうのが楽しいのが剣術バカというものなのだろう。

要は、こいつらって似た者同士なんだな。

「帰るか」

今回の決闘は、こういう決着がついた。


決闘から数日経ったある日、いろんな食材も内職に使う材料もストックがあり、しばらくは内職と家庭菜園の世話でもするかと考えていると、その話を耳にした。

「斎賀がサイの群れを抑えたらしいぞ。七頭とか」

「硬いし、意外と速いし、思ったより大変だろ、あれ」

「天空でって事か？」

「そのいつも斎賀と一緒の五人の幹部グループだ」

探索者協会のロビーでそれを話していたのは、その場を目撃したという探索者だった。

誰それが何をしたという珍しい話は、すぐに広まるものだ。探索者というのが、基本的に強い者が好きだという事かもしれないし、情報をいつでも何かと集めておいて自分の攻略に役立てようという姿勢のせいかもしれない。

「そう言えば、今朝のネットニュースで見たんだけど。ハワイのダンジョンで暴れていた大タコ、トップのチームが討伐成功したらしいぞ」

「向こうの人にしてみれば悪魔の遣いらしいから、マジで悪魔に思えたんだろうな」

「ああ。なんせぬめって斬れないし、打撃は吸収するし、ものすごい勢いの墨を吐いたんだろ。どうやって討伐したんだ？」

「なんか、目の間をとにかく突き刺したらしい」

「ああ。締めたんだな。それでもぬめるから、刃の角度が悪いと刺せなかっただろうにな」

そこまで話を聞いたところでカウンターに順番が来たと呼ばれて、僕たちはその場を離れた。

そして幹彦は、意を決したように言った。

「俺、修行する」

触発されたようだ。

僕と幹彦はあまりガツガツと攻略してはしていない。高い素材がとれるものより美味しい肉をとれるものを選ぶところがある。

これはチビも同じで、攻撃し始めればなかなかに好戦的になることはあっても、可食部分を念頭に置く方法を徹底しているあたり、食い気の方を優先していることは明らかだ。

それに僕もチビも頷いた。

「いいね。やっぱり修行なら向こうかな」

「うむ。やはり地球のダンジョンは、向こうに比べれば弱いからな」

「サンキュ。いやあ、俺もうかうかしてられねえって思ってな。考えてみれば、俺はいつもこのサラディードに助けられてきただろ。純粋に俺の力だけしか使えないような時があったら困るからな。俺は初心に帰って、己の剣を磨こうと思う」

幹彦は照れたように笑いながらも、気合い十分にそう言った。そして僕たちは、幹彦の修行を始めるべく異世界へと行くことにし、準備を始めた。

行き先は魔の森にした。ダンジョンだとそこに何が生息しているのか大方決まっているので、それが不明な魔の森の方がいいと幹彦が判断した。

基本的に、僕たちは手出しはしない。ただついて行き、せっかくなので素材を回収したり、食事の用意をしたりするだけだ。

何日かかかりそうなので、転移して戻ってもいいが、魔の森に留まって気配察知や気配遮断を使いこなせるようにしようということで、魔の森でキャンプをすることになった。

いくら幹彦がケガをしても回復するとはいえ、大けがなら時間もかかるし、何度も何度もとなれば、できなくなるかもしれない。なので、救急セットは当然ながら、僕も魔力がなくなったりして治癒魔術を使えなくなる事を想定して、マイセットも持って行く。

これはメスやピンセットや鉗子や針などのセットで、学生時代に家で練習するのに購入し、大事にしてきたものだ。何も、解剖のセットではない。

レトルト食品も補充しておく方がいいかな。

それよりも調味料だな。減った分は補充しておかなければ。

「大きなタライか何かを持って行けば入浴もできるか」

「そこまで毎日風呂に入りたがるのは、異世界人だなあ」

チビがしみじみと言った。

相変わらず、不気味な植物が生えているし、不気味な鳴き声も聞こえる。

「この辺のやつだと、手こずることは無いいな」

魔の森へ足を踏み入れ、奥へ向かって進んでいた。

当然、戦うのは幹彦だ。

手早く解体の魔術を使って収納バッグにしまい込み、幹彦の様子を見る。

「疲れてないか？」

「大丈夫だぜ」

「じゃあ、もう少し奥に進むか」

「おう！」

それで更に奥へと進んだ。

サラディードを使いはするが、幹彦は刀身に魔力をまとわせたりすることはせず、ただの剣技と身体強化のみで戦っていた。

「もう少し先へ行ったくらいで今日はおしまいかな」

チビがそう言いながら耳をピクピクとさせた。

それと同時くらいに、幹彦も耳を澄ませるようにして辺りを見回した。

僕は残念ながら何の違和感も捉えられなかった。

しかし幹彦が体を向けた方向から、新たな魔物が姿を現した。チンパンジーに似た魔物だ。腕が八本あり、剣技のみで相手をするとなればあの腕が厄介なのは想像に難くない。

僕とチビがやや離れて見ている先で、幹彦とチンパンジーは向かい合い、チンパンジーが雄叫びを上げることで戦いの始まりとなった。

幹彦は素早く接近してまずは足の関節を狙った。

が、八本ある手でチンパンジーはそれをガードする。

そして別の手が幹彦を掴もうと近づいていく。

見ている僕はヒヤリとしたが、幹彦はちゃんと見えていたらしい。スイとそれをかわし、すり抜けるようにしてチンパンジーの背後に移動すると、ふわりと舞うように刀を振った。

「グギャアア！」

チンパンジーは膝裏を裂かれ、片足をついた。

そうなると自由に体の向きを変えられず、八本ある腕も背後の幹彦には届かない。

幹彦は比較的簡単にチンパンジーの首を落とすことに成功した。

「お疲れ様。いやあ、流石だなあ」

「ふむ。悪くないぞ」

チビが言って幹彦も少し安堵したように笑いかけたとき、ズズッと何かを引きずるような音がした。

「新手か」

幹彦はサラディードを握り直し、音の方へと体を向けた。

「うわ……」

それを見て、思わず顔をしかめた。

大蛇の下半身に類人猿のような上半身で、腕が四本あった。その腕は、二本が石を持ち、一本はどこからか引き抜いて来たかのように見える大木を棍棒のようにして構えている。

「チビ、あれは？」

「うむ。棍棒で殴ってくるし、石を投げつけてくるし、ヘビの胴体で締め付けてくるし、尾で薙ぎ払われる」

こそっとチビに訊けば、チビもこそっと答えた。

これもまた厄介そうだが、幹彦の無事を祈るばかりだ。

幹彦はそのキメラのようなものを睨み据えていたが、不意に軽やかに飛び出した。

接近して斬ろうとする。が、尾が振られてそれを回避して距離を置く事になれば、投石が襲う。

「うわっ！」

思わず声を上げるほどに、コントロールもいい。こいつは魔の森野球団のピッチャーかと言いたくなるほどだ。

それを幹彦は避けてはいるが、攻撃に転じることができないでいる。焦った顔はしていないが、幹彦らしいいつもの動きは封じられている。

逃げているうちに、幹彦は池を背にした位置へと追い込まれてしまった。しかもキメラは、幹彦の左右に大岩を投げて、幹彦の動きを封じ込める。

「あいつ意外と頭がいいな、くそっ」

見ているだけというのは、意外とストレスになるものだと知った。

キメラは岩の間に挟まれて逃げ場のない幹彦に接近し、棍棒を振り上げた。

それを幹彦はくぐり抜けるようにしてすれ違いながら、魔力を使ったインビジブルで姿を消す。

それに一瞬だけキメラは驚いたように動きを止めたが、ヘビ特有の体温を察知するという方法でか背後を振り向いて何もない空間を尾で薙ぎ払い、体の向きを完全に変えて、そちらへ、

「キイイイ！」

と吠えた。

その先で、幹彦が姿を現す。

無事な姿にほっとした。うまく追い込まれた位置からは逃げ出したが、ここから第二ラウンド開始だ。

いかにもヌメヌメとしていそうな下半身がうごめき、尾を持ち上げる。と、それがうなりを上げて振り回され、当たった木がへし折れる。大人が両手でやっと抱えられるほどの太さの幹である。

そうやって強靱な尾を振り回しながら、投石を続けた。

幹彦はそれを弾いていた。

が、途中から、おかしいことに気付く。

どうも幹彦は、その投げつけられる石を斬ろうとしているらしい。失敗したものが左右に弾かれて流れ飛び、成功したものはきれいに二つに割れて左右に飛んでいく。

その二つに流れていくものの数が多くなり、いつしか全部が左右に分かれて流れて行くようになると、幹彦は満足そうに微かな笑みを浮かべた。

余裕だな。

とうとう抱えていた石が尽きると、尾も棍棒も来るより早く幹彦は飛び出し、太くてぬめった胴体に斬り付けた。

「ギシャアアア!!」

大きな怒ったような声をあげてキメラが尾を振り回す。

僕もチビも、もう少し距離をとって眺めることにした。

その間に幹彦は、再度斬り付ける。

傷は深く、重さに堪えかねてそこから先がゴトリと音を立てて落ちた。

「よっし！」

まだ微かに尾の方はうごめいているが、動きはだんだん小さくなっていく。

「幹彦、大丈夫か」

「平気、平気」

幹彦はニカッと笑うと、チビに訊く。

「皮は売れるだろう？　肉は？」

「食えるぞ。上半身も買い取りしてもらえるし、そのまま仕舞っておくのがいいだろう」

チビは言い、

「よく刃筋をうまく立てられたな。そうでなかったら、あのぬめる胴体はああもきれいには斬れなかっただろう」

と褒めた。

「へへへ！　石で練習しといたからな！」

幹彦は半分照れくさそうに、半分得意そうに笑って言った。

「ああ、腹減ったぜ」

「この辺でキャンプにするか」

「わかった」

僕たちはいそいそと泊まる準備を始めた。

翌日も魔の森の中を強敵を求めて歩き、ワニというには大きいドラゴンの亜種のようなものを発見し、倒した。硬かろうが魔術防壁を張っていようが、幹彦とサラディードの前には薄っぺらい膜も同然だ。幹彦は滑るような滑らかな動きで接近すると、軽く刀を振り、斬る。

正しい位置に正しい角度で刃を入れると、硬いものでも小さい力で斬れる。まあ、タイのかぶと割りを思い浮かべれば想像が付くだろう。滑る材質のものでも同様らしい。

幹彦はコツを完全につかんだようだ。

舞うような美しい動きはそのまま、素人目にもわかるほどに洗練され、無駄を省いた合理的な動きである。

満足げに、小型の竜か大型のワニという魔物の塩だれ焼きとにんにくしょうゆだれ焼きにかぶりつきながら、僕たちは一応の修行の結果が出たことを確認した。

「あとは、人の強敵かな」

骨をせせりながら言うのに、僕とチビは考えた。

「人かあ。盗賊とか、それとも道場破り？」

そういうイメージがあるのだが、異世界でも、「頼もう！」とか言って道場破りをするものなのだろうか。

いや、それも昔の事か。現代でそういう話は聞いたことがない。

「だったら、いい相手がいるぞ。まさにおあつらえ向きの相手だ」

言い出すチビに、僕も幹彦も瞠目した。

「誰だ、それ」

チビはニヤリとして言った。

「聞いた事はあるか？　首なし騎士、前剣聖の亡霊だ」

剣聖が強いのは当然だ。誰よりも強い。それほど強いから剣聖になったのだ。

しかし前の剣聖は、それでも満足できなかったという。より強い敵と戦いたいと世界中を旅して回り、敵を求め続けた。

そして最も強いと言われていたドラゴンの王に挑み、首をはねられて死んだという。

しかし未だに、死んだ剣聖の亡霊が黒い愛馬にまたがって敵を求めてさまよっていると言われている。

「それ、霊なのか？　物理的に斬れるのか？」

訊くと、チビは、

「いや、あまりにも念が強いせいで実体を得ているらしい。物理的に攻撃できるぞ」

と答え、それで幹彦は嬉しそうに笑った。

「よし！」

「え、行くの？」

「行くぜ！」

「前剣聖対剣聖候補か」

チビが感慨深そうに言い、すっかり乗り気になった幹彦は、修行の最終目標を前剣聖に定めた。

その前剣聖はどこにいるのか。

それはダンジョンでも魔の森でもなく、精霊樹から、キキの村とは別の方向に一日ほど歩いた辺りだという。そこにドラゴンの巣が当時はあったせいだ。

今はドラゴンもおらず、ただ前剣聖だけがいるらしい。

「何人かが挑んでは殺されている」

「そうか。まあ、俺も頑張ってみるかな」

一旦精霊樹へと飛び、周囲を見た。

相変わらず何もない、世界の果てのような光景だ。

「こっちか」

そう言って歩き出す。

「ミキヒコ。前剣聖には、これまでのようなルールはやめておけ。全力でかからずになめたまねをすると、間違いなく死ぬぞ」

チビがそう言い、幹彦は神妙な顔つきで頷いた。

「ああ、わかった。持てる力全てを使うぜ。だから、また見ていてくれ」

それに了承しながらも、間違いなく危ないという時には介入しようと僕は決めていた。

なあに。どうにかして幹彦の所に行って転移すればいいのだ。何とかなる。してみせる。

そんな事を考えながら方向を時々確認しながら歩いて行くと、荒涼とした大地にぽつんと立つ影が見えた。

ハッキリは見えないが、前剣聖以外に考えられない。

「あれだな」

幹彦が、静かな闘志をたたえて言った。

そのままの足取りで近付いて行くと、だんだんとその異様な姿がハッキリと見えてきた。体も身につけているものも全てが真っ黒で、大柄な男だと辛うじてわかる程度の人が、真っ黒な馬にまたがっていた。

ただし、聞いていた通り頭部はない。

武器は大剣で、刃は厚い。

手前で僕とチビは足を止め、幹彦が一人で近づいていった。

距離を置いて立ち止まると、前剣聖は頭部がないにもかかわらず、幹彦を見たのがなぜかわかった。

「前剣聖か」

答えはない。まあ、口がないからか、答える意思がないからか。

幹彦がサラディードをゆっくりと抜くと、前剣聖も大剣を構えた。

「いざ」

幹彦が、獰猛に笑った。

いつ動いたのか、よくわからなかった。気付くと双方がぶつかり合っていたというのが正直なところだ。

馬も大きく、その上から振り下ろされる大剣は、前剣聖の力を加えるととんでもない重さを持っているだろう。それを幹彦は受け止め、流した。

馬に乗った相手とやり合う経験は、流石にないだろう。やりにくいはずだ。

それでも見ていると、ハラハラというよりも、ドキドキ、わくわくする。不思議なものだ。

ただ剣のぶつかり合う音がするだけで、静謐な、儀式めいた感じがする。

それでもこのままでは、タダでさえ重い剣を上から打ち下ろされるのを受ける幹彦が不利であることには違いが無い。

どうするのかと見ていると、馬の足で蹴り飛ばそうとするのを幹彦は距離をとってかわし、その位置から刀を振る。

飛剣が馬に命中し、馬は体勢を崩して足を折った。その馬上から、前剣聖が降りる。

「地面に引きずり下ろしたな」

チビが目を爛々と輝かせながら言った。

そしてまたいきなり、打ち合っていた。一合、二合、三合。

前剣聖は強い力で押し込もうとしているようだが、幹彦は巧みにそのベクトルを変えてまともに受けず、流している。

そのうちにじれたのは、前剣聖の方だった。

大きく踏み出して、振り上げた大剣を力強く振り下ろす。幹彦はそれを流してそのまま斬りかかろうとしたが、前剣聖も、返す刀で切り上げてきた。

幹彦はそれをのけぞってかわしたが、体勢を崩すことになった。

それを見逃す前剣聖ではない。ここぞとばかりに攻め入った。

が、それも幹彦の作戦だったのか。幹彦はふわりと大剣を絡め取るようにして巻き上げ、肩口から前剣聖を斬り下ろした。

大きく大剣を頭上に掲げた形になっていた前剣聖には、それを防御するだけの時間的余裕はなかった。

それでも一矢報いんとした大剣の刃を幹彦は体を低くしてかわすと、地表すれすれを滑るようにして背後へと抜けた。

前剣聖が硬直したように動きを止め、幹彦も刀を振り抜いた格好で動きを止める。

何が起こったのかと目をこらしていると、前剣聖がぐらりと揺れ、輪郭がぼやけたようになると、端からさらさらと崩れてヒトの形を失っていった。

それと同時に幹彦は体を起こし、納刀した。

前剣聖と馬が消えてしまうと、そこにマントが残った。

それを幹彦が拾い上げ僕とチビは急いで幹彦のそばへと行った。

「やったな！」

「たいしたもんだ、ミキヒコ」

幹彦は疲れたような満足したような溜息をつき、空を仰いだ。

「はあ、やった！　でも、強かったぜ、流石に」

「そりゃあそうだろ。前剣聖だもんな」

僕もほっとして笑う。

そして幹彦はマントをしげしげと見た。

「なんだこれは。マント？　大正時代とかにこういうの着てたんじゃねえ？」

それはしっかりとした生地の黒いマントだった。それをよく視てみる。

「あ。飛べるんだって」

幹彦はマントを見、少し困ったように、

「スーパーマンかよ」

と言った。

その後、ふとした拍子に免許証の裏を見ると、幹彦の『剣聖候補』から候補の文字が消えていた。

## 二・若隠居といにしえの大魔導士

「エルゼよりやっぱり人が多いなあ」

僕達は異世界に来ていた。マルメラ王国の首都ヨナルだ。冒険者や一般人による武術大会があり、幹彦が出場してみたいというので、観光を兼ねてやって来たのだ。

地下室から真夜中の首都近郊の町にある精霊樹の枝に飛び、そこから首都へ歩いて行った。

どこの精霊樹の枝も、人目のある所にあるのが普通だ。エルゼのようにうまく誤魔化せる所は稀だ。でも首都に迷路のある公園を見つけたので、次からはそこに転移で飛ぼうと思う。

「まあ、エルゼは都道府県の市レベルだろ?」

「それもそうだね」

言いながらも、面白そうなものはないかと周囲をキョロキョロと見て歩く。

武術大会には冒険者や一般人が出場し、いい成績を収めれば、冒険者としての名声を得られるか、どこかの貴族家や国に雇われるという可能性がある。それで出場者が全国各地から集まるし、それを見物したい客も来るし、たくさんの店が出ていつしか祭りになったらしい。

軒を連ねている露店では各地の名物が売られていて、いい匂いで客の足を止めようとしているほか、特産品もあるし、集まる冒険者目当てに消耗品や武具、魔道具を売る店もあった。

おかげで、飽きる心配はなさそうだが、祭りの期間中に全部見て回れるのだろうかという心配があった。

「ようし！　これで出場手続きは済んだな！」

幹彦がやる気をみなぎらせて言う。

別に名声とか就職には興味はないが、単に強い相手と試合がしたいそうだ。この前、斎賀とやり合ったのがきっかけだろう。

「応援してるよ、チビと」

「ワン」

「史緒も出ればいいのに」

言われて、僕は苦笑した。

「ううーん。僕はまあ、魔術寄りだから」

この大会は身体強化はありだが、攻撃系の魔術は禁止だ。

「ああ……魔術の大会があれば出られるのにな」

幹彦が残念そうに言い、チビが小声で、

「魔術士は基本的に秘密主義だしな。大会で手の内を晒すのは嫌がるだろう」

と言う。

「そんなもんか」

「へえ」

「まあ、二つ名持ちの冒険者は知られているといえなくはないが、それでも全部はさらけ出していないだろうな」

僕と幹彦は、そんなものかと思いながら相槌を打って聞いていた。

「あ。折角だし、ヨナル名物を食べようよ」

そばの食堂からテイマーらしき冒険者を含むグループが出て来るのを見かけて、僕達は店に入った。

ヨナルの名物料理と言えば、海の幸と山の幸と魔物食材を混ぜてキャベツのような葉で包んだものらしい。それを蒸して赤ワインソースやオレンジソースをかけるか、コンソメで煮込むか、焼いて塩を振って食べるようだ。

「私は塩焼きで」

チビがコソッと言うのでそう注文し、僕はオレンジソース、幹彦はコンソメにした。

来るのを待つ間、店内を見回す。誰もが浮かれた様子で、大抵が大会の話をしていた。今回は誰が優勝しそうか、これまでで一番の名勝負はどれか、など。

「やっぱり、四大冒険者ほどの奴らはそうそう出ないよな」

「だから四大冒険者なんだろ」

「そりゃ、そうだけどよ。彼らが認めた者がいれば、五大とか六大とかになるんだろ？　本来この大会も、元は七大冒険者だったのが欠けちまって、それを復活させるためにしてるんだろうが」

「そうだったな」

忘れていたらしい。

僕達も大会の趣旨は初耳だ。

「蒼炎の魔女メイ、巨人ガイ、狂戦士クリル、人形師コーエン。ここに続くやつが現れるのかねえ」

「この四人は凄いからな。ちょっとやそっとじゃあ、並んでも見劣りしちまうぜ」

彼らの話を興味深く聞いていたが、料理が届き、僕達の興味は料理に向いたのだった。


四大冒険者というのは、有名なものらしい。子供でも知っている常識のようなので、「それって何ですか」と訊くのははばかられた。

しかし苦労せずとも、聞き耳を立てていれば話の断片からそれについてわかってきた。

冒険者を代表する現役の強い冒険者四人。それも、ただ一番、二番というわけではなく、名前が残るほどの強さが必要らしい。

蒼炎の魔女メイ。ただ一人の女性で、炎の魔術を得意としている美女らしい。

巨人ガイ。文字通り巨体で、怪力。大きな斧を武器にしているらしい。

狂戦士クリル。普段は王子様の如き好青年で、仲間を大切にしているらしいが、戦いでは豹変して、血に酔ったように暴れるという。武器は剣で、噂では村雨のような魔剣らしい。

人形師コーエン。見た目はどこのチンピラかという姿らしいが、金勘定に厳しく、意外にも子供好き。鎖の付いた鎌とミスリルの糸を使うらしい。それで相手の自由を奪い、仕留めるという。

七大冒険者が欠けた原因は、ドラゴンの出現と高齢を理由に引退したためのようだった。

この七大冒険者に入ったとしても、完全な名誉職というか、特に何かがあるわけでもない。ただ名が知られ、冒険者なら依頼が増えたり、貴族に準じた扱いをされたりするらしい。

「ドラゴン！　いるんだな」

幹彦の目が、これ以上ないほど輝いている。

「ドラゴンを討伐しに行くのは、流石に危ないかなあ」

言うと、幹彦も少し考えた。

「まあ、もっと修行が必要かもな。うん。がんばろう」

え。行く気か？

まあ、見に行くだけなら、僕も見てみたい気はする。地球には絶対にいない生物だ。

それにしても、四大冒険者か。

「四大冒険者って、国民的ビッグスターみたいなものかな」

言うと、幹彦も頷いて言う。

「そんなもんじゃねえかな。ただの有名人と呼ぶには凄すぎるよな」

四大冒険者の事を語る皆の目が、男も女も、大人も子供も、皆、輝いている。

誰が強いかと論じ合い、自分が好きな冒険者を推すあまりに違う冒険者を推す者とケンカになったりしている。

「凄い熱心さだなあ」

この世界にもストーカーとかがいるのか、心配になって来た。

「ほかに娯楽らしい娯楽も少なそうだし、冒険者は生活にも関わってくるし、まあ、いやでも熱心になるんだろうな」

幹彦は感心するように言い、掴み合いのケンカを始める男達から目を逸らした。

「それより、実際にどうやって戦うのかを見てみたいぜ。大会に来るらしいけど、試合には出ねえのかな」

四大冒険者の彼らは、七大冒険者に加える者がいないかを探すために大会を見学するらしい。だから、その彼らの目に留まるというのが、冒険者の夢だという。

「僕の夢はやっぱり隠居だな」

「七大冒険者だと、いざって時には危険に立ち向かう事になるんだろうしな。普段は隠居かもしれないけど」

「こっちはやっぱり大変だなあ。あ、待てよ。いずれ地球も魔素がダンジョン外に満ち溢れたら、似たような事になるのか？」

「その時は国が備えるんじゃねえの？」

「だといいけど」

考えながらも、料理に舌鼓を打ち、店を出た。

「幹彦は明日から予選だよな」

「ああ。史緒はその間店を見て回るか？　予選は見学できないらしいし」

「そうだな。魔道具とか見てようかな。あ、魔術関連の本があれば欲しい」

「スリが出るだろうし、気を付けろよ」

「幹彦もがんばれよ。本戦で応援するんだからな」

「おう！」

幹彦は気合十分に返し、僕とチビは満足そうに頷いた。

そんな僕達を、こっそりと見る者に気付かないまま。


翌日、幹彦は会場へと行き、僕は市場を見て回っていた。

チビは、幹彦が何か知らない事があった時にこっそりとアドバイスするために、飼い犬として幹彦に付いて行っている。知っていて当然の事を知らず、妙な疑いを持たれたら困るからだ。

薬草や魔道具を見て、知らないものがあると鑑定し、術式を読む。そして大道芸や色んな商品を見ていた。

と、子供の泣き声がして足を止めた。見ると、四歳くらいの女の子が大泣きし、七歳くらいの男の子が困ったような顔をしている。

「おにいじゃんのばがあ！」

「お前がちゃんと持ってないからだろ！」

「うえええん！」

「届かないし、もうお小遣いないし、諦めろよ」

兄の方がそばの木と泣く妹を困ったように交互に眺める。木の上に、風船のようなものが引っかかっていた。どこの世界にもある光景らしい。

僕は近付くと、重力と風の魔術を使って、ひょいと風船を手元に寄せた。

「はい。これでいいのかな」

兄妹は泣く事も忘れ、目を見開いて僕の手の中で揺れる風船を見ていた。

「お、お兄ちゃん、魔術士⁉」

「凄え！」

「もっと何かやって！」

「水とかで動物とか作れる⁉　前に見学しに行った領兵の魔術兵が見せてくれたんだ！」

妹の手にしっかりと風船の糸を巻き付け、考える。

「こうかな？」

水の球を宙に浮かべ、犬の形にして、走り回らせてみる。

「おおー！」

そこに火で輪を作り、犬に跳んでくぐらせる。

「跳んだー！」

次は犬を魚の形にし、数も増やして群れにすると、勢いよく辺りを泳がせる。

「うわああ！」

「お魚が泳いでるう！」

僕も調子が出て来たので、土で船と漁師を作って浮かせ、光の網を持たせるとそれを投網のように投げさせる。魚は一網打尽にされて網に捕らえられると、蝶に変わり、網をすり抜けて飛び出した。

するとと今度は船と漁師が花に変わり、そこに蝶が飛んで来て留まると、花と合わさって青い鳥に変わり、空高く飛んで行って、空に虹がかかった。

上空で霧に変え、太陽の光で虹を作ったのだ。

「兄ちゃん、すっげえ!!」

「鳥になって、虹ができたよ兄ちゃん！」

兄妹も大はしゃぎだが、いつの間にか見物していた通行人らも歓声をあげていた。

「あ、いや、はは」

僕は騒ぎになっているとは思わず、驚き、頭を掻いた。

「兄ちゃん、冒険者？　それで魔術士？」

兄妹が目をキラキラさせて見上げて来る。

「あ、うん」

周囲からも、

「大したもんだ」

「同時に水と火と土？」

「いや、あれだけの数のものを制御する事こそが難しいって」

などと声がする。

恥ずかしい。ちょっと泣き止ませようと思っただけなのに。

「えっと、今度は風船、離さないようにね」

僕はぎこちない笑みを浮かべ、立ち去る事にした。

そそくさと離れ、ひょいと路地に入ったところで息をつく。

「そんなつもりはなかったのになあ」

その時、首に何かが巻き付いた。

「何だ？」

鏡があれば確認できるのに、生憎ここにはない。しかし手で触って、どうやら首に何かを着けられたようだというのはわかった。ネックレスというより、首輪というデザインに思える。

そうしながら振り返ると、背後に陽炎のようなものが立ち、そこから人が現れていた。隠蔽の魔術だ。ありきたりな服装の観光客に見えるが、

「騒ぐな。魔封じの首輪だから魔術は使えない。騒ぐと、殺すぞ」

と押し殺した声で言いながら短剣を突き付けて来るのは、ありきたりな観光客ではあり得ない。

そっと試してみたが、本当に魔術は発動しない。

今度は普通の行商人みたいな人が通りかかり、パカリと荷台の箱のふたを開ける。こいつも仲間だった。

「入れ」

と言いながら僕を箱に押し込み、魔術をこちらに向けて撃つ。

催眠の魔術だ、と思ったが、効かない。何せ対魔術の効果のある服を着ているのだ。

「あれ？　こいつ、耐性持ちか」

焦ったように言って、今度は短剣を振り上げた。

「待て！」

今度はこちらが焦るが、首の後ろに柄の方を振り下ろされて、

「痛いだろうが……」

と文句を言ったところで、意識が途絶えたのだった。


目が覚めるのと、首が痛むのは同時だった。

「痛て……ムチウチとかになったらどうするんだよ」

文句を言いながら体を起こすと、男が短剣を突きつけながら、

「ポーション、いるか？」

とぶっきらぼうに言う。

多少のケガはポーションでどうとでもなると思っているから乱暴な事が荒っぽいのだろうが、ケガは治っても、痛いものは痛い。

「いえ、結構です」

首を軽く動かしてみて、軽い打ち身程度なだけだと確認し、断った。

幌付きの馬車の荷台に乗せられていたが、周囲には誘拐犯の仲間と思しき男達が八人座っていた。皆、見かけはただの商人や観光客のようだが、目付きが悪い。

「こいつ、いい服着てやがるぜ」

中の一人がジロジロと見て言うので、身ぐるみはがされるんじゃないかと警戒したが、別の一人が、

「古着屋に売るにも、自分で着るにも、目立って足が付く。諦めろ。うまくいけばもっと儲けられるんだからよ」

と言い、男達は薄笑いを浮かべた。

身代金目当てにしては、名前や実家について訊かれないのがおかしい。まさか——。

「臓器売買か⁉」

思わず言うと、男らはギョッとしたような目を向けて来た。

「臓器？　内臓か？　魔物じゃあるまいし。まさか食うのか？　怖い事を言うな」

あ、そうか。ポーションがあるから、臓器移植とかはないんだろうな。そもそも、そんなに医療技術が発達していない。

「じゃあ、目的は何ですか」

訊くと、短剣を向けて来た男が面倒くさそうに答えた。

「いいから黙ってろ。着けばわかる」

短剣をちらつかせて言われれば、黙るしかなかった。


しばらくガタゴトと揺られて走り、これ以上は三半規管がおかしくなりそうだと思った頃、ようやく馬車が停まった。

降りろと言われて馬車から降り、辺りを素早く見回す。人のいない山道で、誘拐犯の総数は三十人以上。助けを求める事も逃げ出す事も難しそうだ。

「こっちだ」

言いながら肩を掴まれて、馬車の入れそうにない細い道に入る。そのまましばらく木々に囲まれた道を進むと、崖のようになった所に突き当たる。

そこには石像が五つ並んでいた。

怪しげな宗教だろうか。そう考えていると、男が言った。

「この遺跡には何も無いと言われているだろう」

遺跡らしい。余計な事を言わなくて良かった。

「俺達の中に旧クラム人の血を引く奴がいて、遺跡についての言い伝えを知っていたから、俺達だけはここにお宝があると知っていてな」

旧クラム人というのはわからないが、これを造った民族だろうか。

「そのお宝を取り出す手伝いをしてもらいたいのさ」

男達は、欲にぎらつく目付きをしていた。

「お宝ですか」

「ああ。何でも、魔術士の祖が眠っていて、魔術の根源に触れる事ができるそうだぜ」

それは気になる。

「乱暴に連れて来たのは悪かったがよ、騒がれたりほかのやつらに知られたりするわけにはいかなくてな。強い魔術士と見込んで、兄ちゃんを連れて来させてもらったんだ」

言い訳は嘘くさいが、魔術の根源とやらには興味がある。どうせ逃げられないようだし。

「断る事もできないようですね」

僕達は、胡散くさい笑みを交わした。

＊＊＊

魔術士の兄ちゃんが誘拐されたと泣きながら子供が武術大会の会場に駆け込んで来たのは、強い冒険者がたくさんいるここでなら助けてもらえると思ったかららしい。

それを聞いたのは予選を見るのに飽きた四大冒険者のクリルとコーエンで、子供好きと正義感に燃える二人は、なんという事だといきり立った。

そうしてメイとガイにも知らせに行き、子供からどんな魔術士で、犯人はどんな奴かと訊き出していると、それを耳にした幹彦とチビが、被害者が史緒だと気付いたのだ。

「待て！　その連れて行かれた奴って、こういうのか？」

スマホの写真を見せると、子供達は頷く。

「そう！　お兄ちゃんだ！」

四大冒険者たちも目を輝かせる。

「それは何だ!?」

「ああっと、魔道具。俺専用だから、他人には使えないけど」

本人認証があるので、嘘ではない。

「で、犯人は？」

「明日も来るか訊こうとして追いかけたら、お兄ちゃんを箱に詰める所を見たんだ！　腕の刺青が見えたから、あいつら、闇ガラスだよ！」

幹彦はわからなかったが、周囲が驚いて教えてくれる。

「闇ガラスだと!?」

「大陸中で指名手配されている盗賊団じゃねえか」

「何で誘拐を？」

「魔術士を狙ってたんじゃ？」

「まさか、脅して仕事をさせる気なんじゃ」

「やべえんじゃねえか」

武術大会予選会場は俄かに騒がしくなり、一旦中止の上、四大冒険者と憲兵、そして幹彦が闇ガラスと史緒を追う事になった。

＊＊＊

幹彦たちの方がどうなっているかはわからないまま、僕は盗賊団と洞窟の中に侵入していた。五つの石像の足元にかがまなければ通れないような穴があり、その奥は洞窟になっていたのだ。

床も壁も天井も石を積んで造られており、所々に松明を挿す場所があるが、溶けたロウが固まって残っていた。そこをランプを持った男を先頭にして進むと、広間に出た。二百平方メートルくらいだろうか。

更に奥へと続く通路があり、そこに足を踏み入れる。

石の角はどこも丸くなり、かなりの年月が経っている事が推測される。埃と砂が床にある事から見て、あまり人も訪れない場所らしい。

一本道の廊下には所々に部屋の入り口があるが、ドアは無く、中が見えた。机と椅子、ベッドと棚らしき木の残骸。そこには朽ちた薄い板、ボロ布が残っていたりする。

やがて一番奥の部屋へ着いた。

そこもやはり扉はなかったが、元ドアだった木の板が立てかけてあった。

中に入ると、薄い板が積まれた棚、ボロ布が入った棚、石でできたしっかりとした机と椅子、ボロ布がかけられた木のベッドらしき台があった。これまでで一番広く、備品も良さそうだ。ここが一番偉い人の部屋だろう。

しかしこの部屋の奥にも扉があり、その向こうに続き部屋がありそうだった。

手近な薄い板を見ると、紙代わりの木簡のようなものらしく、術式が乱雑に書きなぐられている。無駄の多い術式だが、広範囲に攻撃を及ぼす魔術を考えているようだ。

「こっちだ」

言われて続き部屋へと近付き、少々驚いた。

「この術式は、まだ生きてるのか」

「ああ。上にある広場に植えられている魔素を帯びた木や草、食虫植物が捕えた動物。そういうのから魔力が流れてくるようになってるらしいぜ」

リーダーが説明する。

「確かに、この線が上に伸びてるし、魔力が流れて来ている」

何年くらい前の人が考え、作った仕掛けかわからないが、よくできている。

供給された魔力はその続き部屋の真ん中にある陣に流れており、その陣の真ん中には棺桶が安置されていた。ふたは無く、中に横たえられたミイラが見えた。

ミイラを保存するための魔力かと、少し身を乗り出して術式を読む。

「あの棺桶の中にいるのが、魔術士の祖と言われた魔導士だ」

興奮気味にリーダーが言う。

「こう、伝えられている。『いつか魔術の祖であり最古にして最高の魔導士が甦る。彼の者は魔術の根源に触れ、魔術の神髄を知る者。彼の者がよみがえりし時、王国は再び現れ、混沌の試練を課すだろう。選ばれた者のみがそれを生き延び、王国に仕えし民となり、王国は世界を統べるだろう』」

聞いていた僕は、背筋が寒くなった。

もしかして、甦ってはいけない人だろうか。

リーダーはこちらを見た。

「魔導士を仲間にした俺達は、世界の王だ。それにあれは最高の魔導士だ。少なくとも、凄い魔導書や凄い杖や凄い魔道具も身に着けているに違いない。じゃあ、手伝ってもらおうか」

嫌な予感がする。

「何をしろと？」

「続きはこうだ。『魔導士をよみがえらせるには、優れた魔術士の魔力を捧げよ』」

言うや、笑いながら僕の背中を棺桶に向かって突き飛ばした。

＊＊＊

目撃談と憲兵隊の調査からアジトではないかと目を付けていた場所へ踏み込む。

が、もぬけの殻だった。

「いねえ！」

イライラとコーエンが言って机を蹴る。

しかし、残されていたものを読んで手がかりを捜していた幹彦とチビは、それを見付けた。

「地図に印が付いていているぞ」

「そこは遺跡だ。昔の祭祀遺跡とされるところで、大したものは見つかっていないはずだぞ、ミキヒコ」

「じゃあ、ここは隠れ場所の一つか？」

聞いていたクリルや憲兵隊長はそこに捜索隊を向かわせるべきかどうか検討し始めたが、メイはフムと頷き、言った。

「では、そこに使い魔を飛ばしてみましょう」

言うや、肩にとまっていた小鳥に小声で囁き、外へ飛ばした。

「伝書鳩か？」

幹彦は思わず言った。

「ん？　デンショバト？」

「あ、何でもない」

言い、どこかに史緒の痕跡がないかと捜す。

チビはクンクンとしながら、悔しそうに言う。

「魔封じの首輪でもはめられているんだろうな。そうでないと、大人しく誘拐されているわけもないし、フミオの痕跡がプッツリと路地で途絶えているわけも納得できる」

と、遺留品を調べていたガイが深刻そうな声をあげる。

「魔術士の祖を蘇らせるとか書きなぐってるな。それに、名の知れた魔術士の一覧表みたいなものもある」

ワッと集まる。

それで一人がポツンと言った。

「もしかして、世界を滅ぼそうとした魔術士が封じられているのって、ここか」

それに幹彦は怪訝な顔をしたが、それは誰でも知っている事のようで、皆、ハッとしたような顔や、考え込むようなそぶりを見せた。

「あれはおとぎ話みたいなものだろう？」

「でも、強大な力を持つ魔術士をどうにかこうにか各国の魔術士が力を合わせて封じ込めたっていう童話が実話だっていうのは、昔から言われてるじゃないか」

「いや、それは子供向けの童話の話で、実際は倒しただけ。魔導士の祖国の生き残りである旧クラム人が魔導士の遺体を盗んで、どこかに隠して復活を画策したまま滅んだんだよ。学者がその場所がどこか研究してるけど、よくわからないんだよな」

「そのまま遺体が朽ち果ててたりしねえのかよ」

幹彦はぼやきながらも、その紙を見ていて気付いた。

「史緒の名前も最後にあるぞ。術式の作成と展開が得意？　同行者は武人一人と子犬？」

「ターゲットとして選ばれたのかもしれないな。すぐにその遺跡に向かおう！」

クリルが言って、どうするべきか意見が割れた。

幹彦とチビは、とにかく手掛かりがそこぐらいなので、行ってみたいと主張するが、メイが飛ばした使い魔の報告を待つべきだとの意見も出る。

「世界を滅ぼす気の魔導士を復活させられちゃどうしようもないわ。慎重に行くべきよ」

「だから唯一の手掛かりが遺跡なんだろうがよ、蒼炎！」

四大冒険者たちももめだした。

その時、地面がグラリと揺れた。

「何⁉」

この世界では地震はそう起きないのか、全員が驚き、慌てているが、日本人の幹彦は違う。

「地震か⁉　大きいぞ！　机の下――いや、外に出ろ！　急げ！」

それで皆慌てて外へと飛び出した。

そうして、それを見た。

晴れていた空が曇り、その雲がある一点に集中していく。

「あれって、地図の？」

「遺跡の方角だ！」

何が起こっているのかはわからないが、幹彦は血の気が引いた。

「俺は行く！」

「待て、幹彦！　魔導士が蘇ったんなら史緒は手遅れだ。魔導士をどうするかがこの先――」

「黙れ――！」

幹彦はガイを睨んだ。

「史緒は簡単にくたばる奴でも、素直に黙って利用される奴でもねえんだよ」

身を翻す幹彦に、クリルが続く。

「私も行こう！」

と、地響きが響き渡り、全員が遺跡の方を見た。

遺跡のある山に天とつながるまばゆい光の柱が立っている。

「うひょう！　これは行かないとヤベエだろう！」

コーエンが面白そうな顔付きで言い、メイも青い顔で言う。

「魔導士が蘇ったのかも。あれはきっと失われた古代魔法の光だわ！」

それで一部の憲兵を残し、全員で遺跡を目指したのだった。

＊＊＊

突き飛ばされた後、僕は体から何かを抜こうとする力を感じた。途端に体が怠くなる。

すぐに魔法陣の術式だとわかり、それを阻害する術式もわかった。

「ああ、この魔封じの首輪がなければ！」

これが邪魔をする。

ミイラのカサカサした顔の目が薄っすらと開く。魂を留めており、ここに大量の魔力を注ぐ事でミイラ化した体を蘇らせ、魂を定着させて完全に甦る術式が組まれていた。

「無駄な術式を組んでるくせに。何が魔術士の祖だ。何が魔術の根源だ」

怒りに震えてくる。

「あ、待てよ。こうすれば……」

魔力を練り、任意の方向に流し、集める。

何かが壊れたような音がした。眩しくて、ミイラの顔も良く見えない。

「おお……！　寄こせぇ！　もう一度ぉ」

ミイラが言いながら、ぎこちなく腕をあげる。

「待てよ。この魔導士って結局死者なんだよな。アンデッド？」

だったら、対策は知っている。

「光だ!!」

ミイラに対抗できるだけの、強大な光をつむいだ。

誰かが叫んでいるようだが、力の流れが轟音を立てていたせいで耳がおかしいし、光が眩しすぎて視界が戻らない。

それでも、異常耐性が効いているのか薄っすらと叫んでいるのが盗賊団員の声だとわかったし、自分に治癒の魔術をかけると、視界も聴覚も戻った。

それで気付いたが、うまく魔封じの首輪が壊れたようだ。もし遅れていたら、今頃は僕の方がミイラになっていたかもしれないと思うとゾッとする。

ミイラは崩れ、盗賊団員はこちらを指さしたり、目や耳を押さえて転がったりしていた。

そしてミイラの上に、半透明の人影が現れ、こちらを睨んでいた。

「蘇ろうとしていた、自称大魔導士ですね」

「自称だと!?　生意気な小童（こわっぱ）が！　よくも邪魔をしおって！」

地団駄を踏んで怒り狂っている。霊体なのでエア地団駄だが。

「はあ？　魔術の根源にしてはお粗末でしたね。魔力を恒久的に集める方法は興味深くはありましたが」

「黙れこの――――！」

言葉を思いつかないのか、口を開けたり閉めたりパクパクさせていた。

「お前の体を乗っ取ればそれで済むわ！　なあに、却ってその方がいいというもの！　大人しく体を寄こせ！」

「黙れ、幽霊！」

魔術と魔術がぶつかり、余波が広がって地面が陥没し、壁や天井が崩れる。

「に、逃げろ！」

リーダーが叫び、盗賊団員は這う這うの体で走り出した。

僕とミイラのいた部屋の天井には大きな穴が開き、曇り空が覗いている。

「うわあああ‼」

ミイラの霊体が叫びながら魔術を放って来る。流石に大魔導士を自称する程度はある。

だが。

「負けてられないんだよ！」

こちらも魔術で対抗する。

魔術と魔術がぶつかり、さらに派手に辺りを破壊する。炎が踊り、竜巻が舞い、氷が飛び交い、稲妻が走る。

これ以上破壊すると、僕もミイラと一緒に埋まってしまいかねない。

怒りの中で、ようやく僕は冷静さを取り戻した。

術式を読み、術式を書き換える。辺りの魔素に干渉し、自称大魔導士の魔術を阻害する。

「うぬっ！　このっ！」

「ふははは！」

霊体でも、真っ赤になって怒ると初めて知った。

その時、天井の穴から呆れたような声がした。

「史緒。楽しそうで何よりだけど、そろそろ切り上げねえか」

幹彦だった。

「あ、ごめん」

僕は我に返ると、新たな術式をつむいだ。

「もう、逝け！　二度と甦るな！」

「うわあああ!!」

強烈な光を浴び、自称大魔導士はチリのように千切れ飛び、消え去った。

「はあ、自称大魔導士め。看板に偽りありだ！」

嘆息すると、頭の上の穴の縁から、幹彦の溜め息と笑い声が続いた。

「史緒は本気で怒らせると怖いんだよなあ」

「そうかあ？　温厚だけどな、僕」

チビは穴から飛び込んで来て、大きくなって言う。

「まあ、無事で何よりだ。フミオの脚力腕力では上がれんだろう。ほれ、乗れ」

否定したいが、無理だ。幹彦なら行けそうだが。大人しくチビの背中に乗り、僕は地上に出た。

そして、想像以上に辺りが破壊されている事に愕然としたのだった。

盗賊団闇ガラスは捕縛されたが、憎々し気に、あるいは恐ろし気に僕を睨んでいる。

「魔封じの首輪をはめられていたと思っていたが、壊れていたのか。よかった」

チビが言うのに、ああ、と思い出して言う。

「ああ、あれ。いやあ、基板とかって過剰な電流を流すか過剰な電圧をかけると壊れるだろ？　だから、過剰な魔力を流すと壊れるんじゃないかって思ったんだよ。当たってたね！」

それに、チビもメイも見開いた目を向けた。

「……普通は壊れるほど魔力を流せん」

「キバン？　デンリュウ？　それはわからないけど、本当はあなたが大魔導士なの？」

僕の方がキョトンとする番だった。

「え？　首輪のごく一部、制御部に魔力を集中させただけですよ？　その辺の魔術士にもできると思いますよ？」

魔術士用の手錠を作った時にその構造を考えたから思いついた事だ。

憲兵隊長は慌てて部下の一人を呼び、魔封じの首輪をかけて、

「外せるか？　どうだ？」

と真剣な顔で試させていた。

「まあ、無事でよかったぜ」

幹彦が笑い、僕達は拳をぶつけ合った。

「無事と言えば無事か。世界が厄災に呑み込まれる事を思えば、遺跡が崩れて山が窪地になった事くらい、誤差のようなものだよな」

ガイは力なく笑い、コーエンは
「いやあ、お前ぇおもしれえな！」

とゲラゲラ笑った。

光の柱も空を覆う黒い雲も多くの人の目に入り、それを屋内にいて見ていなかった人も地震は体験していたし、何より山が無くなったのだから、隠し通せるものではなかった。

闇ガラスの壊滅と共にすべてが発表され、一旦中止された予選が再開された事も相まって、民衆は寄ると触ると声高に噂話を始めるのだった。


武術大会の会場は、人がぎっしりと集まって熱気に包まれていた。

どうにか予定通りに予選が終わり、今日は本戦、決勝戦だ。

幹彦も順当に勝ち上がり、ファンも付いている。ついた二つ名は「舞刀」。強く且つ優雅で、猶且つ顔もいい。ファンがつくのも当然だ。

「幹彦、中学——子供の時からモテて、ファンクラブとかあったんだよ」

膝の上のチビに教えてやる。

「まあ、モテそうなタイプだな」

ガイが納得したように言うと、クリルが、

「羨ましい」

と言い、コーエンが鼻を鳴らして、

「イヤミかよ、てめえは」

と言う。

一番女性が多いファンクラブがクリルのものらしい。

なぜ僕が四大冒険者と一緒に観戦しているかと言えば、七大冒険者に指名されてしまったからだ。

そしてこれまでの試合で、幹彦も内定している。剣聖だから、当然と言えば当然だろう。

僕も幹彦もそれがありがたいのかどうかよくわからなかったが、何か大変な事――例えば大魔導士の復活とか――が起きなければ、ただの冒険者と変わりがないと言われたので、地形を変えた責任として引き受けざるを得なくなったのだ。

まあこれまで通りに、幹彦やチビと一緒に冒険者をして、趣味の工作をして、家庭菜園をして、年に一度武術大会を見学すればいいだけだ。隠居の名誉職みたいなものだ……たぶん。

考えているうちに、決勝戦だ。

幹彦と大柄な剣士が向かい合っている。

お互いに攻撃魔術は使えず、身体強化のみ。猛スピードで走り、強い力でぶつかる度に、土煙が舞い、火花が散る。

少年漫画でしかそういうのは起きないと思っていた。

「力そのものは向こうの方が強いけど、敏捷性（びんしょうせい）は幹彦が上か」

目を離さないまま言う。

「あの大剣を何度か受けたら、それだけで響いてくる。厳しいぞ」

クリルがそう言う。

「幹彦は大丈夫ですよ。楽しんでるから」

幹彦はリラックスした表情で、焦ったりしていない。

と、幹彦に向けて相手は大剣を大きく力任せに振り下ろし、幹彦は軽く避けた。避けながら刀を振り、飛剣を飛ばす。

飛剣は技であって魔術ではないという判定を受けているので遠慮無く使えるため、ほかにも使う人がいたが、速さや飛距離、威力など、幹彦がずば抜けていた。

相手はそれを大剣で弾くが、武器が大きいせいで隙ができる。

そう思った時には幹彦が接近していて、刀を振っていた。

が、相手は上手く肘を使ってブロックした。これは大剣遣いとして誰もが考える反撃なのだろう。

しかし幹彦は普通ではない。気配を消しながらさらに上のスピードでするりと横をすり抜けて剣の反対側に回り、刀を相手の首にピタリと当てて見せた。

一拍置いて、審判が赤い旗を掲げ、会場は歓声に包まれた。

そして今年、七大冒険者の空きに二人加わったことが発表された。幹彦の二つ名は「舞刀」、僕は「魔王」。

もっと穏便なものがよかったが、ほかの候補は「大魔導士殺し」「厄災の悪魔」。ロクなものじゃない……。

# 三・若隠居と地球での初遠征

指名されて、僕と幹彦は七大冒険者の空席に就いた。七大冒険者とはいえ、僕たちは隠居。名誉職をもらっただけだと僕は呑気に考えていた。

でも幹彦は、これではいけないと、鍛える事を宣言した。

まあ、地球もいつかその辺に魔物がウロウロするようになったら、安穏と隠居生活を送れない。なので僕も、万が一に備えて鍛える事に賛成した。

それで、異世界のダンジョンの方が強い魔物がいるのはわかるが、ちょっと顔と名前が広がり過ぎたので、ほとぼりが冷めるまで近所で頑張る事にした。

まあ、世界が違えば出る魔物も違うかもしれないので、近所のダンジョンの魔物を知る方がいいに決まっている。

そういうわけで、僕達はいつもの港区ダンジョンへやって来ていた。

ワシのような翼と前足を持ちながら、ライオンのようなしっかりとした下半身を持つ魔物が上空から襲い掛かって来る。

飛剣で翼を傷つけて落ちてきたところを斬るほか、魔物の周囲を囲って空気を抜いてそのまま殺すか、酸欠で意識を失って落ちてきたところにとどめを刺す。

そう言えば簡単そうに聞こえるかもしれないが、大きさが二畳くらいあると、突進を受け止めても重いし、落ちて来たものに当たってもケガをする。

「何とかこの程度なら危なげなくやれるな」

幹彦がやや満足そうに言う。

「そうだね。安全な隠居生活のためにも、がんばろう」

「ふむ。隠居というものがどういうものか、段々自信がなくなってきたぞ。言葉は通じているはずなんだが……」

何やらチビが首を傾げているが、どんまい！

僕達はそろそろ帰ろうかとエレベーターに向かった。


買取カウンターで順番を待ち、今日の戦利品を出す。

魔石やドロップ品がゴロゴロと山を成すが、それを見て、ヒソヒソとしながらも興奮気味で抑えきれていない声が聞こえる。

「あれ、見た事無いぞ」

「階層の一番奥の方で出る奴か？」

「あんなにあるけど、強い魔物なのよね？」

「弱いわけないだろう」

職員は鑑定を進め、目録に記入していきながら、どこの階で出たものかを併せて記入する。

ここの最前線ではあるが、幹彦はまだ満足していない顔をしている。僕も、それは同じだ。二度とあんな不覚は取るわけにはいかない。

いつも通り売った代金は二つに分けて僕と幹彦に振り込んでもらうようにして、持ち帰るものをバッグに入れる。

その時、声がかかった。

「最近見ないと思ったけど、こもってたのか。てっきりさぼってるのかと思ってたぜ」

斎賀たち天空の幹部が並んでいた。

「ああ。お前らか」

幹彦が言うと、斎賀が返す。

「再戦に備えてるのか？　フン。それはお前だけじゃないからな。次はきっちりと白黒はっきりさせてやる。お前もやっとその気になったんだな」

なぜ嬉しそうなんだろう。バトルジャンキーってやつなのかな。

僕はチビを抱きながら首を傾けたが、幹彦は薄っすらと笑った。

「勝ち負けはどうでもいいんだけどよ。ただ、もっと強くなりたくてな」

斎賀は何か言いかけて、結局口をつぐんだ。

「じゃあな」

幹彦はそう言って片手をあげ、僕も、

「じゃあ、また」

と軽く頭を下げて幹彦と歩き出した。

「今日もいい運動をしたな」

「おう！　帰ったらまず風呂に入って、ビールを飲みてえ！」

「仕込んできたナスがいい頃合いだよ」

「あれか！　ビールに合うんだよなあ」

「私もあれは好きだな。ビールはいらんが」

チビも小声で言い、僕達は家路についた。


ナスを細く縦切りにしてレンジにかけ、めんつゆ、砂糖、酢と一緒に袋にでも入れて冷蔵庫に入れておく。鷹の爪の小口切りを入れてもいい。夕方それを出し、千切りの青じそを乗せ、白ごまをふればおしまい。簡単で美味しい一品になる。


「美味いなあ」

「家庭菜園にナスを植えて良かった」

「味が染みて美味いな、これは」

僕と幹彦とチビは、晩酌しながら夕食を食べていた——チビは飲まない。

「ビールにも合うし、飯にも合うんだよな！」

「ナスの生姜焼きもいいけど、こっちもいいよね」

「うむ。どちらも美味い」

「子供の頃、何でナスが嫌いだったんだろうなあ」

ワイワイ言いながら食べ、メインのポークステーキとひじき大豆、味噌汁の夕食を終えると、片付けをしてリビングに移る。

そこでテレビを点ける。

「まだまだ先はあるんだろう？　だったら、魔物もまだまだ強くなるんだよな」

幹彦が言うと、チビはうむと頷いた。

「エルゼのダンジョンの、ようやく中層に入る所だろうからな。とは言え、出て来る魔物が必ずしも一緒とは限らないからな。断言はできん」

「僕は、魔封じとかされても大丈夫なように、薙刀も練習しないとなあ。気配察知とかもできればいいんだけど」

僕は言い、幹彦と、

「ま、がんばろうぜ」

と言い合った。

と、テレビの音に注意を引かれた。

『重軽傷を負いながらも脱出できた探索者によりますと、これまでとは比較にならない強力な魔物がいるとの事です』

画面はちょうどスタジオのアナウンサーから、現場を中継する画面に変わった。

鬱蒼と茂る濃い森の中に木造の物置小屋みたいなものがある。そうと聞かなければわからないが、あれはダンジョンの入り口だ。

ダンジョンが見付かり出した最初の頃、この南の島の密林で働いている男が、いつも通りに仕事をしに来て、小屋へ道具を取りに行き、中がダンジョンに変化しているのを発見した。

この時恐る恐る興味本位で入った男は、正体不明の動物に腕を食いちぎられながら命からがら逃げ出した。後にそれは魔物であると断定され、ここがダンジョンであると発表された。

本当に、ダンジョンの入り口というのは、わかりやすいものもあればわかりにくいものもあるし、どこにできるかも様々だ。

「ここって、確か十七階くらいにトラが出たっけ」

それに幹彦が答える。

「ああ。毒蛇とか巨大ヒルとか、やたらとやり難そうな所だぜ」

「一層強力な魔物か。どんな奴だろう」

想像する前に、イラストが出た。

全身が燃え上がるトリが立ち上がっている。

「火の鳥？」

「火の鳥だぜ」

僕と幹彦は同時に言った。

「あれか。向こうのヒクイドリに似ているな」

チビが言う。

「ヒクイドリ？」

「ああ。とにかく燃えていて、熱い。接近する事も困難だ。攻撃は火の弾や火柱を噴く事、火傷するほどの熱風を送る羽だな。氷で対抗できるはずだが、氷の魔術士は用意できなかったのか？　それとも、向こうとは別物なのか？」

チビが言いながら考えている間にも、アナウンサーが説明をする。

立ち上がった大きさは三メートルを超え、火を吐いたり熱風を送って来たりするので近寄れない。

しかも、氷や水の魔術を使おうとしてもなぜか不発になり、火傷を治そうとポーションを飲んだり身体強化を使おうとしたりすれば、体が内側から焼けるという。

「それは……」

想像して、戦慄した。

攻略も気にならなくはないが、まずは、内側から焼かれた人の事が気になる。

助かったのだろうか。望みは薄いような気がする。

「いきなり日本に出なくて良かったと言いたいけど、現地の人にとっては災難だったな」

幹彦が何とも言えない顔をした。

いずれこのヒクイドリ、日本での名称はホノオドリというらしく、これが日本にも出るかもしれないとは思ったが、まだまだ相対するのは先の事だと思っていた。

ダンジョンへ行くと、ほかの探索者たちの話題は、ほぼ間違いなくホノオドリだった。

チャレンジしようという探索者は世界中にいるが、政府の方がストップをかけているそうだ。いくら自己責任とは言っても、十中八九重傷か死亡というところに、「さあどうぞ」というわけにもいかないのだろう。

今は国主導で、耐熱素材の服や防具を身にまとった軍隊が挑む計画を立てているという話だ。

「うまくいくかな」

「いかないとまずいけどなあ。ホノオドリのせいで攻略が進まずに氾濫とか起こったら、そいつも含めたヤバい奴が出て来るんだろうからな」

「辺り一面火の海になるよなあ」

恐竜映画みたいだと呑気に言っているわけにはいかない。

しかし続報としてホノオドリ攻略の失敗が報じられ、ニュース速報の流れるテレビを見ていた僕達に電話がかかってきた。

「是非、相談に乗ってもらいたい」

総理からだった。


非公式に各国の政府や探索者協会、ダンジョン庁などに協力要請があったらしく、各国のトップ探索者によるチャレンジを求めているという。

まずは軍による再突入の結果を知らされるが、防火服、耐熱素材よりもホノオドリの威力が高く、スペースシャトルの外壁やロケットのエンジンに使われる素材でも相当分厚くしないと人への影響が出るらしい。しかしそれでは、運ぶだけでも重くて大変で、実用的ではない。

そして相変わらず、結界を張るのも魔術で攻撃するのもできず、身体強化もポーションも自滅でしかなく、物理攻撃したくても近づけなかったという。

「それでも、現在ナンバーワンを自認しているアメリカのチームと軍の混成チーム、中国の軍がチャレンジすると名乗りをあげている。この後ロシアも出して来るとみている。日本も出すしかないのだが……」

重々しく総理が言う。

まさかこの隠居見習いに行けとか言わないだろうな。そう考えていたが、安心した。

「あれはどういう現象か、予想がつくかね」

ダンジョン庁大臣が訊く。

「魔素に干渉したり術式に干渉したりすれば相手の魔術を不発にできますし、ポーションや身体強化で内側から燃えるのは、発動の瞬間に術式の書き換えをしているんじゃないかと思いますが。まあなにぶん、見ていないのでただの想像ですが」

「そうか。じゃあ、行って、見て来てもらえないかな」

安心するのはまだ早かったと、続く言葉に愕然とした。

「え、いや、僕がですか？」

「周川君とチビ君と揃って、正式に日本からの救援派遣団として現地へ送ろう」

「団って、ほかにも？」

驚きながら訊くと、偉い人達は笑顔で話し出した。

「自衛隊と、食料や耐火素材などもね」

「自衛隊は、医療班は当然ですが、突入に際しなるべく近くまで露払いするための人員と、食事などの供給もします」

これは間違いない。僕達が来る前にどっちみち送り込む事で話が出来上がっていたようだ。

「いや、あれと向かい合ったら、ちょっとやそっとの防御では意味もなく、死にますよ」

「一切の魔術を使わずに耐えられるほどの盾を持って行ったとしたら、動けなくていい的にしかならんだろうな」

チビがボソッと言った。

幹彦は何やら考えていたが、こちらを見る。

不吉な予感しかしない。

「史緒」

「待て、幹彦。しがない隠居に何を言うつもりだ」

すると幹彦は困ったように眉を下げた。

「じゃあ、俺だけ――」

「待て、待て待て待て」

僕は掌を向けて遮ると、考え、はあっと大きなため息をついた。

「わかった。わかってるよ。幹彦だけでは無理だし、僕だけでも無理だ。でも、僕と幹彦とチビだったら、可能性はある。わかってるけど、絶対じゃないんだぞ」

幹彦はふふんと笑う。

「フミオ。あれが外に出たら、卵を産んで増やすだろう。そうなると、安全な隠居生活は難しいかもな」

チビまで言う。

ああ、降参だ。

「わかりました。行きますよ。行ってあいつを焼き鳥にでもしてやりますよ。あ。焼き鳥にはもうなってるのか」

こうして僕達は、派遣される事に決まった。

現地までは、普通なら飛行機でまず三時間。乗り換えて一時間から一時間半、または船で半日。そこを、飛行機一本で行った。

空港上空から見た現地は、濃い緑と窮屈そうに集まった市街地から成っている小さな島だ。

降り立つと熱帯雨林独特の熱い空気が押し寄せ、回れ右をしてクーラーのかかった飛行機の中へ戻りたくなる。

「暑いなあ」

早速きびきびとカーゴを降ろしたりして動いている自衛隊員に感嘆の目を向けていると、

「腕が鳴るぜ！」

と張り切る幹彦と、クウンクウンと鳴きながらも、

「スパイスの効いた美味い料理に期待しているぞ」

という目で念を押すチビに、

「元気だなあ」

と苦笑するばかりだ。

荷物は収納バッグに見せかけた空間収納庫と収納バッグに収めてあるので、身軽だし、早い。

普通なら、収納バッグに危険物を入れて持ち込む危険があるので、収納バッグはカウンターで預けて、到着空港のカウンターで受け取るという手間がかかる。

今回は政府のチャーター機に乗って来たので、その手間が省けた。

「せっかくだし、お土産も買って帰ろう。置物とか、香辛料とか、紅茶とか。マンゴーとかパパイアはびっくりするほど安いらしいしね」

「でも、ドリアンはいらねえぜ」

即、幹彦が言い、僕も同意する。

「あれは好き嫌いが分かれるよな」

チビも嫌そうに言う。

「私も苦手だ。よく食おうと思ったな」

以前知り合いにお裾分けをもらったのだが、僕も幹彦もにおいがだめで、チビは鼻がいいぶん輪をかけて嫌だったらしい。しばらくドリアンをくれた近所の八百屋さんを警戒していたほどだ。

「同意するけど、世界にはそう言いたい食べ物がまだまだあるんだよ、チビ」

チビは何とも言えない顔付きになり、

「人間の考えはわからん」

と言い、幹彦は噴き出した。

ホノオドリへのアタックは、国毎に順番にする事になったらしい。先のチームが討伐してしまったらそれまで、という事になり、各国はその順番を決めるのに、色々と高度に政治的なやり取りをしたのだと聞いた。

先を越されるのと失敗するのでは、どちらがましなのだろう。

失敗の場合、人員がポーションで治るケガで済む保証もないが。

僕達日本チームは、アメリカ、中国の次、ロシアの前だ。

言いながら車に向かって歩いていると、斎賀が不機嫌そうに言った。

「相変わらず呑気だな、貴様らは」

日本のナンバーワンチームはどうやら僕と幹彦とチビらしいのだが、ナンバーツーは天空か「サムライボール」というチームらしく、今回は天空が依頼を受けて来る事になった。

天空の方が先に依頼受注の返事をしたというのと、僕達とはまがりなりにも知り合いで、連携も期待されての事だそうだ。

「クソッ。周川、覚えとけよ。絶対に俺達がナンバーワンになって、お前達をアシスタントに使ってやるからな」

それに幹彦はニヤリと笑い、

「へへっ。それはどうかねえ。修練してるのがお前だけなわけがないんだぜ」

と言う。

それでふと、

「ああ、そうか。同じ速さで強くなったら、結局両者の位置は変わらずかあ」

と天空のメンバーが呟いてしまい、ほかのメンバーに叩かれ、斎賀に恨みがましく睨まれていた。

バカだなあ。思うだけにしておかないと。

そんな、緊張とはかけ離れた空気で歩く僕達に、明らかに探索者とわかる外国人の目が向けられる。

「バカンスかよ、いいねえ」

「悪いじゃねえか、折角来たお嬢ちゃんたちだぜ。あ、お坊ちゃんだったか」

嗤いながら言う一団もいれば、

「やあ。先にアタックさせてもらうよ。無駄足になったらすまんが、恨みっこなしで頼むぜ」

と冗談めかして言いながら握手を求めて来る一団もいる。

いちいちケンカを買うのも馬鹿らしい。

「史緒」

「大丈夫だって。親睦会のパーティーで、グラスにタバスコを入れたり皿にわさびを仕込んだりするくらいしかしないって」

「するのかよ！」

驚く斎賀に、

「冗談だよ」

と言うと、幹彦が笑っていた。

「さあて。どうなることやら」

派遣団の責任者となっている隊長は、そう言って面白そうに唇を引き上げた。


順番にダンジョンへと突入していく。

アメリカチームは失敗したもののどうにか死者は少なくできたが、中国チームは何が何でもとがんばったらしく、生還者が少なかった。

そして今度は僕達だ。

自衛隊でも陸上自衛隊のレンジャー部隊を中心にダンジョンアタックを実施しており、今回の突入班はその部隊だ。流石の練度で魔物を排除していく。

しかし、部隊としていく時にはほかの隊員と足並みを揃えなければならないのでまとまって進むため、進むのが遅くなりがちだ。そこで、十七階を超えた辺りで先導が天空に代わった。

トラや毒蛇が出るが、天空はそれを危なげなく狩っていく。

斎賀もドロップした刀が使いやすいようだ。

「力も魔力も温存しておけ。俺達の名誉にかけて、お前らを送り込んでやる」

斎賀がそう言った通りだ。

幹彦はどこか楽しそうに見えた。

そして、二十二階からは僕達も合同で討伐に加わり、ようやく二十九階から下へ下りる階段まで辿り着いた。

この下が、ホノオドリのフロアだ。このダンジョンも近所のダンジョンと同じく、ボスは五階毎で、十階毎にワンフロアを占める大ボスが出現するというつくりだ。そしてボスのみのフロアの場合、一度倒したら二度とボスは現れず、そのフロアは安全地帯となるらしい。

「よし。行こうぜ、史緒、チビ」

幹彦が肩を回し、リラックスしながらもやる気に溢れた顔付きで言った。

「うん、作戦通りに。幹彦、気を付けろよ。チビ、幹彦を頼むな」

「ワン！」

僕と幹彦とチビで、作戦は練ってあった。計画の上では、うまくいく。

ここでほかの皆は、引き返すことになっていた。後ろで見ているだけでも危ないので、エレベーターの使える二十五階へ行き、先に一階に戻って待つ予定だ。

「周川。いいか。再戦の約束を忘れるんじゃないぞ」

斎賀が睨みつけながら言う。

何度も「一緒に」「見学だけでも」と言われていたのだが、危なすぎる。目の前で防具に炎を叩きつけて見せ、「これと同じくらい耐火性能があればいいけど」と言えば、諦めた。

僕達のは、まだ地球には出現していない強力な魔物の素材に希少鉱石も複雑な術式も加えたもので、向こうの世界でも一級品だ。こちらの世界の最高ランクとはケタが違う。

まあ、詳しい事は言えないけれど。

「いくぜ」

僕達は階段を下りて、大きなドアの前に立った。

深呼吸して、アイコンタクトの後、幹彦が扉を開ける。

写真も撮れないので証言者の描写頼りになるが、ほぼ間違いはなかったようだ。大きなトリで、全身が燃え盛っている。火の鳥と言われて想像するトリ、そのものと言っていいだろう。

ホノオドリは威嚇するように翼を広げ、こちらを睥睨(へいげい)している。開いたくちばしから炎を吐こうと身構えるのだが、僕達が部屋に入った途端別れたので、とっさに目標を決めかねたように頭を揺らした。

いいぞ。

僕は集中した。

反対側には幹彦とチビがおり、まずはそちらを減らす事にしたらしい。ホノオドリは幹彦たちの方へ頭を向け、喉の奥で炎を起こした。

それに向けて、ホノオドリの魔術を妨害する術式を放つ。それによって炎はくちばしの隙間から吐き出される事がなくなり、ホノオドリはキョトンとしたように見えた。

その隙にとびかかった幹彦が斬りかかる。体中を覆う炎は、大きくなったチビが展開する氷の魔術で軽減されている。

ホノオドリは慌ててチビの氷を燃やそうとしながら身を引くが、その術式に僕が干渉して反対に氷を大きくした。

ホノオドリを覆う炎は頭と胸を除いてほぼ消え、幹彦はいつも通りにホノオドリに斬りつけた。

「グギャアア!!」

翼の付け根がパックリと開く。

ホノオドリは怒り狂った目を僕達に等分に向けたが、僕達はまたちょろちょろと移動している。と、僕達の見ている前で、傷口が塞がっていく。

「自然治癒か？」

「フン」

幹彦は不敵に笑い、

「俺だってあるからな。お揃いじゃねえか」

と言いながら飛剣を飛ばした。

ホノオドリはそれをキャンセルしようとしたが、できない。

これで確信できた。ホノオドリは術式に干渉するのだ。魔力や魔素を直接どうこうするわけではない。

ならば、攻撃は飛剣でいける。

僕も幹彦もチビも、まずは推測が当たって安堵した。

だが、それでも勝負は甘くはない。戦いは始まったばかりだ。

ホノオドリと僕は、互いに互いの術式に割り込み、キャンセルしつつ、自分の魔術を発動する隙を窺う。相手の術式を精緻（せいち）に書き換えられるほどの余裕は残念ながらない。なので、ひたすら「邪魔」をするのみだ。

その間に幹彦とチビが攻撃をするのだが、幹彦の飛剣が単に魔力を飛ばすだけだから発動できているように、ホノオドリが翼をバサリと振って飛ばす火の弾も、言わば火の粉が飛んでいるだけであって魔術ではないため、飛んで行く。

幹彦がそれに当たってしまった時は、防具が上手く防御してくれるものもあれば、火傷するものもある。しかし火傷は、幹彦の自然治癒が端から治していく。

それでも苦痛はある。音をあげないのは、幹彦の精神力の強さのたまものだ。

チビは背後から氷をぶつけ、爪で襲いかかる。

そのせいでホノオドリは、三方向のどこにも注意しなければならず、三方向のどこにも集中できないでいるはずだ。

僕を後回しにすれば一気にピンチに陥る危険性があるし、かと言って幹彦とチビの攻撃も実に鬱陶しいはずで、急所に当たればこれも大ピンチになる。

ホノオドリの状況はこんなところか。

僕達の方は、まず何と言っても熱い。

そして僕は、ずっとホノオドリの発しようとする魔術の術式を読み、それに対抗する術式を発し、それに対してホノオドリが——と、とにかく頭を休める暇がない。

昔ある有名な将棋の棋士が、対局中は「脳みそが汗をかくほど集中する」と表現した事がある。勿論脳は汗をかかない。だが、まさにその表現は正しいと、今の僕は実感できる。

わからないならやってみればいい。

などと考えられたのは、不思議な事に、必死に魔術戦を繰り広げる脳の領域とは別の部分が冷静に考えたためである。使わずに眠っている脳で考えたか、医師としては離人症の症状としか思えない。

と、その部分の僕が思った。

「ギャギャッ！　ギャッ！　グギャア！」

ホノオドリは見るからにイライラとして、翼をバタバタとさせるが、その翼を幹彦とチビが斬り落とした。

「グギャアアア!!」

ホノオドリは鳴き、反射的に幹彦を見、チビを見た。

不用心にもガラ空きの体に僕が氷の杭を突き立てる。

「グギャアアア!!」

グラリと体が揺れ、段々と生え始めていた翼の再生がそこで止まる。

「うおお！」

幹彦はチャンスとばかりにホノオドリに突進していく。その幹彦を、チビが氷の魔術で包み、炎から守った。

幹彦の刀は深々と胸を斬り、心臓へと達した。

しかし、チビが叫ぶ。

「まだだ！　これが向こうのヒクイドリなら、心臓と脳を同時に破壊しなければ死なない！」

それで僕は、頭に向けて氷の杭を飛ばした。

ホノオドリはどうにか横目でそれに干渉し、どうだという顔をした。ように見えた。

が、それは本命ではない。

氷の杭の背後に、隠れるようにして、風の刃が飛んでいた。

瀕死のホノオドリがそれに気付いても、それに干渉するだけの時間的な余裕も、精神的な余裕もないだろう。その考えは当たっていた。

心臓が回復する前に頭が斬られて落ち、心臓はそのまま動きを止めた。それと同時に体中の炎が消え、傷は治る事もなく、ホノオドリはどうと地面に倒れた。

僕も幹彦もチビも近くまで寄り、しばらく起き上がって来るんじゃないかと警戒して見る。

ホノオドリは微かにくちばしを動かし、チビがホノオドリが何か言うのを聞き、それを通訳するのを僕と幹彦は聞いた。

「突然、ここに閉じ込められ……子供だけでも……かえしたい……」

チビがそう通訳したところでホノオドリは形を崩し、魔石とドロップ品をいくつか残して消えた。

「ああ……終わった……幹彦もチビも、ケガは？」

言いながら座り込んでしまった。

そして、誰からともなく大きく息を吐いた。

ひとしきりひっくり返って休憩してから、のそのそと起き上がる。

「酷ぇ目に遭ったぜ」

防具が少々傷んでいるが、これならどうにか自動修復が効きそうだ。幹彦自体は、自動的に自然治癒が効いていてケガが治っている。

チビはかなり火傷も負ったようだった。元々氷に強く、火に弱い。僕が急いで治癒魔術をチビにかけたのでこちらも治っており、チビは溜め息をついた。

「久々に骨が折れたな。弱い奴らばかり相手にしていて、なまったかもしれん。反省だ」

僕は全員が、ケガはしたものの無事に治った事に安心して、力が抜ける思いだ。

「無事に済んでよかったよ。はあ。で、これは何かな」

言って、ドロップ品を見る。

「ブローチは、魔力を流して魔術の規模を大きくするのか」

それに幹彦がフムフムと頷く。

「なるほど。いつもそうだと、薪に火を付けるつもりで辺り一面を焼け野原にしてしまいかねないもんな」

確かに。次に紐を摘まみ上げる。

「これは紐か。武器に巻き付けておいて、魔力を流すと炎がプラスされるんだって。これ、幹彦にいいんじゃないか？」

「ああ、飛剣が、火の刃にもなるわけだな！」

言って刀に巻いてみると、紐は鍔（つば）に形を変えた。

「羽根は、火の属性をプラスだって。チビ、氷にも火にも強くなれるよ！」

チビは羽根をチョンチョンと突いていたが、羽根を首輪に付けると、

「おお！」

と言い、満更でもない顔になった。

「ブローチは史緒が使うのがいいんじゃないか」

「そうだな。そうしようか」

言われて、ブローチを着けてみる。

まあ、着けただけではよくわからない。

「ちょっと試しにやっておこうかな」

何せダンジョンは、壊れないのだから。

奥の方へ向かって、軽く風の魔術を放つ。

「おわっ⁉」

「ふ、史緒！」

「加減というものを知らんのか！」

竜巻の中に引きずり込まれたように暴風に翻弄される。どうやら風が壁に乱反射したようだ。

言っている間にも、何か大きな凄い音がして辺りが揺れ、幹彦とチビとかたまってしがみついていると、揺れも風も収まった。

巻き上がっていた埃も段々と収まっていき、嘆息する。

「えらい目に遭ったな」

「お主は、他人事みたいに……」

「あはは」

「帰るか」

僕達は笑いながら立ち上がり、残りの物を拾い上げるとエレベーターの方へと歩いて行った。


一階に戻ると、待っていた日本団は、戻って来るかどうかわからなかった僕達が戻って来て、魔石を隊長に渡した事で安堵を見せた。これで面目が立つ。

それで揃って外へ出た。

ホノオドリも熱くて部屋中が暑かったが、ここの暑さはまた違う。第一に空気の匂いが違う。

ポーションを準備して日本とこの土地の探索者協会職員が、不測の事態に備えて軍と救急車も待機していたし、どんな姿であろうとも出て来るところを捉えようと、報道陣も遠くで待ち構えていた。

その彼らが立ち上がり、こちらが全員自力で歩いているのを見て動きを止めた。まだ、成功したのか引き返して来たのか測りかねているというところだろう。

しかし隊長が、

「ホノオドリの討伐、完了しました」

と言ってバッグから魔石を取り出すと、大きな歓声が上がった。

どうやって倒したのか訊かれるのは間違いないが、「ノーコメント」で押し通す。隊長が。

僕達は黙ってそれに同席していたが、解散となるとすぐに部屋へ戻り、入浴してからベッドに倒れ込む。

戦っている時からしていた頭痛が限界だ。

「大丈夫か？　頭痛薬飲むか？　ポーション、飲んだのになあ」

幹彦が言いながら横に来て顔を覗き込むと、ベッドが沈んだ。

「頭の使い過ぎだから、自然に任せるしかないんだろうなあ。ああ。国試以来だよ、こんなに頭を使ったの……」

医師国家試験の時は範囲も広いし大変だったが、暗記が中心で、今ならこれよりは楽だったと言える。

あ、思い出したらまた痛くなる……。

「筋肉痛も、ポーションは効かないもんなあ」

幹彦も眠そうな声で言う。

ポーションも万能ではないもんなあ。

「チビ、大丈夫か」

チビはベッドの横に大きい姿でいたが、

「大丈夫だから、安心しろ。ミキヒコもフミオも、寝るといい。不調な時は寝るのが一番だ」

と言って丸くなった。

確かにそれは言える。具合の悪い時は自然と寝るものだ。動物は自然とそういうふうにできている。

様子を見に来てそのまま隣で寝始めた幹彦も疲れ以外は大丈夫らしい事に安心すると、僕も目を閉じた。

# 四・若隠居と新たな神獣

魔石はそのダンジョンがある国のものになるので、そこの国に売る事が決まっている。なのでその分は依頼料にプラスして支払われる事になる。

ドロップ品は討伐者の物で、対外的には日本チームのものという事になっているが、ホノオドリに関しては僕と幹彦とチビで貰うという事が日本内で合意されているし、その前までのものは国のものとして、その分僕たちと天空は依頼料という形でもらう。

しかしここで、ある事実が問題になった。

ホノオドリから死の間際に聞いた事に推測も交えると、この世界と異世界がつながった時、ダンジョンが形成されて魔素が流入されたが、たまたまあのホノオドリと地球では呼んでいる向こうでのヒクイドリが紛れ込み、ダンジョンに閉じ込められたらしい。

卵を産んだホノオドリは動けないままダンジョン内におり、探索者が進んで来て攻撃をしてきたので、それに対して応戦していただけのようだ。

あのフロアにホノオドリが居ついたのは、あのフロアの本来のボスをホノオドリが倒して安全地帯になったからで、卵のために敵のいないあのフロアにホノオドリが棲み着いてボスのような役割を果たしたのだと思われる。

隅の方に、本来の魔物の残した魔石とドロップ品と思しき火に耐性のあるマント、火の効果がある短剣があったので、それが本来のここのボスのものだったに違いない。

僕達は話し合い、卵の件を抜いて隊長に報告する事にした。

そして一階で皆と合流した後隊長に報告し、魔石二つと全てのドロップ品を渡したのだ。

ホノオドリのドロップ品は欲しいがマントと短剣はいらないと言うと、ホノオドリのドロップ品は査定後僕達の手に戻る事になった。マントと短剣の価格分は依頼料にプラスされる事になり、日本政府とこちらの政府とで交渉をする事になる。

なので僕達はこっそりと、ホノオドリの卵をいただいた。卵は孵(かえ)る前に向こうの世界に持っていくつもりだ。ここで孵って万が一増えてしまうと地球人にとっても脅威だし、ホノオドリにとっても向こうの方がいいだろうという考えだ。

ゆっくりと寝れば頭痛も幹彦の疲れも治まっていた。

ホノオドリのドロップ品を受け取ったあと、レストランでこちらのスパイスの効いた食事を楽しみ、近くで土産物を買う。接触しようとする他国の政府職員や探索者協会職員もいたが日本側の探索者協会職員に邪魔され、ほかのメンバーと一緒にチャーター機で日本に戻って来た。

解散式とやらを行い、そそくさと家に帰る。

「どこに置いてくる？」

「ヒクイドリってやつはどこに棲んでるんだ、チビ」

地下室へ向かいながら僕達は卵をどこに置いて来るか話し合っていた。

「火山の火口近くとかだな」

「また暑い所か」

「普段着じゃだめだな」

それでいつもの探索用の服に着替えようと、カバンを開ける。

その時、チビが、

「あぁっ」

と声をあげた。

「どうした」

言いながら振り返りかけた時、その音に気付いた。ピシッとか、パリッとかいう音だった。

何か、不吉な予感がするのは気のせいだろうか。

恐る恐る振り返った時、僕も幹彦も眩暈がした。

「……遅かったようだぞ」

チビがケージの中でこっそりと抱いて魔力を与えて保護していた卵は割れて、ヒナが孵ってしまっていた。

親と同じく全身が火に包まれているが、敵対する気が無い場合はその火は無害となるらしいと知った。それだけが収穫だろうか。

「ピーピーピー！」

ヒナは鳴いてバタバタと翼をはためかせると、チビにピタリとくっついて見上げている。

「親と思ってるんじゃねえか？」

「ああ！　刷り込み！」

僕と幹彦がそれを見て言うが、チビは面白くもなさそうにヒナを見下ろした。

「私は親ではない。鳥違いだ」

「ピーピー！」

チビは嘆息し、僕と幹彦は笑い出した。

「かわいいじゃねえか」

「インコみたいだよね。ピーコ。ピーコちゃん」

「ピ？　ピー！」

ヒナはこちらを見て首を傾げて鳴き、翼をばたつかせてピーピーと鳴きだした。

「史緒。お前はまた。オスかメスかもわからんのに」

幹彦が苦笑しながら言い、

「オスならピー助だな」

と付け足す。

チビはじっとヒナを見ていたが、諦めたようなため息をついた。

「聖獣に雌雄の区別は基本的にないぞ」

それを聞いて、僕はヒナをよく見た。

「ヒクイドリって聖獣なの——んん？　ホノオドリでもヒクイドリでもないぞ。神獣のフェニックスって」

幹彦が眉を寄せ、チビが渋々口を開いた。

「卵に私が魔力を与えてきただろう。それで、影響が出たんじゃないか。生まれる前の方が影響を受けやすいからな。はあ」

幹彦が、

「なんだ。やっぱりチビが親ってことで間違ってねえのか」

と言うと、チビはがっくりと頭を垂れた。

ピーコにエサをと思ったが、何を食べるのだろう。小鳥のヒナであれば、ふやかした粟などをやるのだが。

チビに訊くと、

「私と同じで、基本は魔力だが何でも食べるぞ」

との事だ。

言葉も、二日もすれば喋り出すだろうという。何という頭の良さだ！

「で、チビ。神獣って結局何だ。雰囲気しかわからん」

幹彦が訊き、僕も頷いた。確かによくわからない。何か偉いというのはわかるけど。

「ああ……こう言えばわかるか。四聖獣というものがある。例えば向こうの世界では、フェンリル、フェニックス、リヴァイアサン、ザラタンで、それぞれの中で一番力がある、特に魔力の多いものが神獣になると言われている。そうする事で世界の魔素の均衡を保つとか言うがな。各々が取り分けて何かしているわけではない。この神獣も時々は代替わりするし、その時期は各々で異なるし、神獣になるほどの力があるものがいなくては代替わりはできないから、常に全てが同時代に揃っているわけではない。揃っていなくてもそこまで不都合もない。ただ揃っている時にしか精霊は生まれないと言われているが、私が生まれた時にはいなかったから、真偽のほどはわからん」

僕と幹彦は「ふうん」とか言いながら改めてチビを見た。

大きい時はともかく、小さいときはただのかわいい子犬にしか見えないのに、そんなに偉いのか。

あれ。待てよ。

「チビがここにいるって事は、向こうにはフェンリルの神獣が不在ってことか」

だから帰るとか言われても寂しいけど、世界が心配にはなる。

「私はこの世界の神獣だ。向こうではただのフェンリルだった。向こうには確か、リヴァイアサンとフェニックスの神獣はいたな。それに四神獣が皆不在な期間が長いとどうか知らんが数十年は誤差の範囲だし。こいつも、この世界の神獣だな」

「そうかあ」

安心して、チビを撫でた。

そして頭を差し出して来るピーコの耳の所と首の後ろをかいた。

幹彦もチビを撫でていたが、ポツンと言った。

「うちのペットはどっちも神獣ってことになるのか」

「珍しいよな」

「そうだな」

深く考えまい。まあ、これ以上は増える事もないだろう。

翌日は異世界へ行き、手に入れた装備品類のテストだ。

どこに行くか迷うところだが、魔の森と精霊樹の近くに決定した。

地下室へ行き、異世界の精霊樹に飛ぶ。

見事に何も無いので、どれだけの魔術を使おうとも、迷惑をかける事もない。

「では」

おもむろに、ブローチに魔力をこめて火の弾を放ってみる。直径十五センチ程度の弾を作る魔力だ。

しかし飛んで行ったのは直径十五メートルほどの火球で、着弾点にクレーターができた。

「これは、大きくなり過ぎだな。いつ使えばいいんだ」

眉を寄せる僕の横で、幹彦はううむと考えて言った。

「辺り一面を燃やすとか凍らせるとかそういう時じゃねえかな」

それはどういう場面だろう。虐殺しか思い浮かばない……。

まあいい。それよりも、これだけのエネルギーだ。それを集約させれば、別の使い方ができるんじゃないか。

魔力を細く集約するイメージで、撃ち出す。

「おおー！」

的として作っておいた土の杭に、穴が開いている。

いや、よく見るとその向こうの山の形が変わっていた。集束魔術攻撃、成功だ。

「よし。これなら使えるな！　威力に気を付ければ」

するとピーコが、チビの頭の上からパタパタと飛んだ。次は自分の番だというつもりか。

「ピーコ、無理するなよ」

「そうだぞ、ピーコ。大きくなってからでもいいんだぞ」

僕と幹彦がそう声をかけるが、チビが、

「まあ、見ておれ」

と言い、僕達は手乗りインコにしか見えないフェニックスのヒナを見た。

ピーコは空中で羽をバサリとさせる。すると羽から火が矢のように飛んで行った。

「おおー！」

「凄い！」

続いて口から火を火炎放射器のように吐き出した。

ヒナだからか時間は短いが、温度はかなり高いようだ。

それが終わると今度は高く舞い上がり、穴を開けた土の杭に襲い掛かる。まずくちばしで頂点をもぎ取り、再度舞い上がってから急降下すると、足の爪で杭の上をガシッと掴んで粉々に砕いた。

「うわ、凄い！　ヒナなのに！」

「ピーコ、凄いな！」

僕と幹彦は拍手し、ピーコは心なしか胸を張ってチビの頭の上に着地した。

「ヒナとは言え、フェニックスだからな」

なぜかチビも胸を張る。親が子供を誇る気持ちだろうか。

「じゃあ次は俺だな！」

幹彦はウキウキとして刀を構えると、刃に魔力をまとわせ、振った。それで魔力が飛んで行くのだが、いつものかまいたちのようなものではなく、燃える刃が飛んで行くように見えた。鋭くて速い。

「おおー！」

皆でその行先を見つめ、それが土の杭をきれいに根元から斬ったのを見て声をあげた。

「最後は私か。今まで火は弱点だったから、どうにも感覚が狂うが……」

チビは言いながら何か考えるような顔で杭の方を見ていたが、フッと身構えると、周囲に氷の弾の代わりに火の弾が浮かび、飛んで行って杭を跡形もなく粉々にした。

「おおー！」

「チビ、弱点がなくなったじゃねえか」

「いいもの拾ったよなあ」

「ピー、ピー」

「フフン。じゃあいよいよ実戦で試すとするか」

チビが言い、僕達は目を輝かせて、魔の森へと場所を移した。


魔素が濃く渦巻く魔の森。奥へ行くほど魔素は濃くなり、それに比例して魔物は強くなる。そして魔素が濃いほど魔物は美味しくなる。

僕達は魔の森で新しい力を確かめつつ食料——じゃなかった、魔物を狩っていた。

当然、可食部が残る事が重要である。なので、火で丸焼きなどという事はご法度だ。そうして倒した獲物は即解体して、収納バッグにしまう。

そうやって進んで行くうちに、池に出た。今回の目当てのひとつだ。

その池は直径が十五メートルほどの円形で、水中はよく見えなかった。周囲は鬱蒼とした木々に覆われ、池の中央部分だけに辛うじて太陽が差し込んでいる。水面は静かで、頭を出した岩や倒木には苔が生え、木々の間からは得体の知れない鳴き声が時々響く。

僕達はその中で、魚を狙う。

この池は一見静かに見えるが、わかさぎクラスから白身の大型魚まで、いろいろな魚が棲んでいるそうだ。中でも高級魚とされているのが、鱗が真珠のように輝くグレートパールフィッシュで、これまでに見つかったものの中で最長のものが七メートル、ワニくらいは簡単に引き込んでバリバリとかみ砕くという化け物のような魚だ。

高級魚なので誰もが狙いに来そうなものだが、この魔の森のそこそこ深部にある池まで来て釣りをするなどという者は滅多にいない。釣りの名人が腕利きの冒険者に囲まれてチャレンジした記録が三つほど残っているだけだ。

それでも僕達は諦めなかった。

まずは道具だ。竿とリールは幹彦が資源ダンジョンで掘り出した鉱石を使い、硬さと柔らかさと粘りと感度にこだわってメーカーと試行錯誤して作り上げたもので、糸は細くて丈夫なダイヤモンドスパイダーの糸を編んだものだ。針は強度に優れるワイバーンの骨を加工し、ルアーとエサの二本針とした。エサはその辺にいるワニを狩って切り身にし、ルアーは日本の釣具店で数種類買って来た。水面から底まで探れるように。

「ルアー釣りってした事あるのか、幹彦」

「一回だけな」

心配になってきた。

しばらくの間、投げては待って巻き、待っては巻き、回収してはまた投げる、を繰り返していた。

なかなか来ない。巻くスピード、しゃくり方とその間隔、投げる位置、タナ。それらが揃わないと魚は釣れないらしい。

「あ」

幹彦が微かな手ごたえを感じて声を上げ、竿先に集中する。

ピク、ピク、と竿先が動き、ググッと水中に引き込まれるのを待って合わせる。

「来たぜ！　ヒット！」

あとは魚を寄せながらリールを巻く。魚が暴れる時には無理に巻かず、魚がまた静かになってから巻く。全員が幹彦の竿の先を期待に満ちた目で見つめ、

「無理するなよ、ミキヒコ」

「あと五メートル、あと四メートル」

などと言いながら魚が上がって来るのを待った。

竿が折れるんじゃないかというくらいに曲がり、ドキドキする。

「お、見えて来たぜ」

魚が水面に向かって上がって来、薄っすらと魚体が見えて来る。

「白いな。ひょっとするかもしれんぜ」

「大きいぞ、幹彦」

「慎重に行け、慎重に」

「ピピー」

そして、二メートル半ほどの大きさの白いものがゆっくりと水面に上がって来た。

水面に近付くと、またひと暴れだ。それをいなし、またゆっくりと引き寄せると、タモで引き上げる。

大きいし重いので、一苦労だ。

どうにかこうにか引き上げると、僕も幹彦も腕をさすりながらそれを見た。

「でかしたぞ、ミキヒコ！」

チビが叫び、ピーコがパタパタと魚の上を飛ぶ。

「これが、グレートパールフィッシュか」

形はスズキで色はキスという感じだろうか。キスなら、刺身か開いて天ぷらにするのが好きだが、
これはどうだろう。

「よし、もっと釣るぜ！」

「おう！」

俄然張り切った僕達だった。

だったのだが、釣るのは幹彦ばかり。僕が釣り上げるのは、毒があって食べられないとか、何をしてもまずくて餓死しかけた動物でも食べきれないとか、どう見てもリリースしなければいけないサイズだとか、沈んでいた木の枝だったりした。

「何で!?」

仕掛けもエサも道具も一緒なのに！

これが釣り人達のあるあるだとは聞くけど、釣れない方を実感したくはなかった……。

やる気に反比例する釣果に落ち込み、鬱憤をため込んでいると、またも幹彦に大物の兆しがあった。

しかし同時に、背後に魔物が接近している気配もしていた。

「おわっ、どうする？」

幹彦が迷うように目を泳がせるので、僕はちょうど仕掛けを引き上げたばかりの竿を置き、薙刀を手にした。

「僕が行くよ。動けばすっきりしそうだから」


池から少し離れて、接近して来る相手を待つ。

姿を現したのは、身長二メートル半ほどの、手足が八本あるチンパンジーのような魔物だった。

「まずいな。あれは火も氷も風も土も魔術は完全に防御するし、接近しようものならたくさんある手足のどれかに掴まれる。フミオには向いていない相手だぞ。私が時間を稼ぐからミキヒコと交代して来るか、お互いに仕掛け合って隙を突くかしかないが」

チビが言う。

「いや、やってみるよ。ちょっと、試したい事があるから」

僕はそれから目を離さずに言った。

釣れない間、色々と考えた。

最初は幹彦のやり方と何が違うのかと考え、魚の気持ちを考えたが、それでもさっぱりだったので、いつしかこの前の戦いについて考えていた。

接近もできず、魔術も防がれる相手と一人で戦う事になったら、どうすればいいか、と。

それを試してみるつもりだ。

慎重に、頭の中で術式を組み立てる。

チンパンジーが吠え、空気がビリビリと震えた。それを合図に、その術式を放つ。

次の瞬間、チンパンジーの首元でボスッと音がして血煙が上がった。

「ガウウッ!?」

傷は小さく、チンパンジーもただ驚いただけのように見える。

しかし、こちらへ向かって来ようとした姿勢のまま止まり、目を見開いた。

その体が傷口から霜がついて白っぽく変化していく。

「ガ、ガウゥ……」

やがて動きを止め、地面に棒のように倒れた。

「よし！　成功！」

僕はガッツポーズを取ったが、チビはチンパンジーをしげしげと眺めながら疑わし気な声をあげた。

「何をしたんだ？」

「術式をちょっといじってね。魔力のまま飛んで行って、めり込んでから次の術式を展開するようにって。今のは、ぶつかった瞬間小さな爆破を起こして中に潜り込んで、体内で氷の術式を展開して体内から凍らせてみた。威力を変えたり、組み合わせを変えたりすれば、色々使えそうだよね」

「ああ。そうだな」

「これは食べないよなあ」

何か気が進まない。

「食べられないこともないが、ヒトは進んでは食わないようだな」

「じゃあ、魔石は抜くとしても、解剖して威力とか調べてみようっと」

僕はいそいそと死体を空間収納庫にしまい込んだ。

チビは呆然としていたが、それを見て、

「フミオは、本当に変わっているな」

と言った。

え、そうかな。そうは思わないけど。

チビと池に戻り、またもや大物を釣り上げていた幹彦とピーコに報告したら、幹彦は驚いた顔をしてから言った。

「そうか、うん。まああれだ。釣れないのも無駄じゃなかったって事だな」

皆であははと笑いながらも、なぜか悔しさは少々残ったのだった。


エルゼの家に密かに飛び、チンパンジーの解剖をした。目的は、先程の魔術がどう作用しているかを調べる事だ。

傷口に棒を差し込み、深さを測る。それから死骸を開き、傷の形状や状態を確かめ、死因を確定する。

全てが目視のみという不確かさに、これが仕事なら鑑定書にはできないなあ、などと考えていて、ふと思いついた。「観察」というのは使えないのか、と。

よく心臓をじいっと視る。すると、冷凍状態であると出た。

次に心臓を実際に開いてみると、完全に凍り付いていた。合っている。

その次は膵臓(すいぞう)を視た。結果、半冷凍状態であると出た。

開けてみると、確かに半冷凍状態だ。またも、合っている。

「まさか胃の内容物とかまでは……」

胃を視る。

冷凍状態とまずは出た。更に視る。視る。視る。

諦めて胃を開くと、冷凍状態の胃の中には、未消化の肉片や骨片が残っていた。

「目視できないと無理か」

結局、撃ち出した魔力は目標の体表に当たると爆発を起こし、内部に重ねるように入れてあった魔力が骨に当たって止まったところで冷却を開始。内部から内臓や血液を凍らせて死亡させたものとわかった。

魔術としては成功だ。

あとは、どのくらいの硬さの魔物にどのくらい効くかという実験を繰り返すだけだ。それに凍らせるのではなく、電撃を送り込んだら心臓まひで心停止しそうだし、火を付ければ内部からの熱傷で倒せるだろうし、肺に水を送れば哺乳類なら溺死するだろう。

いやあ、釣れないのも確かに無駄じゃなかったな。

# 五・若隠居と楽しいキャンプ

今日は家から車で四時間ほど行ったところにある山の中に来ていた。幹彦のお兄さんの雅彦さんの友人の家の私有地で、広間のある小屋と広めの庭があるだけのものだが、すぐそばにはきれいな川があり、小さい滝もある。道場の子供達が夏休みにリクリエーションを兼ねて合宿するのに使用する場所らしい。

小鳥の声が聞こえ、風がふわっと吹く。家とも異世界とも違う環境だった。

そんな中、

「とうりゃああ！」

「甘い！」

爽やかさやのほほんとした空気をものともせず、裂帛した気合いが飛び交っていた。

雅彦さんと雅彦さんの剣術仲間から「剣道と探索者の剣術はそんなに違うのか」と訊かれ、体験方々キャンプをしに来たのである。

最近の道場は、稽古として剣道を習う子もいるが、探索者や探索者を目指す人が通う場合がある。そうした後者の人達に教えるためには、自分も魔物と対峙してみなくてはわからないのではないかという話だった。

道場の剣道は、あくまでもスポーツだ。ルールもある。

だが、ダンジョンでは違う。狙う場所だって決まりはないし、卑怯もクソもない。命がけなのだ。

それに、相手は人型とは限らないし、魔術も、身体強化も使ってくる。

どうしたって、別物だ。

ただ、上級探索者は自分のやり方ができているので、今更道場に来る事は稀だろう。やはり道場に来る者の多くは、新人や探索者を目指す人になる。

なので、中層程度までの魔物を知っておけば、教える事はできるんじゃないか。そう助言した。

それにいずれダンジョン外に魔素が溢れ、動物が魔物化する日が来るかもしれないし、身体強化を使う相手と対峙しなくてはいけない日が来るかもしれない。

それで、八人で泊まり込んで合宿兼キャンプとなったのだ。

まあ、雅彦さんとその友人達は全員が師範だし、幹彦も師範だ。剣道大好き集団で、しかも上手い。

それで、幹彦と子犬のチビを相手に練習をし始め、飽きる事無く続けているのだ。

やれやれ。皆目が輝いている。体育会系の見本みたいなタイプだよなあ。

「史緒、次」

容赦ないな。


散々剣を交えた後は、近くの川で釣りをする事になった。釣れた魚を今夜食べるという予定だ。釣れなければ、魚は無しだ。

幹彦も雅彦さんも山女魚（やまめ）などを次々と釣りあげているが、僕はなぜか今回も釣果が振るわない。

なので、同じく釣果が振るわない二人と、場所と仕掛けを替えた。小さな滝のある滝つぼのそばで手釣りだ。

「手長エビ！」

フレンチで出て来る食材だ！

あとの二人も目を輝かせて、

「素揚げにして塩を振ったら美味いんだよなあ」

と言い、僕達はせっせと手長エビ釣りに精を出した。

滝つぼの周囲に散らばってさらに手長エビを求めて釣りをしていると、足元に亀がいた。普通の亀だが、甲羅と出した頭に傷がある。

家に帰れば治してやれる。そう思って亀を連れて帰ろうと手長エビを入れたバケツに入れた。

いや、せっかくだ。飼おう。飼うなら、石とかがいるな。流木もカッコいいな。そう考えて、僕は川の中に手を入れた。

「冷たい。それに水がきれいだなあ」

そして気付いた。少し魔素が混じっている。

慎重に魔素の因を探した。どこかに未発見のダンジョンでもできていれば危険だ。調べて、もしもあれば報告しなければならない。

濃さ自体は大した事がない。魔素を辿ってみる事にした。

水は綺麗に澄み、今の水深は膝程度しかない。なので、ザブザブと川の中へ入って行く。そうして歩いて行くと、滝に突き当たった。さすがにこの辺りは、太ももくらいの深さがある。

滝の下流には魔素があるが、滝の上から流れて来る水には魔素が無い。

滝の下に何かあるに違いない。

しかし、滝の下に目を凝らしても、そこにダンジョンがあるような気配はない。

でも、確かに魔素はそこから出ている。

僕はしゃがみ込んでみた。

滝の下に、見覚えのある石のようなものがある。まん丸のそれは、うちの地下室の底で発見した水晶の球みたいなのと同じだ。

それを両手で持って立ち上がる。

「水遊びか、史緒君」

「ははは。元気だねぇ」

手長エビ部隊の二人がははははと笑った。


ずぶ濡れになって帰って来た僕に、流石に幹彦たちは驚いたようだった。

「史緒、そんなに泳ぎたかったのか。水泳とか好きだっけ」

「違う」

そんなことを言う幹彦に、僕はズイッと石を突き出した。雅彦さん達にはわからなくとも、幹彦にはわかったようだ。

「これ、あれか。ダンジョンコア」

皆がギョッとしたように石を見つめる。

「うん。水に魔素が混じっていたから調べたら、滝の下にあったよ。たぶん、そこにコアができたはいいけど、水が次から次に落ちて来ては流れて、魔素が留められずにダンジョンにならなかったんだと思う」

チビが小さく首を縦に振る。

「じゃあ、今は」

「ただの滝と、ただの石だな」

幹彦はホッとしたような顔をした。

「一応報告はした方がいいかな」

「そうだな。電話は入れておこうぜ。で、釣果はどうだったんだよ」

それで僕達手長エビ部隊は、ニヤリとしてバケツを差し出した。

「おお、手長エビ！　沢蟹もいる！」

「ん？　亀？　これも食うのか？」

亀は慌てたように頭を引っ込めた。


一応ダンジョン庁に連絡を入れ、着替えて夕食だ。

魔物肉とプリンの実を持って来たと言ったら、大喜びされた。ものにもよるが、魔物肉はブランド肉くらいの値段はするし、ワイバーンなどはまだ出回るほど獲れてもいない。食べた事があるのは、一部のお金持ちと探索者だけだろう。

ワイバーンとシカの魔物とトリの魔物の肉を網で焼く。手長エビと沢蟹は素揚げにし、山女魚は刺身と塩焼きだ。

皆、気持ちいいほどよく食べ、よく笑い、よく飲む。学生のようだ。

そうして寝る。

「ガン助。帰ったらポーションやるからな」

亀に言うと、亀のガン助は首を伸ばしてこちらを見てから、きゅっと目を閉じた。

「何。ガン助にしたのか、名前」

雅彦さんが言うのに、幹彦がふふんと笑う。

「わかったぞ。どうせ、甲羅に手足を引っ込めた姿が岩みたいだからだろう」

僕は目が泳ぐのを止められなかった。

「それより、危ないだろ。一人で調べるなんて。呼べよ」

幹彦が言うので、

「物凄く魔素も弱くて、ダンジョンって感じもなかったから。もし何かいても、魔素があるなら魔術も使えるし、武器も取り出せるし」

と言うと、

「それでも、万が一があるだろ」

と怒られる。

チビも視線でそれに同意しているし、ピーコは亀の甲羅に乗って、こちらをじっと見ている。

「ああ……ごめん」

「ん」

幹彦とチビとピーコが頷くと、僕はほっとし、雅彦さんは噴き出した。

「ごめん。何か、チビとピーコも説教してるみたいに見えて」

してるんですよ、お兄さん。

翌朝は清々しい気分で目が覚めた。

が、流石はこのメンバーだ。朝練を始めた！　バカンスのつもりはないのか！

しっかりとそれに付き合い、元気が有り余っているままに帰った。

僕と幹彦は家に戻ると、空いていた水槽に拾って来た小石をざあっと移し、元ダンジョンコアの石と流木を配置して、水を入れた。そしてそこに、亀を入れる。

ポーションを飲ませるまでもなく、気に入ったのかピーコが甲羅の上にとまりっぱなしで、ピーコから魔力をもらって傷が癒えたようだ。

そこで何かが引っ掛かる気がしたが、気のせいだと思い直し、水槽をリビングに置いた。

「何食べるのかな」

「小学生の頃は、魚肉ソーセージとか野菜とかやってたんじゃねえかな」

「そう言えばそうだったかな」

「カメのえさってのも売ってるし」

「へえ。明日買って来ようか。今日のところは、ソーセージと小松菜だぞ、ガン助」

陸になっている所に置くと、ガン助はゆっくりと歩いて来てエサに近付き、もしゃもしゃと食べ始めた。

「食べたよ、幹彦」

「ああ。それよりピーコ、よっぽど甲羅の上が気に入ったんだな」

クスッと笑う。

「いっぱい食べろよ」

言うと、ガン助は返事をするように口を大きく開けた。

しかし翌朝、僕達はリビングに入って耳を疑った。ガン助とチビとピーコが話をしていたのだ。日本語で。

「あ、フミオにミキヒコ。おはよう」

チビが冷静に言うと、鷹くらいの大きさのフェニックスと、子牛くらいの大きさのカメがこちらを見た。

「フミオ！　ミキヒコ！　おはよう！」

ピーコが羽をパタパタとさせる。

「おはようっす。お世話になりやす」

カメが立ち上がって手を振る。

「え、待って。何で」

「ガ●ラの子か？」

幹彦が呆然として言うのに、僕も呆然としたまま言う。

「ガ●ラはミドリガメだったと思うよ。これはたぶんニホンイシガメ」

チビが足元まで来て言う。

「ピーコは無事に成長したからな。大きくなったし、喋れる。この家では大きくなりすぎないようにこの大きさにしろと言っておいたぞ」

褒めろと言いたげに胸を張る。

「ガン助は元々成長していたからな。神獣になったら、その時点でこうなったぞ。こっちも、家の中ではこのサイズまでにしておけと教えておいたからな。ああ。私もピーコもガン助も、向こうの神獣

とは関係ないぞ。あくまでもこちらの世界の神獣になったからな」

どうだ、と言わんばかりだ。確かに視ると、神獣となっている。なるほど。いくら世界がつながってはいても、向こうと同じ生物が神獣になるとは限らないというわけか。

「チビは気が利くなあ。ありがとう」

言って頭を撫でながら、いやそうじゃない、と思った。

「いや、待ってくれ。ピーコはいずれ成長すると聞いていたけど、カメは？　ガン助って、ガン助か？」

幹彦が言いながら、水槽を覗いた。

「いねえ！」

やっぱり、拾って来たカメのガン助らしい。

「私とピーコで、傷を治しただろう。それに、弱っていたから力を分けてやったし」

チビの説明を聞きながら、僕も幹彦もはっとした。そうだ。何か引っかかっていたような気がしたのは、それだった。

「その前から、ダンジョンコアの魔力にさらされて吸収していたようだしな」

「ああ。魚と違ってカメは寿命も長いし、あそこでじっとしていたからか」

幹彦がなるほどというように言う。

「うむ。元々ガン助のいた所にダンジョンコアができて、ガン助はそれでケガをしたそうだぞ」

チビが言うと、ガン助は頭を上下に振った。

「そうなんす。いきなり何かが甲羅の上に乗っかりやしてね。重いやら何か苦しいやら。どうにかあいつの下から這い出したのはよかったんですがね、それで傷が入っちまいやして」

「災難だったね」

ピーコが言うのに、

「まったくでやんすよ」

とガン助は嘆息しながら言った。

僕と幹彦は軽く嘆息し、苦笑した。

まあ、しかたがない。

「これからよろしく、ガン助。ピーコも」

「へい！　よろしくおねげえしやす！」

「よろしくねー」

「で、今日の朝飯は何だ。フレンチトーストか？　ホットサンドか？」

チビが言い、思い出したようにピーコとガン助という後輩を振り返る。

「お前ら。飯の時は小さくなれよ。本来の飯は魔力、人間の飯はおやつだからな。おやつは小さい体で楽しむ程度にしておけ」

「そうだね。私達がお腹いっぱい食べたら破産とかいうの、しちゃうもんね」

「ああ、なるほど。ガッテンでやんす！」

僕と幹彦は力なく笑った。

「ははは。気が利くじゃねえか」

「そうだね、幹彦」

ああ。隠居の朝は驚きがいっぱいだ。

ホットサンドに舌鼓をうつ犬とインコとカメという珍しいものを見ながら朝食を済ませると、チビはテレビを点けた。

間違いではない。チビがテレビを点けたのである。

「お。テイマーがこの世界にも現れたようだぞ」

それで、食器を片付けていた僕と幹彦もテレビの前に行き、チビ、ピーコ、ガン助に交ざった。

テレビではどこかの局のワイドショーが映っており、アナウンサーが、

『リスの魔物のテイムに成功したのはドイツの探索者ベンガーさんで、どういう魔物がテイムできるのかはよくわかっていませんが、今後、テイマーと呼ばれる探索者が増える事が予想されます。このリスの魔物は主に森林地帯にいる小さな魔物で、大人しく臆病で、ほかの魔物の気配に敏感だということです』

と解説していた。

「テイマーか。史緒。いっそ、ピーコとガン助も従魔として登録しねえか。いや、チビも」

幹彦が言い出す。

「探索者協会の上の方には言ってあるけど、知らないはずの職員やほかの探索者に、疑われてるもんなあ」

「怯えて鳴くって、猟犬も根性ねえよな」

幹彦も嘆息する。

「従魔にしたら、堂々と暴れてもいいいんだな」

とチビが目を輝かせる。

「私も私も!?」

ピーコが羽をばたつかせると、ガン助も、

「オイラ、お出かけなんてした事ねえっす！　夢みたいでやんす！」

と目を潤ませた。

幹彦は言葉を探しながらチビたちに言う。

「ああ……ほどほどにな。なんたって神獣だから、全力で暴れたらひとたまりもねえしな」

それにチビたちは尻尾を振って応えた。

探索者協会の会長に連絡して、

「神獣が増えました」

と報告し、連れて行って面談させ、そこでチビたちを改めて従魔として登録した。

チビは異世界製の首輪というのは変わらないが、鑑札証が従魔登録証に替わった。ピーコはそれを足に着け、ガン助は甲羅につけた。

それで早くダンジョンに行こうとピーコに急かされ、僕達はいつもの港区ダンジョンに入った。

子犬とインコとカメを連れてのダンジョンアタックは、変に注目されて少々恥ずかしい。なので、素早くエレベーターで飛んだ。

「何か適当なやつはいねえか」

なまはげのような事を言いながら幹彦が気配を探り、

「あっちにいるぜ！」

と、分かれ道で右を指さす。

「じゃあ、そっちに行こうか」

「おう」

ぞろぞろとそちらに進む。

ピーコとガン助はチビの背中の上だ。

洞窟のような通路はゆるくカーブし、見通しが悪い。しかし気配察知を持つ幹彦とチビは、自信をもってスタスタと歩く。

その足が止まった。

「この先に、粘菌みたいなやつがいるぜ。あれもスライムなのか？」

幹彦が囁くのにチビが頷く。

「そうだ。気付いてないだろうが、お前らもあれを結果的に倒している」

「自覚が全く無いよ」

「だなあ」

僕と幹彦がしみじみと言うのに、チビが続ける。

「あれは、斬れないぞ。斬れば増えるだけだ。一気に核を潰すしかないが、核の位置は外から見えん。全体を叩き潰すのが一番効率がいい」

するとガン助が立ち上がった。

「オイラに任せてほしいっす」

「よし、気を付けろよ」

幹彦が言い、ガン助は張り切ってチビの背中から飛び上がった。

そしてするすると大きくなり、飛んで行く。

「火を噴いて回りながら飛んで行かないのか」

幹彦が残念そうに呟いた。まあ、僕もちょっとだけ思った。

ガン助は隠れて見ている僕達をよそに静かにスライムに向かって飛んで行くと、スライムの方もガン助に気付いた。

威嚇するように伸びあがる。

が、ガン助はその上に飛んで行くと通路いっぱいの大きさまで大きくなり、ドスンと着地した。

スライムは下敷きになりクッションのようになっていたが、やがて重さに堪えかねるようにパンと弾けた。

パン、パパン、パン。

「この音……」

「ああ。確かに聞いたな、あの時」

僕と幹彦は、頷き合った。

が、前方から太いミミズのようなものが近付いて来た。

「あ、ガン助！」

幹彦が飛び出しかけるが、ガン助はそちらに首を向け、口から岩をガガガと吐き出してミミズにぶつけた。

ミミズは身をくねらせ、逃げようとしたが、息をつく暇ないほどに岩を叩きつけられ、身がえぐれ、やがて消えた。

「やったでやんすよ！」

ガン助は浮かんで小さくなりながら、こちらを向いた。

「ガン助、凄いぞ。よくやったな」

褒めるとフラフラとしながら、

「体当たりも得意っすから！」

と嬉しそうに言う。

確かに、大岩にぶつかられるとか上から押しつぶされるみたいなものだ。効きそうだ。

「期待してるぜ」

「次は私、私！」

「うむ。ではピーコ、油断するなよ」

チビたちが張り切っている。

「微笑ましいな、幹彦」

「ああ。でも、神獣なんだよな、こいつら」

いいんだろうか、この扱いで……。

# 六・若隠居と探索者の光と影

異世界へ行ってピーコとガン助と一緒にダンジョンや魔の森へ行ったり、人気の観光地へ行ってみたりした。

そして日本でも、ダンジョンへ行ったり、チビやピーコやガン助の防具を作ったりしていた。

雅彦さん達は探索者免許を取る事にしたらしく、教習所に通っているが、剣道の師範ばかりのチームとして既に目立っている。

そんな中、ダンジョンから出てロビーの方へ行くと、ザワザワと探索者が集まって話をしていた。

「何かあったんですか」

幹彦が近くの探索者に話しかける。

「食い詰めたやつが、無銭飲食して逃げようとしたんだってさ」

「身体強化で逃げ切れると思ったらしいけど、店員も身体強化を持ってたからあえなく御用」

「バカだよなあ」

そう、教えてくれた彼らは言った。

ダンジョンが一般人に公開され、探索者になる人が増えた。一期生あたりは様子を見る人も多かったが、三期生あたりから教習所に入所を希望する人が一気に増え、探索者は瞬く間に増えたと聞く。

しかし、全員が稼げるわけではないし、危険も伴う。それもすべては自己責任だ。

それで、思うような収入が得られなくて生活に困窮する人や、サラリーマンに戻ろうとしても思うような職種に就けなかったり、新入社員として安い給料しかもらえなくて結局困ったりするようなケースがあるらしい。

それで少ない人数ではあるが、アパートやホテルに泊まるための所持金もないからと、探索者協会内に宿泊するような探索者もいるらしい。

中には企業に雇われて、或いは元々その企業の社員が探索者となって、月給制で薬草や特定の品物を集めるという事も最近では始まっているが、そこそこの腕が無ければ雇ってはもらえないし、場合によってはきついノルマがあるとも聞く。

いい事ばかりではない。

僕達は気持ちを切り替えて、カウンターへと歩き出した。幸い列は短く、順番がすぐに来て、魔石やドロップ品をカウンターの上に出す。

その時、それまでとは別のざわめきが巻き起こった。

何事かと皆の視線の先を見れば、あるチームが歩いて来るところだった。若い男四人と女一人のチームで、パアッと華のあるチームだ。

「誰かな。有名人かな」

呟くと、カウンターの職員が聞き留めて教えてくれた。

「あれは『ジャイアントキリング』っていうチームですよ。元アマチュアロックバンドを組んでいたらしいんですが探索者になりまして。特にダブルボーカルの女性の方、皆川克美さんは、美しすぎる探索者としてSNSで有名になっているんですよ」

言われて、改めて僕達は彼らを見た。

確かに、元ロックバンドと言われればそんな感じもする雰囲気だ。カウンターに出したものからして、六階あたりだろうか。

それにしても、美しすぎる、か。

「まあ、美人な方かもしれねえけど、美しすぎるってほどか？　性格はきつそうだな」

幹彦が呟いて、チビは噴き出して下を向き、僕は咳払いで誤魔化して、

「まあ、最近では少しきれいなら、『美しすぎるナニナニ』とか言うから。探索者にしてはって意味だとしたら、探索者に美人がいないみたいで女性探索者に失礼だよな」

と言うと、カウンターの職員はにっこりと笑った。

「ありがとうございます」

ん？　職員も探索者免許を持つ人は多いのかな。まあいいか。

ジャイアントキリングのファンらしき団体が待ち構えており、悲鳴と歓声で彼らを迎え、タオルなどを差し出す。それを彼らは澄ました顔で当然というふうに受け取り、動くたび、視線を向けるたびに悲鳴が上がる。まるで人気芸能人だ。

その横を、「邪魔だ」と言わんばかりの顔付きで睨みながら探索者グループが通るが、ファンたちからも「邪魔だ」という目で睨まれて背を丸めていた。

やりきれないようなものを感じて、僕達はそれから目を離してカウンターの方へ向き直った。

現実は、大抵優しくないものである。

そうして次にダンジョンへ行った日は、雅彦さん達の実習の日だった。ゲートから入ってエレベーターに向かったところでバッタリ会った。

「よお！」

偶然会った雅彦さん達は気軽に声をかけてくれたが、どう見ても雰囲気がベテランだった。無理をしないし、慌てない。一階だからとは言え、冷静、慎重で、敵の事も自分の事も、過大評価も過小評価もしない。おまけに剣技も申し分ない。

「本当にチビもピーコも連れて来てるんだなあ。おまけにこいつ、この前のカメだろ」

彼らはチビたちを見て言い、チビたちは愛想よく尻尾を振った。

「これでも従魔ですからね」

神獣はともかく魔物とも知らないので、皆、子犬とセキセイインコとカメだと思っている。

「なかなかやるんだぜ、こいつらも」

「へえ。俺も猫を登録しようかな」

ただの猫じゃあ、一瞬でやられておしまい――いや、ダンジョンに入るのを怖がって無理ですよ。

「じゃあ」

別れて五階へ行く。今日は七階にいる魔物が目的だ。ハチの魔物なのだが、色々な花粉や魔素を凝縮したハチミツが絶品だとか聞いたので採りに来たのだ。何なら我が家の地下室でこのハチを飼いたいくらいだが、あいにくと養蜂の経験はない。

エレベータールームから出て、階段を目指して最短距離を進み、七階へ行く。

「いるぜ、いるぜ」

幹彦が気配からハチの位置を探り、集まっている所に行くと、ハチの巣があった。

「ハチに刺されないようにしてハチミツだけを採るにはどうすればいいのかな」

「テレビじゃ、煙でいぶしてたぜ」

「ハチはすぐに復活するんだし、もう、皆殺しでいいんじゃないか」

チビが事も無げに言い、ダンジョンだからそういうのでいいのかと、ハチの巣を囲って密閉し、酸素を抜いてハチが死んだらそれを排除してハチミツを採った。

ビンにたっぷりと集まったハチミツは透明な琥珀色で、光の加減で赤っぽくも青っぽくも見えた。

「不思議な色だなあ」

「ダンジョンって本当におかしなところだぜ」

しみじみと言って、採取を完了する。

と、声が聞こえた。

「いい加減にしてくれよ！」

何事かと目を向ければ、木々の間から向かい合って立つジャイアントキリングのメンバーが見えた。どうも、仲間同士でもめているらしい。人の少ないところだからと向こうも安心して揉めだしたのだろうが、確認不足だ。

見つかるとお互いに気まずい。幹彦が手振りで寄るように言って、インビジブルを発動させた。

「そりゃお前はいいだろうよ。美しすぎる探索者？　これまでそんなに持ち上げられた事ないもんな」

言われて、克美さんはムッとしたように腕を組んだ。

「話題づくりのために探索者になったんだろ。なのに、全然ライブもないじゃないか。練習すら、この前したのっていつだよ」

「俺は音楽をやりたいんだ。これ以上こんな事ばっかりしてるんじゃ、もう俺は抜ける」

「俺も」

バンドがよく「音楽性の不一致」とやらで解散するが、こういう事なのか。

「あんたたちが目立たないからって、僻むのはいい加減にしてよ」

「おい、克美。言い過ぎだ」

一人がそう言うが、どちらからも睨まれる事となる。

「お前もチヤホヤされて嬉しそうだもんな」

「ライブの時以上にファンがいるし」

「モテるのもスター性ってやつよ。フン」

「はあ？　ただのイロモノじゃねえかよ」

「何ですって⁉」

「ロッカーとしても探索者としても中途半端なくせによ。お前、スライムしか攻撃した事ないくせに。何が探索者だよ」

インビジブルで見付からないうちに離れてしまおうとそろりそろりと歩き出していたのだが、手遅れらしい。

「わかったわよ。一人で仕留めて来てやるわよ！」

克美さんは身を翻し、派手に僕達にぶつかった。

「ぎゃっ！」

「痛てっ」

「うわっ」

インビジブルが解け、僕達は至近距離で顔を合わせる羽目になった。

「あ……どうも」

去ろうとしたが、気まずい。

「聞いてたのか。何、ストーカー？」

言われて、幹彦が真顔で殺気を放った。

「絶対に違います。たまたまここにいたら、あなた達が来たんですよ」

僕はそう言ったが、幹彦は不機嫌に口を引き結んでいる。よりによって、ストーカーと疑われるなんてなあ。

「誤魔化そうったってそうはいかねえぞ、おい」

中の一人がケンカ腰に言うので、幹彦が堪えかねて言ってしまった。

「興味もないやつらのストーキングなんてしたって意味がねえ」

それで彼らの顔は凍り付き、克美さんは、

「顔だけだと思ってるんでしょう⁉　バカにして！」

と言うや、ドスドスと足音も高く歩いて行ってしまった。

「あ、克美！　おい、どうするんだよ」

「知らねえよ」

「もう関係なくね？」

残された彼らはまたもめはじめた。

僕達も関係ないからと離れて行こうとしたが、チビ、幹彦が足を止めた。

遅れて僕も気付いた。

「遅かったようだぜ。彼女すっかり囲まれちまってる」

ああ。内輪もめなんて放っておけばよかった。

僕はオオカミの群れが包囲を狭めて行くのを、じっと見て嘆息した。


オオカミの群れをジャイアントキリングのメンバーも見えるようになると、彼らは目に見えて狼狽え始めた。

「どうしますか。あれ、僕達で相手をしますか。それとも、あなた達がやりますか。彼女ってスライムしか攻撃した事がないんでしょう。だったら、敵いませんよ」

言うと、彼らは一層狼狽え、視線をせわしなく動かした。

「だって、俺達だって、なあ」

「ああ。む、無理だ」

そんな言葉以上に、彼らの怯える顔や決して合わそうとしない視線が、オオカミの群れに立ち向かえない事を示していた。

僕達はそれ以上何も言わず、克美さんの所へ足を向けた。

克美さんはへっぴり腰と震える腕で剣を構えていたが、十二頭いるどのオオカミに目標を定めればいいのか迷うように、剣先がフラフラとしていた。

「きき来たらケガじゃ済まないわよ！」

震える声で言っているが、言葉は通じていないし、勢いすらもないのでなんの牽制にもなっていない。

幹彦が近付いて行っていきなり一頭を斬り伏せた。

オオカミが幹彦を見て脅威として認定し、克美さんは驚きで固まってしまった。

「史緒はあっちを頼む！」

「わかった！」

幹彦が派手に動いてオオカミを引き付けるのと同時に、僕は克美さんの近くへ行く。

この程度は大した脅威ではないので、僕もチビもピーコもガン助も落ち着いて幹彦を見物する構えだ。

幹彦は刀を振りながら緩く一歩を踏み出したようにしか見えなかったが、それで一頭がコロリと頭を落とした。もう一歩ゆらりと進めば、二つ落ちる。

「相変わらず、きれいだねえ」

「ワン」

「ピー」

喋っている間にも、オオカミは数を減らしていく。

幹彦を強敵だと認識した数頭がこちらへ向かって来るが、風の刃で斬り、それを潜って来た一頭は薙刀で頭を落とす。

大した時間も労力もかからず、オオカミの群れを殲滅した。

それで克美さんは安心したのかその場に座り込み、チビやピーコと僕と幹彦は魔石とドロップ品である毛皮や牙を拾い集めて回った。

ちらりと見ると、克美さんはこちらを見ていたが、大声で泣き出した。

「どうせ私はだめよ！　うわあん！」

「うわ、面倒くせえ」

幹彦が小声で言って眉を寄せた。

「えっと、一人で行動するのは危険ですよ。じゃあ」

それで背を向けたのだが、足音が近付いて来たと思えば、背中にタックルを浴びた。

「げっ」

「ぐうっ」

僕と幹彦は倒れるのをどうにか堪え、恨めし気な目を背後の克美さんに向けた。

同時に、ジャイアントキリングのメンバーも走り寄って来た。

「ありがとう！」

「助かったよ！」

「克美も、無事でよかった！」

克美さんは、泣きながらくぐもった声で訴える。

「そうよ、わかってるわよ。私くらいの女はいくらでもいるし、飛びぬけて歌が上手いわけでもないの、わかってるわよ。でも、探索者を兼業してるバンドは珍しいからって注目してもらえるんだもの。お義理でも何でも、ステージで歌わせてもらえるんじゃないかって思っても、いいじゃないの」

それでメンバー達は目を見交わし、もごもごと口の中で何か言っていた。

それを契機に、僕と幹彦はそうっと克美さんの腕から抜け出した。

「本気でやらないんならいつか死ぬぜ。じゃあ、俺達は行くから」

「あの、ありがとうございました。それと、この事は」

「言いませんよ」

僕と幹彦がそう言うと、彼らは目に見えてほっとしたようだった。

「あなたたち、名前は」

それに僕は言う。

「ただの、しがない隠居です」

それで背を向けて、僕達は歩いて行った。

そして、離れた所で嘆息した。

「色んなやつがいるんだなあ」

「全くだぜ」

ああ、疲れた。

## 七・若隠居と宗教問題

地下室で内職をして、それを持ってエルゼへと飛ぶ。

久しぶりのエルゼ冒険者ギルドを、恐々覗いてみる。

ここをしばらく離れる原因になった貴族の遣いがいませんようにという祈りは通じたのか、いつも通りの活気溢れるギルド内にそれらしい姿はいなかった。

いや、安心するのはまだ早い。伝言という手段もある。

僕と幹彦がしゃがみ込んで考えていると、頭の上から声が降って来た。

「何やってるんだ、お前ら」

視線を上げると、ジラールが不審そうな目をして立っていた。

「ジラールじゃねえか。久しぶり」

「おう。何やってんだ、こんな所で」

「いやあ、前に来た貴族の部下が来てないかと思って」

ジラールはフフンと笑った。

「あいつなら来ないだろう。お前ら七大冒険者になっただろ。だから引き下がったぜ。流石に国王陛下でも無理を通せない七大冒険者相手に、あれ程度が命令するのは難しいからな。いやあ、真っ青な顔で出頭の命令書を撤回しに来たあいつの顔は見ものだった」

ジラールは思い出し笑いをして、ドアを大きく開けた。

カウンターの職員と目が合う。

「あ、お帰りなさい！」

一番人気の女性職員がカウンターを出て来るが、僕たちはいつもの職員の前に行った。

「ただいま」

言って、これも久しぶりの言葉だと気付いた。いつもは大抵幹彦と一緒に行動する事が多いので、ただいまと言う相手がいない。

「お帰りなさいませ」

職員はにっこりと笑った。

「お土産です」

「皆さんでどうぞ」

恐らくあの貴族の件で迷惑をかけているだろうと思ったので、ヨナルで有名なお菓子や干物、アルコールを買って来た。

日本でも勤めている時、旅行の土産にはよく饅頭とかクッキーなどのお菓子類が机の上に置かれていたものだし、僕が選ぶ時も、なるべくそこのものとわかるようなお菓子などを選んで買って来たものだ。

しかしこちらでは、クッキーや饅頭に地名や温泉の名前をプリントしたり焼き印を入れたりしたものはなかった。

「ありがとうございます。後で皆でいただきます」

職員たちは笑顔で、歓声を上げて喜んでくれた。

「それより、おめでとうございます。七大冒険者に選ばれたと伺いました」

「ありがとう。まあ、名誉職だし、今まで通りに頼むぜ」

「そう。僕達はただの隠居だから。あと、従魔が増えたから、まとめて全員、正式に登録をお願いします」

ピーコとガン助とチビをカウンターの上に乗せる。

「え、これは――」

「小鳥とカメと子犬です」

「ピー！」

「……」

「ワン！」

セキセイインコというのはこちらにいないようなので、ただの小鳥だ。

「え、でもフェンリルとフェニッ……」

職員はチラリとチビを見た。

チビは尻尾を振って見上げている。

「……わかりました。小鳥とカメと子犬ですね」

「そう。ピーコとガン助だぜ。よろしくな」

「ピー！」

「……」

これで皆、無事にこちらでも登録が済んだ。やれやれ。


剣やポーションなどを納品し、ついでに買い物をしようかと外に出た。

すると、何か行列が都市をつなぐ街道をやって来るのが見えた。

馬車が連なっているのだが、先頭はきちんとした馬車で、残りは台座に鉄格子の檻が載っているだけのようなものだった。それを、馬に乗った人が囲んで進んで来る。馬に乗っている人たちは、お揃いの白いパーカーのようなローブを着ていた。檻の中の人達は俯いたり表情が暗かったりで、服装は、簡素なものを身に着けていた。

「あれ、何ですか？」

訊くと、一緒に来ていたジラールは顔をしかめながら答えた。

「ああ、見るのは初めてか。聖教国の奴隷馬車だな」

「奴隷馬車？」

聖教国も知らないが、奴隷馬車という言葉の方がインパクトがあった。

「神様の為とか言って侵略と虐殺を繰り返してやがるけど、神様は本当にそんな神託をくだしてるのかねえ」

近くにいた人が吐き出すように言う。

「あんた！　教団兵に聞かれたら殺されちまうよ！」

それを、押し殺した声で妻らしき人が止めた。

「あれはこの前侵略したランメイのセリーナ様っていう姫さんだな。確か侵略の名目は、悪魔が棲み着いていてそれを王家が匿っている、だっけ」

ジラールが言うと、周囲の人が答える。

「本当はランメイの大きな港と航路が欲しかっただけ。名目なんて誰も真剣に聞いちゃいねえよ」

「何とかならないのかねえ」

「反対した国の城に雷が落ちて、王族と主だった貴族が死んだって国があったろ。教主が神に祈って神が下した天罰だとか言うけど。教主に神の意向に逆らうとああなるって言われて、どの国も聖教国に逆らえないからなあ」

「うちが目を付けられないように、神様に祈ってみるかい」

彼らは言い合って、馬車が通り過ぎるとそこを離れて行った。

嫌なものを見た。それが素直な感想だった。

馬車の列は道の真ん中を堂々と進み、教会の中に入って行った。

「あの人達、どうなるのかな」

「姫さんなんかの反抗勢力が反抗しないようにっていう人質の意味で連れて来られた奴隷は、牢の中に監禁だろうな。他の奴隷は、何かに役立つから連れて来られたんだろうから、まあ、素直にしてれば殺される事もないだろうけど」

ジラールは言って、

「じゃあまたな」

と家の方へと歩いて行った。

僕達も家の方へと歩きながら、小声でチビらも加えて話す。

「酷えな」

「うん。地球でも、少し前には奴隷なんてものがあったし、実質的奴隷っていうのなら今だってある。でも、なあ」

受け入れられない。

この国はまだいい方で、犯罪者が刑期期間中だけ犯罪奴隷として働くという仕組みはあるし、借金が払えない者が債務奴隷として借金分働くという制度はあるが、特に債務奴隷などは奴隷と言っても何をしてもいいというものではなく、最低限の人権は保障されるし、奴隷というより、「職業選択の自由がない低賃金労働者」という感じだ。

しかしよその国では、何をされても拒否することが許されないという奴隷も存在するらしい。

重いものを呑み込んだ気分で家に向かいかけた時、それが目に入った。

数人の、一般人にしては体格が良くて目が鋭く動きがいい男達が、こそこそと教会の周囲を探り、悲愴な顔付きで何やら壁の向こうを見るようにして立っていた。

「あれって、もしかして……」

幹彦が低い声で言う。

「バレバレだな」

チビが呆れたように言い、幹彦は肩を落とすと、彼らの方へと歩き出した。そして、声をかける。

「おいちょっと」

彼らは一様にギョッとしたように体を硬くして、それから無理矢理愛想笑いを浮かべた。

「やあ」

「姫様を奪還しようとしてるんだろうけど、まさか正面から乗り込むとかいう気じゃないだろうな」

彼らは手に剣や短槍などを持ち、構えた。

「なぜわかった」

「一目瞭然だって」

僕も追いついて、彼らに言う。

「この人数で襲撃して、牢から出せても、逃げ切るのは難しいでしょう。もっと作戦を練らないと」

彼らは顔を見合わせ、疑いつつ言う。

「お前ら、何者だ」

「しがない隠居だ」


「聖教国ってのは、かなり力を持った国なのか」

僕達は彼らと人気のない畑の中に来て話していた。

助ける義理はなかったのだが、教会の塀の内側で、奪還しようとする者を待ち構えるように警備している教団兵の気配を幹彦とチビが捉えており、奪還成功率も誰かが生き残る確率もゼロだったので、聖教国に感じるものがあった僕たちは口を出す事にした。

最初はこちらを警戒し、疑っていた彼らだが、どうやら信用してくれたようだ。

「まあ、教団兵は数も多いし、強い。何より、神の為、教えの為ならばと、死をも恐れないからな。それが厄介だ」

彼らのリーダーが苦々しく言う。

「雷がどうとかってやつは？」

「聖教国の教主が神託を受けたと言うのに疑問を唱えた国があってな。その国の王家と主だった貴族が集まった城に晴れた日にも拘わらず大きな落雷があって、集まっていた王族と主だった貴族は全滅。結果、国が滅んだという事があった。それ以来、どの国も聖教国に意見できず、野放し状態だ」

それに僕と幹彦はため息をついた。

「酷えな」

「このままでは姫様は聖教国に連れて行かれ、奴隷を閉じ込めておく地下牢へ死ぬまで入れられる事になる。そんな事、元ランメイの騎士見習いとして許すわけにはいかない！」

彼らは涙を浮かべて力説した。

「ううん。力尽くで奪還しようとしたところで人数差もあって難しいし、できたとしても、追っ手に捕まるのは間違いないぜ。何かほかの方法を考えないと」

「よく似た体格の死体と入れ替えるなんていうのは推理小説じゃオーソドックスだけどな。火事で焼けたとかいうシチュエーションなら、顔の判別は付かない」

幸いこちらには、歯の治療痕やＤＮＡを照合するとかいう検査方法はない。

「でも、人数分の死体を集めるのは難しいしな」

言って、唸る。

そして、少し考えた。

「それより、その神罰ってなんだろうな。どうやっているんだろう。ただの魔術じゃないのかな」

それに、襲撃者の中の別の一人が答えた。

「あれは破邪の雷と呼ばれているもので、教主が神に報告して、それに神が神罰の雷を落とすという事になっています。実際、魔術士が雷を落としても、城を半壊させるほどの雷は落とせませんから。それで神が落とされたものだという事になってはいます」

どの程度か、ビデオなどがないからわからないが、数人がかりでやるとか、やりようはあるんじゃないかと思う。

そもそも、神が本当にいるのかどうかも不明だし、いたとしてもそんな事をするのかどうか怪しい。聖教国のする事が神の主張とは思えないからだ。

「自分の欲のために神を騙って人を不幸にしたりするのは許せないですよね。思い知らせてやらないと」

僕はその方法を頭の中で考え始めた。

＊＊＊

教会で泊まる教団兵や護送にあたる教団員のために料理を運び、ミミルは孤児院に戻った。

同じ敷地内に立つ孤児院は、間に中庭もあって離れているとは言え、地続きだ。子供達が見に行ってしまう可能性はある。

しかし、動物のように檻に入れられたまま食事も睡眠もとらされる奴隷の姿を、子供達に見せたくはなかった。なので、絶対に孤児院のある一帯から出ないようにと言い含めてはいる。

ミミルは孤児で、教会の孤児院で育った。田舎の方だったので就職口はなく、成人すると当たり前のようにほかの仲間と教団に入団し、教団兵やシスターになった。

ミミルは何の疑いもなく神様を信じていたし、感謝していた。しかし教育機関の中で、邪神や邪神を信じる者を滅ぼさなくてはならないとか、そのためには何をしてもいいという教えを受け、教義の一部には疑問を抱いた。

しかし、困っている人を助けたいという思いでシスターとなり、孤児院関連などの落ちこぼれがするとされている仕事に回され、これ幸いとエルゼの教会で孤児の世話をしているのだ。

間違っていると、声に出して言う事はできない。それでも。

「早く出ていってほしい」

小声で呟いて、溜め息をこぼした。

＊＊＊

奴隷馬車が出立しようとした朝、待ったがかかった。

「聖教国に向かう街道に、尋常でないほどの魔物が出ているだと？」

奴隷運搬の責任者である司教は訊き返した。

「はい。ギルドの通達で、通行を控えるようにと……」

エルゼの教会を預かっている司祭は、困ったというように丸めた背中をますます丸くして答える。

司教は少し考え、部下に命令した。

「ヨハン。ギルドへ行って、詳しい事を聞いて来なさい」

「はい」

部下ヨハンは一礼すると、冒険者ギルドへと向かった。

＊＊＊

ギルドはいつも通りの朝の喧騒を迎えていたが、ヨハンがカウンターへ近付くと、スッと一番列の短い男性職員の前まで先に通された。

「おはようございます」

職員が挨拶をするのにヨハンは軽く頷き、口を開く。

「聖教国へ向かう街道に魔物が出たと聞いたのだが」

「はい。群れを成すオオカミやサルなどから大熊、大蛇、毒ガエル、大蜘蛛、バジリスクの目撃情報もあります。冒険者による駆除が終わってから通行いただきたいと思っております」

「どのくらいかかるかわかっているのか」

「それは何とも」

ヨハンは心の中の不満を辛うじて口に出さず、別の事を尋ねた。

「では、回り道をして向かうとすればどうか。そちらは異変はないのか」

「聖教国へ行くもうひとつの道は毒ガスが発生しており、そちらの住民も避難して立入禁止となっております」

「毒ガスだと？」

「はい。火を噴く山は、時々このように毒ガスを出すのです」

ヨハンは舌打ちをして、身を翻した。

それを見送って、職員は隅の方で目立たないようにしていた僕に目を向けた。

「はい、ありがとうございます。ＯＫです。さあ、次の段階だ」

「仕込みはばっちりだぜ」

幹彦が悪そうに笑った。

＊＊＊

ヨハンは教会へ戻る途中、立ち話をする住人を見かけた。

話の内容は魔物の事と毒ガスの事なのだが、聞き捨てならない言葉が交じっていた。

「あの姫さんを奴隷にするのに神様が反対してるんじゃないか」

「そうかもなあ。それで聖教国に行く道を塞いでるんだよ」

「これは、ランメイ侵略が間違いだったのかもしれんぞ」

ヨハンは鬼の形相で彼らを睨み、彼らは教団の制服を着たヨハンに気付いて、慌てて立ち去った。

しかし同じような会話はそこらじゅうで交わされており、ヨハンは焦るような気持ちで教会へと走り戻った。そしてその背中を、噂話をしていた住人達は、ニタリと笑って見ていた。

＊＊＊

しばらくして奴隷馬車の列は出発したのだが、少ししか行かないうちに這う這うの体で戻って来た。教団兵は壊滅しており、聞くと、次から次へと魔物が襲って来たので進めなくなったという。

彼らは再び教会へと入った。

が、しばらくして、再びヨハンがギルドへと現れた。今度は、腕利きの冒険者を護衛に雇いたいというものだった。

「護衛ですね。聖教国までですか」

「そうだ」

「さきほども言いましたが――」

「急ぐのだ！　魔物を排除しながらでも行く！」

職員は考えるようにしていたが、ややあって口を開いた。

「わかりました。何名でしょうか。それと料金は――」

それを聞いていた僕と幹彦は、ニヤリと笑った。まずはここまでは成功だ。


街道をゾロゾロと奴隷馬車の列が進む。

だが、彼らの誇る教団兵は減っている。ほとんどが馬車で呻くか石化して転がっているかマヒして呻く事も出来ないでいるかだ。

教団の魔術士が治療するにも魔物との戦いで回復する魔力がなく、ポーションは売り切れていたし、馬車で回復したと思ったらなぜか再び具合が悪くなるという怪現象が起こっているのだ。

代わりに馬車を守るのは冒険者たちだ。馬に乗った数名の無事な教団兵と共に歩いている。

と、聖教国に近付いて行くと、それが現れた。

「魔物だ!!」

ドドドと地響きを立てて、魔物が種類も関係なく、先を争うように走って来る。

こんな光景は氾濫以外に見た事がないと、古参の冒険者も目を丸くした。

「や、やり過ごせればいい！　私、私を守れ！」

司教は引き攣った声で言いながら、姫様のいる奴隷馬車に転がり込んだ。

「まあ、木でできた馬車より鉄の檻の方が強度はあるよな」

僕が言うと、幹彦は、

「鉄くらい簡単にひん曲げるやつは多いぜ、魔物には」

と笑い、聞こえたらしい司教は情けない悲鳴をあげて失神した。

僕は空に向けて炎の矢を打ち上げた。

それで魔物の群れはなぜか方向を変えて大きく弧を描いて戻って行く。何頭かの魔物だけと交戦する事になっただけだ。

魔物達を見送って、震えていたヨハンがポツンと言った。

「最後尾にいたのは、フェンリルとフェニックスだったか？」

「さあ、出発しましょう」

僕は司教に声をかけた。


しばらく行くと、街道は山の間の谷になる。

「ん、何か音がしねえか」

幹彦が不意にそう言い、一行は足を止めた。その途端、片方の山の上から、岩が落ちて来た。

「危ない！」

一行は足を早めて谷を通り抜けようとした。

しかし岩は次から次へと降って来て、奴隷馬車に乗せられた者も司教も、悲鳴を上げる。

どうにか谷を通り抜けた後、一行は青い顔で岩だらけになった背後を振り返り、誰からともなく言い出した。

「やっぱり、祟られてるんじぇねえのか、これ」

「こんなに落石が起こるわけはないし、盗賊にしたっておかしいぜ。人間じゃできねえよ」

「じゃあ、何だ。神様ってことか？　何で？」

「それは……」

そして自然と、視線は奴隷馬車へと向けられる。


崖の上を調べさせた司教は、報告を聞いて震えていた。

盗賊がいたあとでも見つかると思っていたのに全くなく、それどころか、崖の上は木々が生い茂っていて、岩を運ぶような隙間が無いというのだ。

「あの岩は、誰がどうやって落としたというのだ？　本当に……いや、まさか……」

ヨハンも顔色を悪くしながら言い添える。

「教主様が神の声をお聞きになってした事です。神が怒るわけがございません、司教様。ここは、早く聖教国に入る方がよろしいかと」

「そうだな。急がせよう」

彼らはそう決めると、眠れない気がしながらも、取り敢えず横になった。

そうして翌朝、明るくなったかどうかという時刻に、一行は出立した。そして、できるだけ急ぎ足で街道を進んで行ったのだった。


神はこのような事は望んでいなかった。

神のお告げを、教主は本当に聴いていたのか。

この呟きはあっという間に奴隷馬車を護衛する冒険者の間に広まり、呟きどころではなくなった。

それでも奴隷馬車の列は聖教国に近付いて行き、とうとう聖教国に到着した。

教団兵などがいくら禁止してもやまず、逆に教団兵の方がこの噂に感化されるありさまだ。

「へえ。ここが聖教国の本部かあ」

建物は大きくてどれも綺麗で、町はきれいに整えられていた。

道を歩くのは教団の制服を着た人かこざっぱりとした衣服の市民が多いのだが、端の方で目を伏せて歩く痩せた人がいるのが見える。奴隷馬車に乗せられた人と同じ服を着ているので、彼らは奴隷だろう。

「欲にまみれた生臭坊主がいるのはあそこか」

幹彦が、一際大きな建物に目をやって言う。城、または本殿と言うのだろうか。庭も含めて、大きくて華麗な建物で、傷も汚れもなく、きれいなものだ。その周囲で、奴隷たちが花に水をやり、敷石を整備し、壁の清掃をしていた。

馬車はその前に停まった。

奴隷たちは新しい奴隷にチラリと無感動な目を向けたが、関心もなさそうに自分の仕事に戻る。

転がるように馬車を降りた司教は、ようやく辿り着いてこれでもう安心というのが見え見えの顔付きで笑顔を浮べた。

「教主様にご報告を」

言いかけた時、異変は起こった。

晴れた青空にポツンと炎が浮かぶと、それは大きなヒトのような姿になる。

「神だ！」

誰かが指さして叫び、全ての人が空を仰いだ。

「おお、神よ！」

司教はすぐさまその場に膝をつき、ヨハンや旅をして来た教団兵達もそれに倣う。遅れてほかの教団員が膝をつき、市民に広がって行く。

立っているのは、ここまで護衛して来た冒険者たちと教主、奴隷たちだ。

誰かが言った。

「神様？　ここに着くまで祟りみたいなことばっかりだったからな。ここから本格的に罪を問うとか？」

それに旅をして来た司教たちは体を震わせ、教主はどういう意味かと司教に問うた。

「祟り？　何があった？」

「は、尋常ではないほどの魔物に襲われたり、人では為しえない場所からあり得ないほどの岩を落とされたりしました。神の御業としか思えないとの声が道中……。教主様。神は異教徒の殲滅と、悪魔をかくまった者や悪魔に憑りつかれた者の浄化をお命じになられたのですよね。ランメイへの浄化侵攻も王家の根絶やしも、神の御意思なのですよね」

教主の答えを、この場の全ての者が待った。

教主は狼狽えたように周囲を見回し、

「ああ、当たり前だろう！　神が私に、そうお告げになったのだから！」

と言った。

その瞬間、上空の炎の神は腕をスッと伸ばして教主を指した。

すると、教主の被るきらびやかで重そうな宝冠に何かがぶつかった。それは質量を持つ何かではない。光の矢に見えた。

が、地球人、それも日本のアニメを知る者なら高確率で「レーザー攻撃」または「ビーム攻撃」に似ていると言うだろう。宝冠を刺し貫き、背後にそびえる本部の建物に命中すると、そこに大きな丸い穴をあけて貫通させ、その向こうの山に当たって頂上を蒸発させた。

その一連の出来事を皆は黙って眺め、しばらくかたまってから騒ぎ出した。

「どういう事だ!?」

「か、神の怒りか!?」

「どうしてだ！」

「まさか、神はこんな事を望んではいらっしゃらなかったと？」

誰かの一言が響き渡り、混乱し始める。

「静まれ!! 神の怒りとは、大いなる雷！ これとは違う、これは神の名を騙る偽物の暴挙だ！ 犯人の魔術士を捜せ！」

教主が真っ赤な顔で言うと、教団兵は躊躇いながらも立ち上がる。

が、今度は轟音と共に本部の真ん前に落雷があり、教主の銅像が破壊された。

続いて、ホールの上半分が斜めにずれて落下した。

しんと静まり返ったあと、叫び声が上がった。

「やっぱり神はお怒りだ！」

「神の名を利用したニセ教主を捕えろ！」

広場は混乱の渦に巻き込まれた。

エルゼのギルドの食堂は、今日も、いや、今日は一段と賑やかだった。

「あの教主の顔！　ガハハハ！　思い出したら、それだけで酒が飲める！」

「これで聖教国も終わりだな！」

「乾杯だ、乾杯！」

それで何度目かわからない乾杯をする。

あの奴隷運搬の司教たちに魔物の噂などを吹き込んだのは、僕たちの仕込みだ。司教やヨハンに聞こえる所で噂をばら撒いて行動を誘導したのだが、うまくいった。

魔物を魔の森から追い立てて来たのはチビとピーコで、こちらにぶつかりそうでぶつからないように追い立て、魔の森へと返した。牧羊犬になれそうな手並みだった。

岩を落としたのはガン助だ。ガン助ならいくらでも岩を吐きだせるからな。

その度毎に「教主への不審」などを囁いたのはもちろん僕や幹彦、冒険者のフリをして護衛に雇われたセリーナ姫を奪還しようとしていたグループだ。面白いほどに教団兵もビビり、教主や聖教国への信頼が揺らいだ。

道中教団兵がなぜか具合が悪くなるのも、聖教国の広場で炎の神を出したのも、宝冠を撃ち抜いたのも落雷も、僕がやった。ホールを斬り倒したのは幹彦だ。幹彦のインビジブルは見破れる人がなかなかいないので便利だし、おもしろグッズ扱いしたマントも飛べるのが便利だ。

あとは、ちょっと不安や不審をあおる事を言えば、勝手に市民達も騒いでくれる。

「チビもピーコもガン助もお疲れ様。上手くやってくれたね」

言いながら、チビたちの皿に肉を追加で入れた。

「ワン！」

「ピー！」

「……」

ガン助はカメのフリをしている時は無口だ。仕方がないけど。

「聖教国の教主、お告げなんて全部デタラメだったたって認めたらしいな」

幹彦が温いビールに軽く眉を顰めて言うので、僕が魔術で少し冷やした。

民衆に囲まれ、暴動騒ぎとなったあの後、神の怒りを恐れてデタラメだったと認めた教主は市民達に捕らえられた。それを、「たまたま」旅行で訪れていたエルゼの次期領主によって国に報告され、そこから他国にも知らされ、あっという間に聖教国の欺瞞は知られる事となって、待ってましたとばかりに周辺国によって国は解体された。教団も割れ、地方で地域に密着して運営されていた、皮肉にも教義にあまり関心のなかったような人だけが残り、熱心だった人ほどよりどころを失って教団から離れる事になった。

奴隷になっていた人は全て解放され、侵略されて接収されていた土地は、元に戻された。

亡くなった命や傷ついた心は戻らないが、それでも表情は明るい。雷や神の名を借りた侵攻を恐れる事も無くなったのだ。

「さんざん使って来た雷が落ちたんだからな。自分の銅像に」

エインが言う。聖教国の教団兵の中の魔術士が、数人がかりで雷を落としていた事もわかっている。

「あの、宝冠を貫いて後ろの建物にも穴をあけて山を蒸発させた何か。あれってビビったよな。教主は自分の頭の上だったんだから、そりゃあビビっただろうな」

ジラールが思い出すようにして言うと、

「ホールが斬れて上がずり落ちて来たのが、視覚的にも、近くだったのもあって、こたえたんじゃないか」

とグレイが真面目くさって論評し、

「どうでもいいけど、姫さんが助かって良かったな。まあ、俺に酌でもしてくれればもっと良かったんだけどよ」

とエスタがすねて言い、辺りは笑いに包まれた。

エルゼの一部の冒険者と領主を巻き込んで計画、実行された一連の事だが、僕達がした事は伏せてもらっている。次期領主があくまでもたまたま見たという事にしてある。

何と言っても、僕達はしがない隠居なのだ。

「はあ、楽しかった」

「そう言えば途中の山道で、いい感じに実った果物があったな」

「よし、明日採りに行こうよ、幹彦」

「おう」

ああ。隠居生活は自由だ。

実っていた果物を採り、ガン助が岩落とし作戦の決行現場で見付けたという美味しいシカを獲り、弾む足取りでエルゼに戻る。

と、教会の顔見知りのシスターであるミミルたちを見付けた。

エルゼの教会は元々大して教義を広めようとしていたわけでもなく、悪魔だ何だと言っていたわけでもない。洗礼を行ったり、結婚式を執り行ったり、葬儀を行ったり、孤児を育てたりという場所だったので、聖教国とはどこか別物と捉えるところもあった。

だが、聖教国の悪事が明るみに出ると、いくら末端の教会は別とは言え、態度がよそよそしくなる人もいるし、誰よりもミミルたちが俯く事になった。それで周囲も気を遣い、悪循環だ。

「よう！」

幹彦が暗い顔の子供に声をかけると、気付いた子供達は明るい顔をして走って来た。

「チビー！」

「鳥さんがいる！」

「カメだぞ、こいつ」

子供達の目当てはチビたちだった。

「こんにちは」

ミミルはどこか暗い顔で笑顔を浮べた。

「いい天気が続きますね」

時候の挨拶は便利だ。

「本当に。この分じゃ、豊作になるでしょうね」

「そうそう。山で見付けたんですけど、本当に豊作で」

採って来た果物を見せると、子供達の目がくぎ付けになった。

「あ、カラスノタカラ！」

カラスがこれを見付けたらひとつ残らずもぎ取ってしまうと言われるくらいカラスの好物らしい。甘くて美味しいものだが、それほど高いわけでもない。なのに、皆の目は怖いくらいそれに釘付けで、涎を垂らす子供もいた。

少々おかしいと思ったが、小さい子供が指を咥えて、

「お腹空いた」

と言うのを皮切りに一斉にお腹が鳴り始めるのに、これまでになかった事だと愕然とした。子供らしく遊びまわってお腹を空かせるのはある事だったが、全員が全員こういう状態というのは、短い付き合いでも見た事がない。

「ほら、皆。帰りましょう。ご飯ですよ」

ミミルが慌てて言うのに、子供は正直だ。

「また汁たっぷりスープ？」

「お腹がすぐに空くんだもん」

「お菓子食べたい」

僕と幹彦は顔を見合わせ、笑顔を浮べた。

「はい、これは皆でどうぞ。お土産だぜ」

「わあい！」

「洗えよ！　それから、ケンカしないで分けろよ！」

幹彦が言うのに子供達はおざなりに返事をして、果物を囲んで孤児院へとスキップして戻って行った。

「あの、シスターミミル。もしかして、聖教国の解体で……」

ミミルは困ったような顔をした。

「町の大方の人は何も言わないでくださいますが、寄付をやめたいとおっしゃる方も少なくありませんし、何より本部からの運営費がなくなりますので……」

頭を殴られたような気がした。

幹彦も同じような顔で考え込んでおり、子供達から解放された——果物に負けた——チビたちはただ僕達を見ていた。

「私達が間違った事をしていたのは事実ですから仕方がないのでしょうが……」

「それでも、あなた達がこの町でしてきたことを否定するのは間違いですよ。シスター、その事は胸を張って堂々としていればいいいです。でも、そうか。運営費に頼らないやり方が必要だけど、その前にまずは食事だよな」

「ああ。肉なら狩って来たところだしな。すきっ腹じゃあいい考えも浮かばねえぜ」

僕達は申し訳なさそうに何度も頭を下げるミミルを従えて孤児院に入って行った。

肉、卵は今獲って来たものがある。ミルクは幸いにもまだ残っているそうだし、パンは買っているそうだ。

「裏庭の畑は、自給自足のための野菜を植えているんですね」

「はい。これで多少はと」

「では、畑を増やして売り物になるものを植えましょう。薬草とか。ポーションまでできれば、もっと収益はあがります。あと、牛とかニワトリを飼えば、ミルクや卵を買わずに済みます。エサはその辺の草でいいでしょうから、畑の雑草を食べさせればいいし」

「牛とニワトリは、俺達で調達して来ればいいだろう」

「そうだな。どうせなら（魔の）森近くのやつが丈夫だよな」

「ああ。ちゃんと（脅して）調教しとけば大人しくなるはずだしな」

「ワン！」（任せろ）

「ピー！」（しつける！）

「あと、土産物とか小物とかお守りみたいなものとかを作れば売れないかな。あ、おみくじってこっちで見た事がないよな」

「ああ、いけるかもしれねえ」

僕達はミミルと司祭を交えて今後の収入増の計画を立て、早速取り掛かる事にした。

おみくじは、いわゆるフォーチュンクッキーで、ミミルや孤児院の子供が簡単な運勢やうんちくを書いた紙をクッキー生地で包み、焼く。

それから魔の森で乳牛となる牛と卵をたくさん産むというトリを数羽生け捕りにして、チビたちがしっかりと脅しつけて教育し、教会に連れ帰った。

畑には薬草の苗を移植し、例のきのこ、ハタルの原木も置いた。

牛小屋などを造るのは、子供好きのグレイたちも率先して手伝い、領主も孤児院の売り上げは非課税とした。

僕達に聖教国を潰した後悔はないが、孤児院に余波が及んだ事には心が痛む。教団に所属していた大人はともかく、孤児院の子供は無関係だ。

「中途半端で申し訳ない気もするけど、これ以上は責任も持てねえ」

「そうだよな。僕達は、しがない隠居なんだしな」

七大冒険者のメンバーや領主にもこの状況を伝えておいた。世界中で同じような孤児院があるだろうと思うが、地域との関係がよければ、差し伸べられる手があるはずだと信じたいし、そうであってほしいと思う。残念ながら、全てを救うことは、流石にできない。

その後、卵がやけに高価なものだと司祭は気付き、牛も本来は気の荒いものだと教えられ、網で囲われた木の棒がバカ高いきのこの原木だと知って腰を抜かしかけたが、そんな事は知らない。

# 第三章 慣れてきた頃に

## 一・若隠居の地下室の秘密

エルゼから地下室へ飛び、ん、と目を疑った。

精霊樹に光がともっていた。

「クリスマスには早いぞ」

「俺じゃねえぞ」

言いながら、電飾を外そうと近付いてよく見ると、光と光の間に線はなく、光はふわりと飛んだ。

「は？」

「光る埃か？」

僕と幹彦がそれを見ていると、チビがやや興奮したように言った。

「まさか精霊か!?　この目で見られる日が来るとはな！」

それを聞いて、僕も幹彦もあんぐりと口を開けた。

「精霊？」

どう見ても光の球だ。色も様々で、それが精霊樹に何個も付いていた。

その中の一つが近くに寄って来て、周囲をくるくる回る。

「精霊……確か、世界に神獣が揃うと現れるんだったっけ」

以前確かチビがそう言っていたはずだ。

「じゃあ、神獣がこの世界に？」

幹彦が勢い込んで訊いた。四体目は何の動物だろう。

ピーコとガン助もソワソワとしている。

「精霊っすか。きれいでやんすね」

「色んな色があるー」

「神獣が世界に揃うと精霊王が生まれ、精霊王が生まれると精霊が生まれる」

チビが、精霊王を捜すようにキョロキョロしながら言う。

「じゃあ、どこかに精霊王もいるんだな」

「そう言えば、禿山の岩陰に精霊王の亡骸を時間停止の魔術付きで安置してあったな。あれは人の形をしてたよ」

そう言うと、幹彦もチビたちも忙しく視線をさ迷わせて精霊王を捜し始めた。

と、精霊樹の一番高い辺りから何かがふわりと降りて来た。背中に羽がある小さい人型の生物だ。

「精霊王⁉」

「おおー！」

僕と幹彦も驚いたが、チビも驚いている。精霊はチビが生まれた頃には絶滅していたらしいので、見た事が無いそうだ。

精霊王はチビ、ピーコ、ガン助の前に来ると、優雅に一礼して見せた。

「神獣様に、ご挨拶させていただきます」

「うむ。精霊王か」

「はい。あの、もうひと方の神獣様はこちらへはいらっしゃらないのですか。いつも気配だけでご挨拶が叶わないのですが」

それに僕達はしばし黙り込んだ。

「気配がするのですか？」

「この近所か？」

「ダンジョン外に魔素が流出してはいるが、大した範囲でもないはずだしな」

僕、幹彦、チビが真面目な顔で考えている横で、ピーコとガン助が口を開いた。

「もしかして、あれじゃない？」

「ああ、あれっすかね」

全員の目がピーコとガン助に向いた。

「あれって何だ」

チビが、ピーコとガン助をじっと見ながら訊く。

「オイラの寝床っす。敷いてある小石の中に貝が入ってやして。オイラがケガを治してもらいながら弱っているのを助けてもらっていた時、一緒に魔力を浴びてたんでやすがね」

「元々魔力も持って魔物化してたし」

ケロリとガン助とピーコが答え、僕と幹彦とチビはキッチンへとすっ飛んで行った。

もどかしく思いながらドアを開け、靴を脱いで中に飛び込むと、水槽を置いてあるリビングへと駆け込んだ。

水槽はいつも通りだ。小石が敷き詰められ、半分ほどが盛り上がって山になり、流木と握り拳程度の石が置いてある。そして石の半分ほどの水がためられていた。

目を凝らして小石を見る。この小石はガン助のいた川で取って来たものだ。すなわち、ダンジョンになれなかったダンジョンコアの近くの石だ。

「あ、いた」

幹彦が小石の中に埋もれるようにして転がる二枚貝を見付けた。

目でお互いに譲り合い、結局幹彦が貝を手に取る。

「へえ、貝だ」

棒読みだ。

「交ざったんだなあ。よし、味噌汁に入れるか。今日はアサリだし」

しまった、僕も棒読みになってしまった。

だが、貝はいきなり幹彦の掌から跳び上がり、急に座布団サイズになった。

「何という恐ろしい事を——！」

「あ、喋ったぜ」

「やっぱり神獣なのか」

皆で見ていると、貝は注目を集めている事に気付いたようで、小さいサイズに戻って水槽の中に着地した。

四番目の神獣は、イシガイだった。

貝のフリをする貝の神獣を、ガン助が突き、ピーコが鷲掴みにして振った。

「わああ、何をするんじゃあ」

どうも年寄りみたいだ。

「チビ。神獣が魔力を与えると皆神獣になるのか」

訊くと、チビは首を横に振った。

「そんなわけがあるものか。憶測だが、まず、元々魔力を持っていたか、魔力を保持できる体であること。その上で、神獣の魔力に耐えられ、保持できるだけの器であること。あと、相性か。まあ、そもそも神獣というものが目の前で生まれるのを見るというのはそうそうある事ではないからな。大抵は、気付いたら神獣になっていたというものだ。私だって、向こうではただのフェンリルだった。こちらに世界がつながった時にここに引き込まれ、何が起こったのか考えていると自分がこちらの神獣になった事が理解できたのだ。まあ、動揺している隙にスライムに呑み込まれそうになったのは一生の不覚だったがな」

精霊王も口を開く。

「精霊もそういうふうに生まれます。突然存在しているのに気付き、そして、自分が精霊王、または精霊なのだと理解するのです」

「へえ。不思議な感じだなあ」

「もし人間も生まれた時にちゃんとした思考力を持っていたら、そういう感じなんだろうなあ」

僕と幹彦はそう言ってしみじみと頷いた。

だが、目の前の現象を、不思議で終わらせるわけにもいかない。

「名前だな。ええっと、おじいさんみたいだし、じいは」

「まあ、分かりやすいし呼びやすいな。じい、それでいいか」

幹彦に呼ばれて、貝は少し口を開けた。

「じい！　うむ、よかろう。確かにわしは年寄りだからの。ふふふ。あの河原で終わるかと思っていたが、これからは広い世界を見て回れそうだのう。いい冥土の土産になりそうじゃ」

貝も冥土に行くのか。

「じいは何か、特技はあるのかな」

「わしか。水を操ったり、アタックしたり、幻覚を見せたりだな」

表情は見えないが、得意そうにしている気がする。

「幻覚かあ」

「夢の中に閉じ込めるとかだな」

それで思い出した。

「蜃気楼か」

蜃（おおはまぐり）と呼ばれる伝説上の生き物が幻を見せると考えられており、西遊記などでもその話が登場する。

蜃は龍という説とハマグリという説があるが、どっちみち、伝説上の事だ。

まあ、この小さなイシガイはハマグリよりもずっと小さいが、二枚貝というところは同じだ。

「よろしくな」

幹彦はそう言い、

「あれ。じいも基本は魔力で、肉とか食うのか？」

と首を傾げた。

貝が肉を食べるところは見た事がない……。

でも、見回して思った。この家、人間は僕と幹彦の二人なのに、それ以外が多すぎるな。

まあ、いいや。

「一応報告して、従魔登録しておかないと。あ。精霊王と精霊はどうしよう」

僕と幹彦は、どうしたものかと顔を見合わせた。


日本人は、本当に悪くなくとも取り敢えず謝るという習性がある。ちょうど僕と幹彦も、すみませんと言いつつ、心の中で「いや、僕は悪くないよな」と考えていた。

新しい神獣が誕生し、従魔登録したい事。それと、神獣が揃った事で精霊王が誕生し、精霊王が誕生した事で精霊がたくさん地下室に生まれた事を報告したら、ダンジョン庁の幹部官僚がすっ飛んで来たのだ。

それで、「すみません」に至っている。

まあ、手間をかけさせたことに対する謝罪は妥当だろう。

というのも、精霊は魔素の多いところにしかいられないそうで、少なくとも今は、地下室から出る事ができないという。

「精霊……」

来た官僚は、言いながら呆然と精霊を見ていた。

「驚きですよね」

愛想よく言ってみた。

まあ、精霊王以外は光の球にしか見えないので、色々な光が乱舞しているように見える。電気代のいらないイルミネーションと言ったら失礼だろうが。

「そもそも神獣とは何をするもので、精霊とは何をするものなんでしょうか」

官僚が我に返ったように言い、僕も幹彦も首を捻ってチビを見た。

チビは伏せの姿勢でゆったりと構えながら言う。

「神獣は世界の調和を取る者だ。精霊はそれを実際に行う者だな」

漠然とした答えに全員で首を倒すと、精霊王がにこやかにふわりと浮いた。

「風や水や土や火などのバランスを整えるのです。反対に、神獣様が揃っていないとバランスが整っていないので、精霊は生まれませんし、魔素が少なくなっても精霊は存在できません」

精霊王が言ったが、それでも漠然とした答えだった。

まあ、元々神獣も精霊も魔素もなかったものだ。仕方がないのかもしれない。

と、僕も思ったが官僚も思ったらしい。追及する事無くそれでよしとしたようだ。

「まあとにかく、じい様も従魔として登録できました」

じい様のくだりで、幹彦が笑いそうになった。

「また何か変わった事があったらすぐにお知らせください」

そう言って帰って行き、手続きは終了した。

「じゃあ、エルゼでも登録しておこうか」

「そうだな」

精霊たちを残し、僕達はエルゼへ飛んだ。そして職員に、

「え、今度は貝ですか」

と疑うような目で見られながらもじいを登録して戻って来た。

戻って来て、違和感に足を止める。

「あれ？　地下室ってこんな感じだったっけ」

幹彦と、底の方を見て言う。

「何か、広くなってねえか」

「やっぱり。気のせいじゃなかったんだ」

チビは精霊王に訊いた。

「広げたのか」

「はい。土の精霊が張り切りまして。あ。水も」

言った時、地面がゴゴゴと振動し、地震かと辺りを見回した。

と、グングンと通路が広がって、下へと続くスロープの手前までが、通路ではなく広場になってきた。そしてそこに池ができた。

唖然としてしまう。

水は綺麗で、これでポーションを作ればさぞや高品質のものができるだろうと思うし、家庭菜園の水やりに使えばさらに美味しいものになりそうな予感がする。

しかし、この上の地面とかはどうなっているんだろう。家の基礎とかに影響はないのだろうか。

考えている事がわかるのか、チビが冷静に言った。

「この地下室は現実からは独立した空間だ。地表の距離と地下の距離は同じではないし、これで家が崩れる事もない」

幹彦がホッとしたように軽口をたたく。

「なあんだ、そりゃあ安心だな。だったら、ここに温泉ができたりしても大丈夫なんだな」

それに精霊王がにっこりと笑った。

「もちろんです」

その途端、ゴゴゴと再び地面が揺れ、まさかと思う間もなく、池がもうひとつできた。ただしこちらからは、湯気が立ち上っていた。

「温泉？」

僕と幹彦が呆然とする先で、チビは嬉しそうに温泉に飛び込んだ。ガン助とじいは池の方だ。

「お前ら……」

呆れ果てて、ガックリと来た。

「でも、気持ちよさそうだな」

「ああ。帰って来てすぐに温泉に入ってから家に入るのもいいぜ」

「じゃあここに着替えを置けるようにするか」

「お、いいな」

悩むのがばからしい。

ただし、だ。

「これも報告しないとだめかな」

幹彦は肩をすくめて苦笑した。そして再び先程の官僚が来て地下室を見て絶句するのに、

「何か、すみません」

と謝るのだった。

地下室の精霊たちは機嫌よく、遊びの延長でよく働いている。おかげで、実りは以前より輪をかけて良くなり、地下室はたまに確認しないと勝手に拡張されている。

まさかダンジョンとして復活したのではないかと慌てたが、そういう事ではないらしい。この地下室に神獣四体が全部そろい、精霊樹まであるので、環境が抜群に良く、それで精霊が活気づいているという事らしい。

ある日地盤沈下して家が傾くとか、よその家の地下に浸出しているとかでないなら、まあいい事にしよう。

温泉は周囲を岩で囲んで露天風呂風にし、すのこと棚を置いてタオルや着替えを置けるようにもしてある。最近は異世界から帰って来るとそのまま温泉に入って、家にはその後入る。

薬草も入れれば、小さなケガは治るし、疲労も取れる。

「どんな地下室だ……」

担当官僚が言うのに、一応答える。

「うちの地下室は特別仕様なんですよ」

「そうそう。日々成長ってね」

「そんな地下室があってたまるか」

彼はそう言って、深いため息をついた。

この前知らせてから数日。今日改めて調査に入ったのだが、地下室は更に改築されていた。

神獣と精霊樹と精霊が僕達の側にあるので、「調査のために接収」とか言い出す事もなさそうだ。もし強引にそうされても、チビたちの加護のないほかの誰かが異世界へ行く事は出来ないし、今更精霊樹をほかに移す事もできない。たぶん。それにチビたちをモルモットにして調べたり実験したりする様子もない。

だから、幾分かは安心していた。

担当官僚は眼鏡を拭いてかけ直し、僕達に向き直った。

「ところで麻生さん、周川さん。ほかに何か言う事はありませんか」

担当官僚にじっと真顔で見つめられて、居心地が非常に悪い。本当は、僕達以外も行ったり来たりできるのかどうかなんて実験した事は無い。僕たちが行ったり来たりできることも含めて、それも秘密だな。

「ほかですか?」

「何かあったかなあ」

僕達はそう言って斜め上を見た。

「合わないんですよね。ダンジョンから持ち帰ったものや買ったものだけで、これだけの数の商品を作られているとはとても。これはどこからか材料を入手しているとしか思えない」

ぎくり。

「チビたちが、な」

「そうそう」

チビは半目で僕と幹彦を見ていたが何も言わず、ピーコとガン助とじいは池で遊んでいる。

「解体している部分だけを持ち帰って来るんですか。本当に」

チビはそう言ってじっと見つめられ、目を逸らして丸くなった。

「麻生さん、周川さん。ちょっと免許証の裏を見せてもらえませんか」

冷や汗がだらだらと流れる。都合よく指定部分だけを隠すとかいう機能はないのだ。「魔王」とか「舞刀」なんていうものが見られたら、申し開きができない。

担当官僚は、そこで少しだけ表情をやわらげた。

「悪いようにはしませんから」

僕と幹彦は白旗を掲げた。

「実は――」

全てを白状した。

担当官僚は黙って全てを聞き終わると、しばらく考えながら眼鏡を拭いていた。それを判決を待つ被告人の気分で見ていると、彼は眼鏡をかけて口を開いた。

「なるほど。ここに植えられている植物にしても、きっと異世界でしか知られていないものがあるんでしょうね」

僕も幹彦も居心地悪くその言葉を聞いている。

「あなた方以外には異世界へ行く事も、異世界から来る事もできない。間違いは無いですね。この件は持ち帰って報告します。連絡がつくようにしていてください」

担当官僚はそう言って、思いついたように訊いた。

「そうだ。連絡先を登録しておいてください」

そう言って、強制的にスマホを出して登録される。

わあい。友達登録が増えたぞ。なんて喜ぶものか。

でも、彼の名前が神谷成博という事を初めて知った。

そうして神谷さんが帰って行くのを見送り、僕達はため息をついた。

「とうとうバレたな」

「まあ、時間の問題だった気もするぞ、フミオ、ミキヒコ」

「まあなあ。まあ、なるようになるさ」

僕達は乾いた笑みを浮べた。


神谷さんがその沙汰と今後の事を言うために再び来たのは、翌日の事だった。

インスタントではない方のコーヒーを出す。まあ、気持ちの問題だ。今更懐柔できるとも思っていないし、神谷さんはそういうタイプではないとも思っている。

「異世界では科学が進んでいない代わりに魔道具やポーションについては進んでいるんですね」

「ああ。鍛冶についてもな」

幹彦が言い添えると、神谷さんは満足げに頷いた。

「では、あなた方は異世界へ行き、そういう知識を持ち帰ってください。ポーションは未だにドロップ品頼みで、品質はそう高いものではない。合成できるとなれば、医療に役に立つし、国益にかないます」

僕と幹彦は顔を見合わせた。

つまり、今まで通りに異世界へ行き、作ったポーションや武器や魔道具をこちらでも売れると、そういう事か。

頷き合った。

「わかりました」

「やりましょう」

これでマンションの借金返済計画にも変更はない。隠居の日が近付いてくる。

「他国にも漏らす事はしません。行き来できるのがあなた達だけと言って信じるかどうかも疑問ですし、殺して成り代われないか確かめる事もやりかねないし、日本にリードさせないためにとあなた達を消そうとすることも考えられますので、窓口は私一人に絞ります」

恐ろしい事を神谷さんは淡々と言う。

これは、浮かれている場合ではない。そう気を引き締めながら、僕たちは密約を交わした。

しかし、だ。どこかで少しだけ、「秘密調査員」という響きにわくわくしたのは否めなかった。

あれ？　隠居なのに仕事を引き受けた？

だが、お墨付きを得て異世界へ行けるのは気が楽だ。前向きに考えよう。

そうして僕達は、安心して異世界へと飛んだのだった。


エルゼから馬車で一日半ほど、キルジイラ領の端にあるダンジョンの調査に来た。単なる山と思われていたが、崖崩れで偶然遺跡の入り口が見付かったらしく、入った所に魔物がおり、それを討伐すると死体を残さず消えたことからダンジョンであるとわかり、ギルドに調査依頼が出されのだ。

このダンジョンに入り、簡単な地図を作製する事と出て来る魔物を大まかに報告する事。これが今回冒険者に出された依頼の内容だ。

遺跡型の場合は宝箱が見付かる確率が高く、これを見付けた場合、冒険者が開けてもいい。どうせ復活するからという事だが、最初に開ける場合、レアなものが見付かる事が多いらしい。危険度もわからないまま中に入って調査する冒険者のささやかな余禄とされているそうだ。

そういう事をエインたちから聞き、わくわくしながら探索を始めた。

「そこに触るなよ、罠が発動するぞ」

入り口から二歩目でチビから注意され、気を引き締めた。

「罠が発動したらどうなるんだ」

「それによるな。どこかに転移させられたり、槍や矢が飛んで来たり、天井が落ちて来たり、岩が転がって来たり、出入り口をふさいで水を流し入れるというのもあるな」

チビが事も無げに言うのに、気を付けようと肝に銘じる。

「お、これって罠じゃねえの」

幹彦が天井を指さして言い、

「え、どこどこ」

とよく見ようと壁に手を掛けたらカチリと音がした。

「え」

その途端、襟首を掴まれて後ろに引き戻された。

「あっぶねえ。二重の罠か」

幹彦が言うのに、僕の襟首から口を離してチビが言う。

「そういうものもあるから気を抜くなよ」

さっきまで自分がいたところを太い杭が貫いているのを見て冷や汗を流しながら、

「怖っ」

と僕は呟いた。

まだ先は長い。

## 二・若隠居と遺跡型ダンジョン

罠は当然ながら見付けにくい所にある。

そう思って見れば、怪しい箇所というのは見つかるもので、何となく発見できるようになっていく。

まあ、製作したのがずっと昔らしいので、今の「スレた」僕達でなかったらひっかかるのかもしれないし、身長や歩幅も違っていたのかもしれない。

それに、ピーコやガン助やじいが飛んで先行して調べてくれるので、罠にかかる事はなく進んでいる。

慣れてくると発見が容易くなり、ゲーム感覚になってくる。それに従い、だんだんと、もし罠にかかっていたらどうなっていたのだろうという興味が湧いて来た。

が、幹彦がその考えを読んだように、

「間違っても確認のために罠にかかってみるとか言うなよ」

とクギを刺し、チビは、

「やりかねんな」

としみじみと言うので、自重する事にした。

調査というなら罠の種類も必要かと思ったんだけどな。

そんな事を考えながらも、罠を避け、出て来る魔物を倒し、地図を作りながら先へと進む。

ダンジョン内はどこかの建物内のようで、一本道の廊下に何本かの廊下が枝分かれするように交わり、所々に部屋があった。魔物は廊下を徘徊するほかその部屋の中にもおり、部屋の中にある宝箱の番をしているかのようだ。

ただしこの宝箱は、本当に何かが入っている宝箱もあれば、宝箱のフリをしたミミックという魔物の場合もあるし、宝箱そのものにも害のある気体が噴出したりとげが飛んで来たりといった罠が仕込まれている事がある。

「ふむ。小さそうなダンジョンだな」

チビが言うのに幹彦が訊き返した。

「そんなのわかるのか」

それにチビは頷く。

「出て来る魔物で大体のところはな。ここはゴーレムと罠のみだろう。そういう単一の魔物のダンジョンは大体小さい」

「そう言えば、地下室もスライムのみだったもんなあ」

覚えは無いけど、そういう話だった。

「ここまで出て来た魔物はゴーレムのみ。それも、鉄やら銅やら銀やらで、希少金属というほどのものはなかったよな」

思い出しながら言うのに、幹彦も同意する。

「じゃあ、規模も小さいし危険度も小さいみたいだってことで良さそうだな」

言いながら気配を探りつつ進む。

と、ドアがあり、僕達はドアの前で足を止めた。

アイコンタクトをして、中に飛び込む。

案の定中に魔物がいた。小型のゴーレムで、こちらに攻撃を仕掛けようとした時には僕の火とチビの氷の魔術を代わる代わる浴びせられて、弱ったところを幹彦にあっさりと斬られる。

魔石を拾い、宝箱を見た。

チビがフンフンと言いながら宝箱の周囲を見て回り、

「正面に盾を張っていれば良さそうだぞ」

と言う。

そこで次は、誰が開けるかだ。

ダンジョンができてから宝箱を最初に開ける時はレアが出やすいと聞いている。それでワクワクしながらここまで宝箱を開けてきた。幹彦が開けたものからは、マジックバッグ、希少金属のインゴット、即死魔術を回避する術式を組み込んだネックレス、石化を反射するネックレスが出た。どれもなかなかのもので、確かに宝箱を最初に開けただけはあると思う。

なのに僕が開けたものからは、矢十本、高級ポーション、そこそこいい剣、安眠枕が出た。

僕のくじ運の悪さを舐めていた。これでもいつもよりは運がいい方かもしれないくらいだ。

「幹彦、頼む」

幹彦は少し迷うようにしたが、僕のくじ運の悪さは昔からよく知っているし、ここでも身に染みてわかったはずだ。

「わかった」

幹彦はおとなしく宝箱の前に座り、僕は幹彦と宝箱の間に魔術で盾を張った。

宝箱を開けるとカツンと音がして盾に何かが当たり、床に短いダーツの矢のようなものが転がる。

先に何か液体が塗られていた。

「毒矢か」

盾を消しながらそれを拾う。

鑑定すると毒は植物由来のアルカロイド性毒物だとわかった。珍しいものではないので、その辺に転がしておく。

そして、幹彦が取り出したものを見た。

「人形？」

幼稚園児くらいの大きさの人形を持ち上げて、幹彦は困惑したような顔をこちらに向けた。

人形はワンピースのようなものを着ている。材質は何かわからないが、柔らかくて、目を閉じているその顔は、ヒトが眠っているような錯覚を覚えた。

「高級フランス人形か？　だとしても俺はいらんし、史緒もいらねえだろ。売ったら高いとか？」

幹彦が困ったように眉尻を下げてこちらを見るので、よく視た。

「あ。魔道具だって。どういう魔道具なんだろうな」

僕は鑑定結果にちょっと嬉しくなって、人形に手を伸ばした。

なかなかの重さだ。この重さとこの身長は、解剖した経験からして八歳前後の平均というところだろう。

腕や足などを曲げてみると、ヒトの関節の可動域と同じだった。服を脱がせば何かスイッチか魔石をはめこむ所などがあるかと思って脱がしかけたら、チビが呆れたように言う。

「持ち帰って調べればいいだろう。これはたぶん精霊人形だな。話には聞いた事があるぞ。高位精霊を人形に入れて、使役するものらしい。メイドとか子守りとかその程度なんだろうがな」

「なるほど。この遺跡が現役の頃はそういう使われ方をしていたんだな。その後精霊が消えて、使えなくなったと」

僕はしみじみ頷き、人形を空間収納庫に入れた。

廊下へ出て、向かい側の部屋を見る。ここのドアは壊れていて、中が見えたので宝箱のそばにいる番人と目が合った。

その途端、走って来るその四つ足型のゴーレムを、ガン助とじいが体当たりで足を吹っ飛ばし、ピーコが顔面を鷲掴みにするように掴んで頭をひねり取って倒す。

そうして僕達は部屋に入った。

「こっちは何かな」

「向かい側ですし、男の子の人形かもしれやせんね」

「ありうるな、うむ」

それで僕と幹彦も期待した。

「その可能性もあるんだし、史緒が開けてみろよ」

「いやあ、自信ないなあ」

「だめで元々だって」

チビが罠の無い事を確認したので、僕は少しくじ運に期待した。

「じゃあ、行くぞ」

皆で見つめる中、宝箱の重々しいふたを開ける。

「……あ……」

「……まあ、使うじゃろうし……」

「……どんまいっす」

「……まだ終わりではないぞ」

チビたちの慰めを、がっくりと膝をついた姿勢で力なく聞く僕の肩を、幹彦が叩く。

「まあ、あれだ。その、気にするな。もしかしたら凄くいいものかもしれないぜ」

言われて、視る。

たわし。丈夫な新品。

「くそっ。もう宝箱は開けないからな。誰が宝箱に中身を入れているんだ？　顔を見せろ！」

僕のくじ運は、ある意味、裏切らなかった。

その後も地図を書きつつ進み、その部屋に着いた。

広間になっていて、人型のゴーレムが三体いるほか、有名SF映画に出て来る円筒形のロボットに似たものも二体いた。

「よし一気にいくか」

チビがそう言ってまずは部屋全体を凍らせる。その後、僕が炎を竜巻に混ぜて全体を熱する。その繰り返しをしていると、ガコンと音がしてゴーレムの腕が落ちた。

「よっしゃあ、任せろ！」

言うと同時に幹彦が突っ込んで行って刀で斬り始め、ガン助とじいは歓声を上げてゴロゴロと転がってボーリングのピンの如くロボット風のものを派手に転がした。

それでロボット風のものはジタバタと起き上がろうともがいている感じだったが、ピーコが胸の電球みたいなものを突いて壊すと機能を停止したらしく消えていった。もう一体は僕が薙刀で突いておいた。

魔石を拾い、インゴットや宝石の原石というドロップ品を集めると、宝箱だ。

先に言っておく。

「幹彦。頼む」

幹彦は頭を掻いてから苦笑して、

「よし。開けるぞ」

と宝箱の前に座った。罠はなかった。

出てきたのは籠手で、魔術も物理攻撃も防ぐ盾を形成するものだった。

「おお！」

「やっぱり中身を準備した奴、ちょっと出て来いよ！」

僕は天井に向かって叫んだ。

更にしばらく進んでみたが、完全に水没している階に突き当り、ここから先は相応の装備の準備が必要だという事で、調査を切り上げる事にした。

そこからエルゼのギルドへ戻ってここまでの報告をする。

準備をして再度調査に行けと言うのかと思っていたが、これでいいらしい。調査と言っても、完全に調査し尽くすわけでなく、大体の舞台や魔物の強さなどがわかればいいそうで、途中から水中探査の準備が必要と分かった時点で完了だという。

宝箱の中身もそのままもらっていいというので、必要なもの以外を売る。

宝剣やマジックバッグ、高級ポーションも売ると言えば、オークションに出す方が値が上がるからと言われ、オークションの手続きをした。たわしや矢、安眠枕は、コメントがなかった。

例の籠手は幹彦が着けることにし、僕は石化反射と即死回避のネックレス、人形の解析だ。

高位精霊で動かす人形。オートマタのようなものになるのだろうか。

ついでにいくらかこちらの気に入っているお菓子とパンを買って、日本の家へ戻る事にした。

「攻撃を反射する術式が組み込めればいいよなあ。それに即死回避は、コピーしたら役に立ちそうだし。やっぱり幹彦はくじ運がいいし助かるよ」

「くじ運はいいんだよな、子供の頃から。まあ、アイスの当たりが続きすぎて十七個食べたら腹が冷えたのもいい思い出だぜ」

その後、おこぼれに与っていた僕も一緒におばさんに嫌というほど怒られて肝が冷えた。

「帰ったら温泉で汗を流すぞ」

チビがウキウキとして言えば、ピーコとガン助とじいは、

「水浴びするっす！」

「私も！」

「潜水じゃな」

とこちらも嬉しそうだ。

まあ、きれい好きでいい。

「風呂上がりに一杯いくか」

「いいね。ビールも枝豆も冷えてるし」

僕と幹彦もウキウキと予定を立てる。

そして地下室へと帰った。


攻撃を反射する術式はすぐにわかった。

即死を回避する術式は、まだ解析の必要がある。

そして人形だ。服を脱がせてみれば腹部にふたのようなものがあり、そこを開けると鶏卵二つ分くらいの窪みがあった。その周囲はゼリー状のもので覆われているが、これは全身を覆う筋肉の代用品と同じ物のように思える。

それを視てみると、ある樹の繊維を使ったもので、魔力の伝達がよく、弾力性に富み、丈夫だということが分かる。この筋肉の代用品を神経としても共用し、人形を動かすという仕組みなのだろう。

結局動かし方は、中に入った精霊が自分の体を動かすようにして動かすものらしく、高位精霊がいなくてはただの人形でしかないようだ。

ならば、人形の骨格の材質はなんだろうかと考え、人形を解剖しようかと考え始めた時、精霊王がふわふわと飛んできて、

「まあ」

と楽し気な声をあげるや、するりと窪みに収まった。

その途端、目がぱっちりと開く。髪と同じく、目も黒かった。

「まあ、まあ！」

楽しそうな声が無表情な整った顔からして、そのちぐはぐさに現実味がなくなる。

人形は自分で立つと、歩き出し、スピードを上げるとスキップをした。そのすべてが無表情で、物凄い違和感を覚える。

「えっと、精霊王？」

人形は一周回って来たところで足を止め、優雅に淑女の礼をした。全裸だが。

「おもしろいですわ。たまに入ってもよろしいでしょうか」

「そ、そう？　まあ、面白いなら別にいいよ。それよりも、とにかく服を着ようか」

死体が動き出したかのような恐ろしさというか、人形がひとりでに動き出したかのようなホラー感というか、そういうものもあるが、とにかく、全裸の幼女を前にしているのを見られるとまずい気が

するし、人形とわかってもやっぱりまずい気がした。

「神谷さんに連絡しようぜ」

「そうだな」

僕はスマホを取り出しながら、普通の服も買いに行かないとだめなんだろうなあ、大きさとかどうしよう、パンツもいるよなあ、と考えていた。

人形は精霊王のお気に入りとなった。ほかの精霊も入りたそうにしていたが、人形を動かすための力のようなものが足りないのか、ただ入っただけとなってしまう。

なので目下のところ、普通の精霊でも使える人形を作るのが僕の課題となってしまった。思いついて昔のガラケーに精霊樹の小枝をねじ込んで組み込んでみたら、異世界とこちらでその枝を組み込んだガラケー同士で通話が可能だった。ただし、他と通話はできない。

　これを精霊王に渡して使い方を教え、留守中に何かあった時は電話するようにと言えば、精霊王は無表情のまま上機嫌で引き受けてくれた。

　来た神谷さんに言えば、

「ここ、本当に日本か……」

と呟いた。

気にしない、気にしない。新しい留守番サービスだ。

そして今日も、異世界だ。

人形の筋肉組織に当たる部分が植物の繊維だと言ったが、その樹が生えているのが魔の森の隣国部分だった。トレントという攻撃する樹や、水を求めて走り回る樹がある地域だ。そこに、よくしなって折れない丈夫なゴムの木というのがあり、この樹を探しに来たのだ。

斬れないし、折れないし、燃やせば使えないので、採るのはそういう意味で難しいとギルドでは言われた。

貴族が飼うようなバカ高い馬などの厩舎にはこの樹の樹皮を剥いだものを張り巡らせた個室を作り、興奮して暴れる馬をしばらく入れておくのに使われるという。

人形作りに使うのだと言いたくなかったので言わなかったら、勝手に、

「とうとう馬車でも買うのかもな」

「馬の調教から自分でやるのか」

「もしかしたら、王家から下賜された馬とか特別なやつかも」

「ああ。昔からの愛馬とかそういうのか。冒険者としてやっていけそうだってんで、迎えに行くんだな」

と納得されていたとは、後から聞いた話である。

貴族疑惑再燃とは……。

以前にも行った事のある辺りへ飛び、そこから歩いてその樹木の生育地を目指す。

魔の森に入ると、チビたちは大きくなって、ガン助もじいもふわふわと自分で飛んで進み出した。

「天気もいいし、いいピクニック日和になりましたっすね！」

「お弁当早く食べたい！」

ピーコとガン助はやや目的を見失っているが。

「あのゴムの木をどうやって伐採する気だ？」

チビが訊く。

「凍らせて斬れば斬れるんじゃないかな」

「温度変化に強いから、凍らんぞ」

チビの答えに、幹彦がポンと手を打つ。

「でも、ウォータージェットはダイヤでも斬れるとか言うし、水なら斬れるんじゃねえの」

チビは考え、

「そういう伐採方法を取った例は知らんからなあ」

と言う。

「やってみようよ」

「うまくいけばいいけど、だめならその場で樹皮を剥いで、中身を持ち帰ればいい」

「幹彦、頭いいな！　その時はそうしよう」

方針が決まり、意気揚々とゴムの木を探す。

「あったぞ」

やがて、ゴムの木がまとまって生えているのが見えてきた。真っすぐで、高さは大人の身長の倍くらいだ。葉は丸くて大きく、ちょうど目のような切れ目と口の位置に斑点が付いていて、お面のようだった。枝は腕くらいの太さのものが一番太く、これも真っすぐだった。

軽く枝を折るようにしてみたら、ぐにゃりと曲がって折れる様子がない。

「うわあ。本当に折れないな」

「ゴムの木か。地球のゴムの木とは違うけど、ゴムの木だぜ」

幹彦が面白がって樹を叩いたりしながら言った。

さて。やるか。

まずは水を出して薄い円盤状にし、それを高速で循環させながら、内側へ内側へと圧縮させていく。

ゴムの木に近付け、枝に当てる。

「おおおう」

「あああああ」

「うおおおお」

葉が騒ぎ出し、チビ以外は驚いて後ろに下がった。

チビだけは知っていたらしく、涼しい顔だ。

「知らなかったか。葉が騒ぐので伐採がやり難いという一面もある」

恐る恐る近付いて葉を見るが、葉は騒ぐだけで泣いたり怒ったりという顔にはなっていない。

「これはきっと、この樹の内部繊維を傷つける時の音がそう聞こえるんだな」

言うと、幹彦は、

「呪われたりしねえんだな？」

とチビに確認した。

「しないだろう」

「だろうなのか」

「しない。たぶん」

幹彦は複雑そうな顔をして、僕を見た。

「大丈夫だろう。生理的反応だ」

僕は悲鳴とも呻き声とも聞こえる声を聞きながら、黙々とゴムの木を伐り、ついでに地下室にも移植しようと根ごと空間収納庫にも入れた。

「地下室で呻いたら嫌だなあ」

「大丈夫だって。部屋まで聞こえないから」

僕は幹彦に笑って、作業を続けた。

一応満足するほどゴムの木を採り終え、歩き出した時、悲鳴が聞こえた。

ゴムの木のものではない。

「あっちだ！」

幹彦が言う方へと、皆で急いで移動した。

## 三・若隠居の脱出作戦

森の浅い所で、見るからに「犯罪者」という感じの男達が五人、子供二人を面倒くさそうに追い詰めていた。

「手間、かけさせるんじゃねえよ、クソガキども」

中の一人がウンザリとしたように言うのを、樹の根元に追い詰められて抱き合った子供達はキッと睨みつけた。

「大人しくしろって」

「そうそう。俺達だって余計な運動して疲れたくねえんだよ。機嫌が悪くなってケガさせちまうかもしんねえぞ」

そう言ってわざとらしくナイフをちらつかせると、さざ波のように男達の間に笑いが起こった。

子供達は身を硬くしながらも、助けが来ないかと祈るように視線をせわしなく方々に向けているが、そんな姿を男達がまたも嗤う。

「こんな所、誰も来やしねえって」

「そうそう。来たって、なあ」

「へへ。そういうこった」

男達は言いながら、ゆっくりと子供達に近寄って行く。

その彼らの体が、いきなり地面に叩きつけられた。

「うぎゃっ！」

「な、なんだこれ!?」

「た、立てねえ！」

地面に這いつくばってジタバタとするありさまは滑稽ではあったが、子供達もいきなりの事にあっけにとられ、呆然と男達を凝視しているだけだった。

そこに僕達は出て行く。

「誰も来ないって？」

「隠居参上！」

「ワン！」

「ピー！」

「か、カメー」

「カイー」

ガン助とじいは、無理があるぞ。

気を取り直し、重力を強くして押さえつけているところに近付いて、どう見ても悪者という男達を拘束していく。

「何しやがるんだ、てめえら！」

「ただで済むと思うなよ！」

男達が喚くが、そうだな。

「たしかにただじゃないだろうぜ。誘拐未遂犯を突き出せば報奨金が出るだろうし」

「わはは！　ただじゃないね！」

僕と幹彦の軽口に、なぜか男達は余裕の表情を浮かべている。

どういう事かと顔を見合わせたが、まずはと子供たちに声をかけた。

「大丈夫か。家まで送ろう」

幹彦が笑いかける。

幹彦は初対面の人にもあまり警戒される事がなく、それが営業という職にも有利に働いていたところもあったのだが、子供達はどことなく緊張していた。

そして小さい方が恐る恐る口を開く。

「お兄ちゃん達、髪も目も黒いんだね。大丈夫？」

それを僕も幹彦も疑問に思ったが、親切にも男達がせせら笑いで答えてくれた。

「へへ。お前らも商品にしてやらあ」

「しっかり働かせてやるぜ、畜生が」

「金になるのはお前らだからな。フン！」

僕と幹彦は相談した。

「何かおかしいぞ」

「ああ。こいつらを突き出してもだめかもな」

「もう、この辺に転がしておく？　チビ、まずいかな」

チビは周囲を眺め、

「構わんだろう。魔物に食われても知らんが、この辺にそういう魔物もいそうにないしな。残念だ」

と言った。

そこでうるさいので男達に睡眠の魔術をかけて眠らせ、ロープを回収してから僕達は子供を連れてその場を立ち去った。

「村はすぐそこだよ。ぼくたち家族以外の黒の人って初めて見たなぁ」

「どっちも黒なんだなあ」

物珍しそうにこちらを見る子供達は、洗濯はしてあるが古そうな服を着ており、痩せていた。片方は黒髪に翠目、片方は茶髪に黒目をしていたが、髪は艶が無い。

あまり裕福な家の子ではなさそうだ。営利誘拐ではないと確信できる。

「黒って、髪と目の事か？」

幹彦が答え、チビが足元をトコトコと歩く。

「そうだよ。お父さんは髪が黒で、お母さんは目が黒なんだ」

「わあ。この犬真っ白！　かわいいね！」

「ワン！」

子供とチビがじゃれ合うようにして歩いているうちに、その村が見えて来た。村に近付くにつれ、子供達は口をつぐみ、表情は暗く沈み、視線も下へ向く。

小さな集落で、木の柵で囲んであった。その中に村人がいるのが見えたが、どの人も子供達より新しそうな服を着ており、血色も体格も良さそうに見える。

そして、黒髪は見当たらなかった。

門というか扉を潜ると、番をしていた男がやや驚いたように言った。

「お前ら帰って来たのか。それに二人も増えて。あ、いや」

目を逸らす。

僕と幹彦はその反応に顔を見合わせた。

どうも、嫌な予感がした。

村に入ると、こちらに気付いた人が目を見張り、こそこそと言い合う。

「新しい村人？」

「どっちも黒だよ。それも二人」

「でも、冒険者かい？　移住じゃないのかね」

「それでも黒は黒。それもどっちも黒だから、先行きは同じさ」

囁きにしては声が大きいのか、耳に入って来る。

そうしてさらし者のようになって歩きながら、小さくて古く、補修跡がかなりある建物に着いた。

「ここだよ、俺たちの家」

言って、ドアを開ける。

「ただいま！」

言わばワンルームハウスだろうか。土間のドア側に水瓶と竈があり、壁際には棚が、真ん中にはテーブルとイスが四脚ある。そして奥にはベッドと思われる木の台が二つ壁際に並び、藁が敷かれ、畳んだ布が載せられていた。

そのテーブルのそばで、若いのか若くないのかわからない感じの女が蔓でかごを編んでいたが、

「おかえり」

と顔を上げ、僕達に気付いて戸惑ったような緊張したような顔付きになった。

「あ、あの」

女が言いかけたところで背後のドアが開き、男が入って来る。

「ただい――――！」

こちらも言いかけ、困惑と驚きと警戒の入り混じった顔をした。

「こんにちは。俺は幹彦、こっちは史緒。冒険者をしています」

「その真の姿は隠居です」

「あのね、森で食べ物を探してたらさらわれそうになって、お兄ちゃん達に助けてもらったんだよ」

父親と母親らしき二人はギョッとしたように子供達を見ると、慌ててそばに来て子供達がケガをしていないか素早く確認した。

「ああ。ありがとうございました」

安堵の息をついて頭を深く下げる。

「いえ、お気になさらず。それよりも、どうも気になりまして。誘拐しようとしていたのに、突き出されても罪に問われないかのような物言いをしていたのですが」

両親は諦めのような色を顔に浮かべ、苦笑した。

「黒ですからね、我々は」

それから、ハッとしたように僕と幹彦を見た。

「あなた方も黒でしょう。それも髪も目も。冒険者……この国の方ではないのですか。あなた方の国では、黒でも当たり前に生きて行けるのですか」

すがるような目を向けられ、僕も幹彦も目を丸くした。

「どうも、情報のすり合わせが必要なようですね」

僕が言うと、幹彦は、

「ロクでもない情報が出てきそうだぜ」

と眉を寄せた。

この世界では黒の髪も目も少数だというのは聞いていたし、場所によってはそれが差別の対象になる事も聞いてはいた。

その中でもこのマダルヤという国は黒に対する忌避感が強く、差別が激しいらしい。この魔の森に近い村だからこそ住む事もできたが、他では定住が困難なほどだというし、黒は黒同志でしか結婚も無理だという。

まだましだというこの村でも、「住まわせてやっているんだからありがたいと思え」と言わんばかりの差別はあり、物置小屋のような家に住み、父親のマルは猟師をしてはいるが獲って来た獲物は買い叩かれ、母親のニアは細々と蔓細工のかごなどを作って安い値段で売り、最低限の生活を送っているらしい。

首都などでは奴隷がいるそうだが、それらはほとんどが黒の者で、売られたか攫われたかだという事だった。

「魔の森が近いこの村は、黒攫いが来てなかったのに。とうとうか」

暗い顔でマルが言い、ニアは泣きそうな顔で子供達を抱きしめた。

「僕達はマルメラ王国のエルゼに拠点を置いていますが、そんな扱いは見た事がありませんし、された事もありませんよ。ここを出て、エルゼにでも来ませんか」

それにマルもニアも顔を見合わせ、それを子供達は不安そうに見上げる。

「黒は労働力として、集落の財産と見做されているんですが……」

とんでもない制度だ。

「逃げましょう」

幹彦も勧める。

「そうですよ。こんな国、未練がありますか」

ニアは子供を抱きしめた。

「サリもキラも、この先どうなるかわからない。私達みたいに、黒としての生き方しかできない未来なんて――！」

マルも妻子を抱きしめた。

そして、しっかりとした口調で言う。

「わかりました。本当にマルメラでは当たり前に生きていく事が許されているんですね。では、私達は、マルメラへ逃げます」


少ない私物ではあるが、それでも持って行きたいものはある。それらを簡単に素早くまとめる。

その前に、誰かのお腹が鳴った。

上の子、サリだった。が、釣られるように、下の子キラのお腹も鳴り、ニアもマルも鳴る。

「そう言えば昼過ぎだな。お弁当を食べようか」

「そうだな。そうしようぜ」

僕達は持って来たお弁当を出し、その他にも、空間収納庫に入れてあったパンやハムを出した。

「どうぞ。チビ、ピーコ、ガン助、じいも」

チビたちにも肉を出す。

森を出たら適当な所でお弁当を食べようと思って持って来たのだが、役に立った。

「うわあ！　これ何!?　きれい！」

キラが目を輝かせる。簡単なホットドッグやサンドイッチなど大したお弁当ではないのに、心苦しい。

「いいの!?」

サリが一応訊く。

マルとニアは、迷うような泣きそうな顔をしていた。

「遠慮なくどうぞ。腹が減っては軍はできぬってな」

幹彦が笑って言うと、彼らは礼を言うのももどかし気に勢いよく食べ始めた。

チビと幹彦が外に目を向けた。

「フミオ、外に人が集まってきておるぞ」

小さな声でチビが言うと、幹彦が壁の隙間から外を覗きながら付け足す。

「村の奴らは遠巻きに様子を窺っている感じだな。武器を持って向かって来ているのは、さっきの誘拐未遂犯とその仲間だぜ」

「こっちの法律では、あいつらに非は無いのかな。後で指名手配とかされても面倒だし、追い払うだけにしておこうか。じい。ちょっと頼むよ」

頼むと、じいはフラフラと飛んで来て肩に乗った。

「フフン。楽しませてもらおうかの」

言うや、小屋の外に靄(もや)を噴き出した。その靄は彼らを包んで広がって行く。

「何だ？」

「毒か!?」

「また眠らせようって気か!?」

しかしこれは、睡眠を誘うものではない。幻を見せてその中に閉じ込めるものだ。

彼らは棒立ちになり、次に頭を抱えてしゃがみ込んで悲鳴を上げ、恐怖に染まった目を上の方へと向けている。

「じい。あれは？」

「この前テレビで見た怪獣を見せたんじゃよ。メカゴリラじゃったかの」

そう言えば、楽しそうにチビたちが怪獣映画を見てたな。

「くそう、もう金は払ってあるんだ。このまま帰れるか！」

そんな声が聞こえた。

「ふうん。じゃあ、脅そうか。あれって確か、口からビームが出たよね」

言うと、じいは、

「おう、あれじゃな。任せておけ」

と返し、新たな幻影を見せた。まばゆい光の束が彼らのすぐ目の前に注ぎ込まれ、しばらくして回復した視界でその場所を見れば、彼らのすぐ前の地面には深い亀裂が生じ、崖ができていた。

「に、に、逃げろおおお!!」

誰かが言うと、彼らは争うように来た方向へと逃げ出して行った。幻影だとは気付いていないらしい。

それを家々から眺めていた村人たちが呆気にとられた様に見送り、じいは幻を消した。

「ふははは！　いい気味じゃ！」

じいは機嫌よくくるくるとその場で回り出した。

「やったでやんすね！」

ガン助もくるくると回り出す。炎を吐きながらやると別の怪獣そっくりになるな。

「……カメとカイが喋った」

サリたちが呆気にとられたように見ているのに気付き、誤魔化そうとしても遅い事を悟った。

食べ終えると持ち出す荷物を残らず空間収納庫に入れ、全員まとめてエルゼの家に飛んだ。

「ここは？」

「エルゼの俺達の家なんだけど、悪い。この転移の事は内緒にしてくれねえかな」

動揺から立ち直るとはしゃぐ子供達とは違い、マルとニアは、それが目を付けられそうな力だと想像がついたようだ。

「わかりました。サリとキラにも言ってきかせますから」

「助かる。ああ今夜は家で寝よう。それで明日の早朝、町の外に出て入り直そうぜ」

「そうだな。町に入ったという記録を作ろう」

それで一家を、二階の客間に通した。大した広さはない。そこにベッドと小さな机とタンスを置いてある。

「狭いなあ。サリとキラは僕の部屋にでも来る？」

しかし彼らはとんでもないと首を振りながら興奮したように部屋を眺めまわした。

「きれい！　凄い！」

「見て！　お布団がこんな、見た事無い！」

　ああ。その布団な。誰が見てもそう言うんだよ。量販店で安い標準的な布団を買って来て、なるべくシンプルなシーツをかけてごまかしてある、日本の工業製品である布団だ。僕と幹彦は布団についての会話を避けようとした。

「まずはゆっくりして。お風呂も用意するし、夕食も作るから。それで寝てから、明け方には出るようにしましょう」

　順番に入浴した彼らがそこでも騒いだのは言うまでもない。


　早朝、暗いうちに町の外に転移し、テントで開門を待つ。

「いいか。昨日の夜暗くなってから着いたから門が開いていなかった。だからテントで野営した。間違うなよ」

　幹彦がサリとキラに念を押している。

「う……ん」

「大丈夫だって」

　十歳のサリは任せろと言ったが、九歳のキラは朝に弱いのか、チビを抱きしめるようにして半分寝ている。

　マルとニアは苦笑しながらも、

「大丈夫です。昨日のうちに説明して言い聞かせてありますから」

と言った。

やがて門が開き、今日の当番が顔を見せた。

「おはよう。幹彦も史緒も、昨日は外で野営してたのか」

それに笑って答える。

「おはようございます。早朝の空気は気持ちいいですね」

「おはよう。実は移民の家族がいるんだ」

兵は緊張して立つマルたちを見た。

「名前は？」

「マル・スーンです。妻のニア、息子のサリとキラです」

それを聞きながら帳面を繰っていたが、やがてうんと頷いた。

「指名手配もされてない、と。ようこそ、エルゼへ」

そう言ってニッコリ笑うと、一家もニッコリと笑い返した。

それからまだ住民でないので入領税を支払い、まずはギルドで登録する。

身分証明というのももちろんだが、万が一「逃亡した」とか「村の備品だから返せ」などというイチャモンを付けられても困らないようにだ。ギルド員ならば、ギルドが守ってくれる。という事を、セブンやエインたちからそれとなく聞いた事がある。

マルは猟師なので、冒険者として期待できるので冒険者ギルドに。ニアは商業ギルドに登録しておくことで、どちらででも今後生計を立てられるようにしておく。そう話し合って決めていた。

だが、カウンターを離れようとした時、職員に待ったと声をかけられた。

「販売委託のコーナーなんですけど、あれって、新人向けのものなんですよね」

笑いながら言うのに、はいはいと笑って頷く。

「史緒さんも幹彦さんも、そろそろ……」

それに僕と幹彦は驚いた。

「え。だって、新人向けでしょう？　僕達登録して一年も経ってないですよ。新人ですよね」

「でもね、売り上げが新人じゃないでしょ。それに新人なら、貴族が抱えようとかしませんから。ね」

職員に申し訳なさそうに言われ、僕も幹彦も、ガーンと言わんばかりの顔で職員の顔を見返した。

まあ、日本で売る事もできるようになったから別にいいけど。それに、だ。

「店でも出そうか、幹彦」

「お、いいな。俺も考えてたところだぜ」

幹彦がにやりとする。

「ニア。店長とかやってみねえか」


またも不動産探しだ。

売り物は武器、ポーション、魔道具。それにお弁当や保存食。ギルドのそばか門のそばがいいだろう。そう思って空き店舗を聞くと、ちょうど閉店する店があるという。

行ってみると、二階建ての商店だ。一階は店で二階は家になっている。

そこにはモルスさんもいた。

つい最近、ここの主人が外に出ている最中、魔物に襲われて亡くなったらしい。それでまだ小さい子供を抱えた未亡人は、夫と一緒に独身時代に働いていたセルガ商会に戻って、住み込みで働く事になったそうだ。

「真面目で誠実ないい男だったんじゃがなあ」

モルスさんは残念そうにため息をついた。

マルたちに訊くとここがいいというので、ここに決める事にした。

「さてと。じゃあ、引っ越しだな」

空間収納庫に入れていた荷物を出して片付けるが、生活に足りないものが多い。

僕達は、ストックの武器やポーションを出した。

「マル。使いやすい武器を選んでくれ。就職祝いだ」

「ポーションも携帯しておかないとね」

マルの弓もナイフも丁寧に使われ、手入れはされているが、かなり古くて耐久力が落ちているのはわかっていた。

それから風呂がなく、キッチンも不便そうだったので、魔石コンロと、水を温める術式を刻んだ浴槽を設置する事にする。

助けがいると思っていたら、ちょうどジラールとエインたちが通りかかった。

「おおい！　リフォームを手伝ってくれ」

と言えば、すんなりと手伝ってくれる。

マルたちは同じ黒髪のジラールを見て、僕と幹彦が特別なのではなく、本当に黒の者でも普通に暮らしていける事に、ようやく納得できたようだ。

その間に、人数分の布団を買って来た。制服として彼らの服も数枚市場で買う。持っていた布団は布団と呼べないような代物だったし、服もあまりにもぼろすぎたからだ。接客業なら、それなりの服も必要だ。

「そんな事まで。住む場所まで世話になるのに」

マルが言うが、こちらにはないのかな。

「福利厚生ですよ」

「店長をしてみると言ったけど、うまくできなかったらどうしましょう」

ニアが難しい顔をするのに、笑って言う。

「隠居の道楽なんだから、気にしない気にしない」

「そうそう。どうせ趣味の工作なんだからさ」

「ただ、この先同じように困っている人がいたら、できる範囲で助けてくれると嬉しいです」

僕と幹彦が笑った時、子供好きのグレイと一緒にタイル張りをしていたサリとキラの、

「できた！」

という歓声が弾けた。

引っ越し祝いに宴会をし、エイン達、ジラール、セブン、モルスさんと護衛のオルゼとロイドというメンバーを呼ぶ。

モルスさんは、商売の事でわからなければ何でも相談に乗るとニアに言ってくれ、しばらく、こちらの物価などもわからないだろうから店に研修にくれればいいと言ってくれた。エインたちは店の事を

ギルドで宣伝すると言った。

「で、何を売るんだ。お前らがギルドに置いてたものか」

「ポーション、魔道具、武器だよな。あと、保存食とかもいいかも」

マルが頷く。

「そうだな。私が獲って来るから、それを干し肉にしよう」

するとサリが言う。

「お弁当は？」

キラもチビの背中を撫でていたが、それを聞いて目を輝かせる。

「そうね。そんな大したものはできないけど」

ニアが言うのに、エインが勢い込む。

「それはいい。昼飯にする多くは干し肉かドライフルーツやナッツだ。でも、こいつらが食ってるようなやつがあれば、俺なら買う」

「そうそう。食べやすくて、あんまり匂いがしないやつがいい」

「喉につまらないならもっといい」

グレイもエスタもそう続け、セブンも、

「門から近いしな。うちの連中も昼飯を買いに行くかもしれん」

と言う。

ニアとマルがこちらに目を向けるので、言っておく。

「僕達が作ったものは、売り上げの四割をもらえばいいです。それ以外のものは、何を売ってもすべてあなた達のものにしてくれていいですよ。商品のラインナップもそのための戦略ですからね。好きにしてください」

それにマルとニアは目を丸くし、オルゼは苦笑した。

「隠居は欲を持たず、か。それより、一応領主様に報告した方がいいな。隣の国の事とは言え、問題だ。こちらにそいつらが入って来でもしたらことだし、警戒は必要だろう」

「明日にでも、マルさんを連れて領主の所に行った方がいい」

ロイドも言い、

「じゃあ、面会の申し込みをしておこう」

とモルスさんが締めくくった。

サリとキラはグレイにすっかり懐いて、グレイも嬉しそうだ。

できればほかの黒の人も助けられればいいが、そこまでは無理だ。

逃げて来てくれればいいのに。そんなふうに思った。


翌日、マルと僕達は領主に面会し、隣国の黒の髪や目を持つ人の扱いについて報告し、黒攫いと呼ばれる誘拐集団がいると話した。

「奴隷にして、安い労働力にしているのか」

領主が眉を寄せて言うのに、マルは静かに首を振った。

「子供の前では言いませんでしたが、それだけではないのです。特に私の住んでいた領では、新兵の訓練に使うと噂で聞いています。その、人を殺した事がない新人に、罪人や黒の者を追いかけさせ、攻撃させ、殺させて、慣れさせるそうです」

ギュッと握った拳が白い。聞いていた領主も、怒りを静めるかのように大きく深呼吸をして目を閉じた。

「そうか。酷い行いだな。人間の所業と思えない。魔の森を挟んでいるとはいえ、こちらに人をさらいに来る危険性はあるな。十分注意しておかなければ。よく話してくれた。この件は国にもすぐに報告しておこう。他国と連携して圧力をかければ、やめさせられるかもしれない。

ようこそ、エルゼへ。私達は君達を歓迎するよ」

領主はそう言って笑顔を浮かべた。


雑用を片付けて過ごし、僕達は地下室に戻って温泉に浸かっていた。ピーコ、ガン助、じいは池だ。

「これであとは、あの一家の手腕次第だな」

言うと、幹彦も肩をもみながら頷く。

「ああ。あの連中に紹介したんだ。何かあっても大丈夫だろうしな」

チビは頭を掻いて言う。

「しかし、マダルヤの人間は酷いな。狩りに慣れさせるのに、動物は狩りをさせるぞ。弱い同胞を使ったりしない」

「ああ。本当に頭に来るよな」

「全くだ。聞いた時は、王の所に脅しに行こうかと思ったくらいだぜ」

それに笑って乗る。

「いいね。あ。王や貴族の頭や目を黒く変えてやるとか」

「お、いいな。王も黒の者の仲間入りだぜ」

笑ったが、ふと真顔になった。

どういう術式ならできるだろうか。

後日、マダルヤの王族と貴族と裕福な商人の家族がそろって、目の色が黒くなるという奇病にかかった。原因と治療法は不明で、しばらくしたら元に戻ったそうだ。

## 四・若隠居のリクルート

地下室で飛び回る精霊と走り回る精霊王に囲まれて、工作に励んでいた。

チビはそばで丸くなっており、そのそばでガン助が首を出したまま居眠りしていた。ピーコは精霊樹にとまって精霊となにやら話しているらしく、じいはガン助の甲羅の上で昼寝中のようだった。

作っているのは、人形だ。

こちらに来客なり電話があれば、精霊王が連絡してくれる。

しかしエルゼで何かあっても、こちらにいてはわからない。なのでエルゼにも留守番がいると思うのだ。

「精霊もエルゼには行けないんだな」

試しに連れて行こうとしてみたが、だめだった。どうも精霊というものはその土地に縛られるようで、地球から離れられないようだ。

僕と幹彦はチビの関係者特典というところのようだし、ピーコたちはこちらの神獣で、神獣ならほかの世界にもわたる事ができるらしい。他の世界を見学でもして参考にしろという事だろうか。

なのでこの人形をエルゼの留守番係にするためには、向こうで高位精霊かそれに代わる何かを見付けなければいけない。

「何かないかなあ」

呟くと、幹彦が腕を組む。

「ううん。大人しい動物か魔物だとどうだ」

「人と同じ動きをするものじゃないと、体の動かし方がわからないと思うなあ」

ヒトだって、突然魚の体に入れられたりしたら困ると思う。

「確かになあ」

それで僕達は考え込んだ。

チビがふと思いついたように言った。

「レイスとかはどうだ」

「ああ、あの幽霊みたいなやつか。元は人間だったんだしな」

「ただ、体を得て何かしようとしないかな」

お互いに黙って考える。

「ま、面接すればいいか」

候補が決まった。

エルゼへ行き、意欲あるレイスを探して面接しようと思ったが、どこに行こうか。

まず思いついたのは墓場だが、なぜかダンジョンでは誰であっても見える幽霊は、ダンジョン外ではほとんどの人に見えない。

これが日本だと魔素の有無が原因かと思うところだが、こちらの世界でも同じだとすると、その推測は間違いだと言わざるを得ない。

では何が原因なのだろう。残念ながら、今は思い当たるものがなかった。

考えている間に、幹彦とチビで相談をしていた。

「ダンジョンだと、ダンジョンの外に出せないだろ？　じゃあ、だめだな」

「やはり、古戦場跡とか、事故のあった場所とか、刑場とか、古くからある貴族の家とかじゃないか」

「いわゆる心霊スポットだな。それにしても、そこに貴族の家が入るのか」

「昔から血なまぐさい事の連続だ。そういう意味じゃあ、城の後宮はたくさんいるかもしれんぞ。しかも美人ぞろいが」

「うわあ、色々と想像しちまうぜ」

それで結局、そういう場所を順番にまわる事になった。

そう。これは結局、心霊スポット巡りというやつである。

まずオーソドックスに墓場に行った。

「見当たらないなあ」

見渡してみたが、幽霊は見当たらない。もしくは、いるのかもしれないが見えない。

これは大問題だと思うが、原因がわからないし、急に霊能力を付ける事もできないので、仕方がない。

「まあ、きちんと祀られているんだから、満足してるのかもなあ」

言うと、幹彦もなんとなく頷き、

「次に行こうぜ」

と切り替えた。

次は刑場だ。

ぼんやりとしたものやはっきりとしたもの、色々いた。

「いたぞ」

「いたな」

僕も幹彦も興奮してしまった。

「よくも私をはめたな」

「私は何もしてない、無実だ。それなのに、ああ。恨んでやる。この国が亡ぶように呪ってやる」

ぶつぶつと各人が色んな主張をしていた。

「幹彦。あんまり恨みの念や執着が強いのは危険じゃないか」

こっそりと言うと、幹彦も真面目な顔で同意した。

「だな。体を持った途端に何かしでかされちゃあたまらねえからな」

ガン助とじいとピーコはそんな彼らの顔を覗き込んで事情を聴いていた。

「この人、正妻に毒を盛って殺したそうっすよ」

「こっちの人は強盗殺人だって」

「横領の濡れ衣を着せられて投獄され、手の者に消されたのか。辛いのう」

身の上相談をしそうな勢いに、チビがため息をついた。

「次に行った方が良さそうだな」

同感だ。

次に行ったのは、強盗に一家が惨殺された商家だ。

「ああ……いるな」

「うん。家族と使用人かな。でも、なあ」

カウンターの中で恨めし気に立っているが、声をかけづらい。

というのも、別の人間がそこで商売をしている最中だからだ。ヘタをすると、営業妨害とされて訴えられそうだ。

どうにか見えたと思えばこれだ。

困って回れ右すれば、こちらを見るセブンと目が合った。

「あ。こんにちは」

「何してるんだ、お前ら。さっきも一家心中した家を眺めてたしな。まさか心霊スポット巡りじゃねえだろうな。呪われるぞ、やめろよ」

見られていたとは。

セブンは言いながらわずかに後ずさり、それが聞こえたらしい周囲の通行人も、ギョッとしたような顔で僕達から距離を取る。

「ち、違いますよ、いや違わないのか？」

幹彦が言い訳しようとして混乱した。

「違いますって。ちょっと、ああ、散歩です」

「散歩だあ？」

セブンはジロジロと僕達を見ていたが、はあ、とため息をついた。

「ま、霊の一体や二体、どうとでもできるだろうからな。この辺じゃあそう大した力のやつはいないって司祭も言ってたし」

そう言って、「じゃあな」と離れて行った。

僕達はホッと胸を撫で下ろした。

「やべえ。次行こうぜ」

「ああ、そうだな。次にいそうなのは、遊郭か」

借金で嫌々働かされて恨みがつのった女の霊とかがいそうだ。

いそうだが……。

「ほかにしねえ？」

「そうだな」

他に行く事にする。

「じゃあ、古戦場跡か」

チビが飽きてきたように欠伸をしながら言った。

「いそうだな！　全部は見えなくても、いくらかは見えるかも！」

「そうだよな！　無念を抱えて死んだ兵の霊が残っているはずだよ！」

僕達はいそいそと、次の心霊スポットへと足を向けた。

国境になっているその場所は広い湿地帯で、文字通り泥沼の戦いが行われた場所らしい。敵も味方もたくさんの将兵が戦い合い、泥沼に不意に現れた魔物に敵味方の区別なく襲われ、泥で満足に動けないまま死んでいった悲劇の場所だと聞いた。

語ってくれたジラールは、

「沼に棲む泥喰いが見付かったのはそれが最初で、沼に行く時は泥喰いの嫌がる油をまくといいんだぜ」

とも教えてくれた。

見回してみる。

「いねえな」

「うん。見えないだけかもしれないけど」

僕と幹彦が言うと、チビが冗談めかして言った。

「案外、やっと泥から抜けたってホッとして成仏したのかもしれんぞ」

それに一緒に笑ってから、そうかもしれないと考えた。

心霊スポット巡りは、まだ終わりそうにない。

日本でも心霊スポットというのはあったし、知り合いには行ったというのもいた。でも、僕は行った事がなかった。

あの頃は幽霊が本当にいるかどうか疑わしかったし、どちらかと言えば懐疑派だった。

それがまさか、異世界に来て心霊スポット巡りをする事になろうとは……。

「なかなかいねえな」

幹彦が嘆息して言った。

稀に見る事の出来る幽霊はいるのだが、ブツブツ文句を言うだけとか、体を乗っ取って祟り殺しに行ってやろうとする地縛霊とか、執念を燃やす何かのみに固執してほかは会話もできないとか、メソメソするだけとか、そういう幽霊ばかりだった。

「前向きな幽霊、いないかな」

「前向きな幽霊は成仏しておるのではないか」

チビが言うのに少し考えた。なるほど、その通りだ。

思わず幹彦とゲラゲラと笑い、同時に嘆息した。

「あといそうなのは、貴族の屋敷と城の後宮か」

「城の後宮なんて、貴族のお嬢さんとかだろ？　電話の取次ぎスタッフとかできるのかな」

想像してみた。

「だめそうだな」

「求人広告とか出せたらいいのに。『アットホームな職場です。経験不問』とか」

「どこに？　教会？」

「ああ。死にたての人をターゲットにするわけか」

「遺族の前ではリクルートしにくいけど」

「司祭もいる前で成仏するなとは言いにくいよなあ」

話しながら、旧街道を歩く。

今は平地に主要な街道が通っているが、昔この近くに王室の別荘があって、その近くは警備上の観点からも立入禁止だったので、街道が険しい山の中を通るルートになっていたらしい。

坂は急で道も細い。その道から下を見れば、切り立った崖で、助かりそうにない事は明白だ。もう片方は岩肌で、見上げれば、落石なんかがありそうだ。

「ここから落ちて死んだ人もいるんだろうなあ」

言いながらひょいと見た先に、いた。

「いたぞ、幹彦」

小さな花を眺める幽霊だ。若い男のようで、服装から年代を推測できるほどこちらの知識はないが、間違いなく貴族だ。

彼は花を眺めていたが、ふと手を伸ばして花に触れようとし、半透明の手が花をすり抜けて悲しそうな顔になった。

それを頭を突き出して僕達は眺めていたのだが、彼はふっと顔をあげて僕達に気付いた。

「あれ。見えるのかな」

「えっと、こんにちは」

「こんにちは。何をしているんですか」

彼は寂しく笑い、

「ここから動けなくなってしまってね」

と言った。

訊くと、彼は伯爵家の長男で、草花が好きで兄弟間の後継争いにはまるで興味がなかったそうだ。ところがどの兄弟かが彼の抹殺を試み、盗賊の襲撃に見せかけてここで襲われたらしい。

馬車が崖下に落とされ、彼は頭を殴られて突き落とされ、途中の岩に引っかかったまま死んでしまったそうだが、隠していた恋人へのプロポーズのためにと買って来た指輪が転げ落ち、それを彼女にという想いが未練となって指輪に縛り付けられ、その指輪が回収されないままになっているため、ここに今もいるのだという。

「気の毒に。ピーコ、指輪を回収できるかな」

言うとピーコはバサバサと飛んで行き、途中の出っ張りになっている岩の窪みに足を入れ、何かを掴んで戻って来た。

「あった！」

エメラルドのはまったシンプルで上品な指輪だった。

「これを彼女に渡そうと思ってたんだよな」

半透明な彼は、すぐそばに立って指輪を愛おしそうな寂しそうな目で見ながらそう言った。

僕はすっかり彼に同情してしまっていた。

「その後彼女はどうしたかはわかりませんよね。どこにいるかも？」

彼はゆっくりと首を横に振る。

「取り敢えず、その辺りに行ってみるとか。それで、訊いてみようぜ」

幹彦も、彼に同情的だ。

「お名前は」

「セバス・ロメルテ。ロメルテ伯爵の長男でした」

ロメルテ領と言えば隣だ。

「よし、行こう」

チビが少々呆れたような顔をしていたが、

「かわいそー」

「あんまりでやんす」

「見つかるといいのぉ」

というピーコたちの声に嘆息し、大人しく歩き出した。


向かう途中に聞いたところでは、セバスの恋人は、メイドをしていた平民の子でハンナという名前だった。

どちらも草花が好きで、できれば田舎で草花の手入れやポーションを作って暮らしていきたいと言い合っていたそうだ。

そうして彼女の家に行ってみれば、彼女はいなかった。

まあ、それも仕方がないのかもしれない。事件が起こったのは八十年前らしいのだから。

ハンナの妹の孫がおり、当時からやっている食堂を切り盛りしていた。

「ハンナ・ケラーは、私の祖母の姉ですけど。一生独身で、九年前に亡くなりましたよ」

ハンナの知り合いの子供という事にして訊くと、そう言われた。

墓の場所を訊いて行ってみたが、いないようだ。

「成仏したのかなあ」

セバスは苦笑した。

「ついでに、セバスの家も行ってみますか」

訊くと、セバスは考え、頷いた。

「お願いできますか。珍しい薬草の品種改良をしていた花壇が気になります」

それは僕も気になった。

「それは気になりますよね。行きましょう」

同じくロメルテ領の領主の家へ向かう。

道すがら、こちらは何をしていたのかと訊かれ、目的を思い出した僕達は、魔導人形に入って留守番をしてくれる幽霊を探しているのだと答えた。

「魔導人形！　本で読んだ事はあります。昔、精霊がいた頃にあったとかいうものですよね。復元したのですか」

「迷宮で出て来たのを解析して、作ったんですよ」

「それは興味深い！」

話が弾んだまま、領主の家に着いた。

だが、高い塀に囲まれているし、そうでない所には見張りの警備兵がいる。上空には防護結界だ。

「困ったな。ピーコが指輪を咥えて飛んで行くしかないかな」

警備兵は、真面目そうな上、強そうだ。昔のお坊ちゃんが、と言って入れてくれる気がしない。

「インビジブルで固まって行けば何とかなるかもしれねえぞ」

幹彦が言い、インビジブルをかけて門に近付き、警備兵の間をすり抜けて中に入った。

そのままセバスの誘導で奥へと進んで行くと、広い馬場に着いた。

「まさか」

「花壇を潰して馬場にしたようですね」

セバスは寂しそうに苦笑した。

が、その目が見開かれる。

「あれは……ハンナ？」

馬場には訓練中の兵と馬しかいなかったが、セバスが馬をものともせずに歩いて行き、馬を通り抜けて進んで行くと、その前方に女性の幽霊が現れた。

そして、ガシッとセバスと抱き合う。

彼女がハンナらしい。幽霊の姿はセバスと同じく若い姿だった。

「いたよ、幹彦」

「いたな、史緒」

彼女にしても、心残りだったのだろう。

それで彼女を連れて屋敷の外にインビジブルのまま出て、彼女にもリクルートをかけてみた。

「ハンナ。死んでしまったぼくたちだけど、もう一度一緒に過ごせるまたとないチャンスだよ」

「セバス様とご一緒できるなんて、夢のようでございます」

こうして僕達は、セバスとハンナという二人の幽霊のリクルートに成功した。

情けは人の為ならず。

「もう一体人形を作らないと」

僕達はウキウキとしてエルゼの家に帰った。


男女二体の魔導人形を作った。体の方は幾分簡単だったが、顔は難しかった。ああでもないこうでもないと作っていると、どこかで見た事のあるような顔付きの四十歳前のような見た目になった。

遠縁の夫婦で、セバス・マゼンダとハンナ・マゼンダという事にしてある。勿論、例の指輪はハンナの指で輝いており、二人は傍目にもラブラブな新婚だ。

そして実は異世界から来たと告白し、精霊樹の小枝を仕込んだ携帯電話を持たせた。

これでエルゼ側の連絡員もできた。日本にいる時に何かあっても大丈夫だ。

僕達は後を頼んで、日本の地下室へと戻った。


相変わらず地下室は精霊たちが飛びまわり、ここだけ年がら年中クリスマスのようだった。

豆太郎は地下室の入り口を守りながら、リクエストに従って置いておいたCDに合わせて体を揺らし、ご機嫌だ。

「やれやれだな」

幹彦は言いながらコーヒーを淹れ、僕はエルゼで見付けたクッキーを出した。素朴な味わいがこち

らのものとは少し違ってどこか懐かしい味わいがあるものだ。

「上手く起動できてよかったよな。それにセバスとハンナも再会できたし」

チビとピーコとガン助とじいもおやつとわかって大人しくテーブルのところに座り、

「第二の人生でやんすね」

「執事とメイド長にすればよかったかな」

「ますます貴族疑惑が強くなるぞ」

「五十歩百歩というやつじゃないかの」

などと話していた。


そうしていると、神谷さんが訪ねて来た。

今更、チビたちがテーブルでおやつを食べていようが、雑談していようが驚かない。

向こうでも幽霊を使った魔導人形を置いた事を言うと、

「これでいつでも連絡できるんですね。助かります」

と言いながらコーヒーを飲み、眼鏡を拭いてから口を開いた。

「ダンジョン外に魔素の流出が見られていましたが、どうも、止まったようです」

それを聞いて僕も幹彦も、

「よかったですね。魔術犯罪も起こり難そうで」

と肯定的に捉えたが、チビは淡々として言った。

「そうか。では、ふたつの世界が離れる日が近いというわけかもしれんな」

それに驚いたが、どこか納得もした。

そういう日が来るとは聞いていたので納得しはしたが、予想より早いとは思う。

「そうなのですか。そうなった後、ダンジョンはどうなりますか。そもそも、世界と世界がくっついたり離れたりとするものなのですか。地球の歴史上、そういう記録は見当たりませんが」

神谷さんはチビにそう訊く。

「ダンジョンは残るだろう。ダンジョンコアが稼働している限り。魔素が濃くなり過ぎた世界が、どうにかしてそれを薄めようとするために他の世界と接触させ、魔素を流入させる。それでつり合いがとれれば、自然と離れる。そういうものだ」

チビが言う事を僕達は真剣な顔で聞き、考えた。

「そのうち地球の魔素も濃くなるのか。それでどこかの世界と接触するのか」

訊くと、チビはクッキーをボリボリと噛んでから答える。

「地球の場合は、元々魔素が無かったからな。魔素がダンジョンの外に充満しなければ、接触が必要なほど魔素が濃くならないかもしれんが……まあ、そこまでは誰にもわからんな」

神谷さんは考え、無意識のように眼鏡を拭いた。

「ダンジョンの氾濫を起こさなければ、今の状態を維持できる可能性が高いというわけですね。あと、異世界とのつながりが切れれば、ダンジョン外への魔素の流出も収まる可能性がありますね」

「ま、よくわからんとしか言いようがないがな」

神谷さんはしばらく話をしてから帰って行き、僕と幹彦は大きな溜め息をついた。

「いよいよかあ」

「ああ。生きている間になったな」

エルゼの知り合いの顔が、脳裏に浮かんだ。

## 五・若隠居の温泉旅行

我が家に来たセバスとハンナは植物の世話が大好きで、とても上手い。地下室同様、自他共に認めるヘタクソな僕が植えても元気に薬草が生え、実がなるエルゼの庭だったが、セバスとハンナに任せたら、量も勢いも葉のつやも違う。試しにそれで同じようにしてポーションを作ってみたら、最高級品になった。

これは、材料と術式さえ見つけてくれれば死人でさえもよみがえらせる何かができるのではないかと、思ったのは秘密だ。

まあそれはともかく、セバスとハンナは新婚さんだ。

「あんまり邪魔するのも気が引けるよな」

「そうだなあ。新婚旅行もなしだからなあ」

僕と幹彦はそう考えて相談し、しばらくエルゼには行かないことにした。

チビがやや残念そうにしているが、

「温泉旅行に行こうか」

と言えば大喜びした。北海道で気に入り、今は毎日地下室の温泉に入っているほどだ。

「海の幸か、フミオ、ミキヒコ」

「美味いっすよねえ」

ガン助もカニやウニが大好きだ。夢を見るような目をして、よだれを垂らしそうになっている。

「ピーチでカクテル！」

ピーコは何を見たのだろう……。

「楽しみじゃのう。贅沢な余生じゃ。温泉は遠慮するがの」

まあ、シジミのすまし汁になる気分なのか、じいは地下室でも温泉にはあまり入らないからな。

「で、どこへ行くのだ。北海道みたいに美味いものはあるのか」

チビが訊き、ピーコはバタバタと新聞広告に入っていた「駅弁フェア」の写真の所に行った。

「駅弁！　駅弁！」

食べたいらしい。

「新幹線とか特急で行けるところか」

「でも、犬とインコとカメを乗せてくれるかな」

「おとなしくしているだろう、私は」

「私も、私も！」

「そういう問題じゃなくてね。ああ、車で行って、道の駅とかサービスエリアに寄ればいいかな」

「そうだな。そうするか」

こうして、車で行ける範囲に行くと決まった。

「おやつも忘れるなよ」

「はいはい」

「私の好きな音楽かけてね」

「いいよ」

「オイラはアイスを食ってみたいっす」

「うん、いいね」

「わしは、オレンジジュースが飲みたいな。持って行ってはくれんかの」

「わかった」

チビたちはうきうきとして、代わる代わる要望を伝えに来た。かなり楽しみにしているようだ。

「ここなんかどうだ。海辺の旅館で、離れがまるごと貸し切りになってペット同伴可だってさ」

幹彦がそのいい温泉旅館を見つけた。

「それならチビもピーコもガン助もじいものびのびできるな。おお。夕食の写真も豪華だよ」

言うと、チビたちもパソコンの画面を覗き込んで歓声を上げる。

「ここにするか」

幹彦がその反応を見て言い、予約を入れた。

危険は何もない、仕事も忘れた、楽しい温泉旅行——になると、皆が思っていたのである。


すっかりペーパードライバーになっていた僕だが、仕事で社用車を使うこともあった幹彦は運転に慣れており、どうにか交代しつつ運転しているうちに、僕も運転に慣れてきた。

チビたちは全身でくつろいで、弁当もお菓子も買い食いも楽しみ、歌を歌い、上機嫌である。

そうしてようやく、目的地に着いた。

それほど大きな温泉地ではなく、ホテルや旅館は全部で六軒。土産物屋や飲食店が軒を連ねる温泉街を中心に民家も立ち並んでいる。

その一番奥の海側に予約を入れた旅館があるが、周囲を景観を損ねないような塀で囲み、木と庭園の占める面積は広い。

その広い駐車場に車を駐め、チビたちに改めて言った。

「離れの外では子犬とインコとカメと貝だけど、離れの中では楽にしていいからね」

「任せろ」

チビが代表するように胸を張って言い、それから僕たちは車を降りた。

「ごっはん、ごっはん、なあにかな」

ピーコが歌い、はっと気付いたように口を閉じた。


敷地は広大で、駐車場、そこにつながった本館と隣に立つ別館を取り囲むようにして木々が植えられ、庭園が広がっており、その中に四つの離れがあって、互いに見えないようになっていた。

僕たちの離れは「オリオン庵」といい、一番駐車場に近い場所にあった。

庭園内の小道が枝分かれして離れに延び、その小道の入り口には通用口という感じの小さい門が作ってある。なので、庭を散策している人が間違って離れに近づかないようにしてあった。

小道を通って離れに着く。客間三つにリビングとミニキッチン、洗面所、内風呂と露天風呂がある。

案内してくれた仲居さんが帰ると、チビたちは待ちかねたように騒ぎ始めた。

「すごいでやんすよ！　外に風呂があるでやんす！」

「ここの庭、遊びに行ってもいいの？　飛んできていい？」

「いいけど、迷子にならないで帰ってくるんだぞ」

「うむ。ならば私は縄張りの見回りには出ておくか」

「いいけど、チビ。棲んでる鳥とかリスとか池の鯉とか、獲らないようにね」

言うと、チビはなぜか愕然とした顔をした。

「わしはちょっと水につかるかの」

じいがそう言う。

時計を見ると夕食まで二時間弱だ。

「まず風呂に入って、晩飯にしてから、温泉街に行くか」

僕たちはそうすることにして、まずは備え付けのお茶菓子とお茶で休憩してから、専用露天風呂に入ることにした。先に糖分を摂ってから入浴するのが、不調を起こさないためにいい。

その前に、じいのために温泉の湯を洗面器に汲み、少し温度を下げておこう。温めの温泉ならじいも好きなのだ。


その後は豪華な夕食を堪能し、僕たちは暗くなった温泉街に出た。

観光客はそこそこ多く、土産物屋やゲームの店などは賑わい、色んな柄の浴衣の人がリラックスした様子で歩いている。

その温泉街の端で、地元の子供らしい小学生グループがひそひそと話をしていた。

「この目で見たんだよ。間違いない」

「ツチノコを？　どこで？」

「海岸の崖にある階段の上」

「あれは危ないから上っちゃダメって言われてるじゃないの」

ツチノコを見たと言う男子を、優等生っぽい女子が叱っているようだった。

「ツチノコかあ。本当にいたらニュースだね。懸賞金がかかってるって言ってたし」

もう一人の眼鏡の男子がそう言うと、先ほどの男子が勢い込んで言う。

「懸賞金!?　いくらかな」

それに、優等生らしい女子がフンと鼻で笑って言う。

「見間違いよ。それか、ヘビじゃないの」

「おれは見たんだ！」

「いるわけないじゃない、そんなの。マリンもそう思うでしょ」

「マリンはいると思うよな」

もう一人のマリンと呼ばれた女子は、おろおろと残る三人の顔を見比べるようにして、答えを出せないでいた。

「じゃあ、皆で見に行ってみよう。カメラを持って行こう」

眼鏡の男子が言うのに、最初の男子は食いついた。

「そうしようぜ！　おい、お前ら。ちゃんと見つかったら、疑ったお詫びに来週の給食のプリンはもらうからな」

それに、優等生のような女子とマリンはたじろぎ、優等生の方が言った。

「いいわよ。私たちも確認してあげるわよ。その代わり、何もなかったらあなたたちのプリンをもらうわよ」

微笑ましい賭けは、成立したようだ。

「じゃあ明日の九時に、海岸の神社の裏で集合な」

そう言って四人の子供たちは家へと帰っていくようだった。

「ツチノコかあ。いるのかな」

幹彦が微笑ましいものを見たというように頬を緩めた。

「あれって、ネズミかなにかを丸呑みした直後のへビじゃないかって言われてたけど」

そう言うと、チビたちも考えていた。想像しているのだろう。

「思い出すなあ。小学生の頃、トイレの花子さんがいるかいないかでクラスが二つに割れたもんな」

「ああ。熾烈（しれつ）な戦いだったよな」

結局決着がつかないままクラスでのブームは下火になってしまったが。

僕たちは土産物を眺めたり買い込んだりしながら、温泉街のそぞろ歩きを楽しんだ。

翌日、朝から本館の大浴場と離れの温泉も楽しみ、しっかりとした和食の朝食を堪能した。

「ああ、朝から腹いっぱいに食い過ぎた！」

幹彦が畳の上にひっくり返ると、同じようにチビとピーコもひっくり返った。ガン助はひっくり返ると自力で戻れないのでやめたらしいし、じいは深めの皿に冷ました緑茶を入れて、そこにつかっている。

「今日は、海岸の松林を見て、チェックアウトしてから水族館に行こうか」

言うと、幹彦がむくりと起きる。

「そうそう。水族館、クラゲの展示とペンギンのパレードが有名らしいぜ」

「ペンギンか。毛皮の下は意外と筋肉質だと聞いたな」

それを聞いたチビがハンターのような目をする。

「チビ。捕まえたらダメだからね。代わりに、ペンギンの形のビスケットがあるらしいから、それを買ってあげるよ」

チビは機嫌を直したように尻尾を振った。

「皆も何か欲しいものない？」

「オイラ、するめがいいでやんす」

「わしは温泉卵がいいのう」

「私、魚のビスケット！」

わいわいと欲しいものをあげていく。

そのうち時間もいい感じになり、そろそろ行こうかと離れの敷地を出て旅館の表門の方へ歩いて行った。

が、必死な顔つきの地元の人らしい人が表門の所にいるのを見かけた。

「遊びに行きそうな所は全部見たのにいないのよ。やっぱり……」

「ええ。海岸にあの子の名札が落ちていたし……」

「波にさらわれたんじゃないだろうな」

「漁協に言って、船を出してもらった方がいいんじゃないかしら」

それで、昨日の小学生を思い出した。

顔を見合わせ、幹彦が声をかけた。

「あの、失礼ですが。その中に、マリンというあだ名の女の子はいますか」

彼らはぎょっとしたように幹彦を見た。

「ええ、うちの子はそう呼ばれています。あの」

そこで幹彦が昨日聞いた話をすると、彼らは、

「ああ」

と呻くように言った。

「間違いなく、うちの子たちだわ」

「海岸の階段って、昔造られて今は浸食されて使えないでしょう？　危ないって言ってるのに」

「役所に、削り取るとかしてもらおう。今度こそ」

「落ちてけがでもしたらどうするのかしら、もう」

一応そこらしいとわかって、安心するやら、新たな心配に気をもむやらというところだろう。

僕たちがこれから松林に行くと言うと、行き先は同じだからと、一緒に歩き出した。

砂浜に出ると風が強く、飛ぶ鳥も強風にあおられているようだった。

ピーコ、じい、ガン助は、お出かけの時用のバッグの中に入り、僕が肩から下げている。

「あそこです」

松林の手前で足を止める。切り立った崖のようになった山が海岸に迫っており、そこに途中まで細い手彫りのような階段が付いていた。

昔は下まで続いていたらしいが、長年風雨にさらされて劣化し、崩れてその長さだけ残っているそうだ。

しかし、僕たちが注意を引かれたのはそれじゃない。

「まずいな。あれ」

「ああ。ダンジョンができてるな」

階段の中程で、足を伸ばせば届く位置に穴があり、そこからおなじみの魔力の気配がしていた。

「えぇっ!?」

子供の探検ごっこにしては危険な場所に、親たちは引きつった顔を青くした。

すぐにダンジョン庁に連絡を入れ、場所を告げる。

「中は未確認ですが、どうも地元の小学生が入ったようですので、これから救出に向かいます」

そう宣言し、さっさと電話は切ってしまう。

子供たちの親は、へたり込んで、穴を見ている。

「どうかお願いします!」

すがりつく気持ちはわかるが、入ってから時間も経っている。必ず助けるとは確約できない。

「行くぞ。中に入ったら気配を探ってくれ」

「おう、任せろ」

幹彦とチビは言って、それで僕たちは、小さな探検隊の救助のためにその未登録のダンジョンへと足を踏み入れた。

＊＊＊

怖くないと言い、平気なフリをしてはいるが、へっぴり腰なのは明らかだった。

しかしお互いに、それを指摘する余裕はない。

クラスのムードメーカーで剣道が好きな、フッチーこと渕上雄哉（ふちがみゆうや）。

好奇心旺盛な野球少年、シューマイこと眼鏡がトレードマークの志内隼（しうちしゅん）。

おとなしくて怖がりで、自分の意見がなかなか言えない、マリンこと毬谷結菜（まりやゆうな）。

真面目でクラスのまとめ役だと教師からも親からもクラスメイトからも思われている、こけしこと益田美和（ますだみわ）。余談ながら彼女だけ名前からのあだ名ではないのは、髪形がおかっぱでこけしみたいだと言われたのが原因だ。

「こんな洞窟、前からあった？」

シューマイが辺りを気にして、何となく声を潜めながら言った。

「あんまりよく見てなかったから、よくわかんないな。でも、いきなりできるわけないから、雑草とかでかくれてたんじゃないか。たぶん」

フッチーはあっさりと返しながらも、目は落ち着き無く周囲を見回している。

「お、お、お化けとか出ないよね」

マリンが泣きそうな声で言いながら、こけしの服を掴み、こけしの背中以外は見ないように注意して言う。

「お、お化けなんていないわよ。本当は」

こけしが泣くのを我慢するような声で言った。

探検隊の四人は待ち合わせてここに突入したものの、異様な雰囲気にのまれて、ツチノコどころではなくなってきていた。

だが帰ろうと言えば、来週のプリンはどっちのものかわからなくなるのと、びびっていると思われるのが嫌なための意地で、奥へ、奥へと足を進めていた。

「あ」

何か影がよぎったような気がして、シューマイは小さな声を上げた。

シューマイの見ている方を見た皆は、一瞬ツチノコかと思ったが、絶対に違うと即座にわかった。

なぜなら、ツチノコは「ヘビではないのか」と言われている通り、ヘビに似た姿をしているはずだ。

昨日のフッチーの話でもそうだった。

だがそれは、どうみてもヘビとはかけ離れていた。

二本足で立ち、背丈は自分たちと同じくらいで、肌の色が深緑色だ。そして片手に棒きれを持っていた。

喉がくっついたようになって、声が出ない。

まあ、悲鳴を上げなくて正解だっただろう。何の経験もない子供四人など、簡単にやられてしまうだろうから。

それは運良くこちらには気付かず、歩き去った。

身を潜め、息も潜めて見送ると、こけしが声を出した。

「い、今の何？　ツチノコじゃないわよね」

「し、知らねぇよ」

フッチーが言うのに、こけしがかみつく。

「フッチーがこんな所に入ろうなんて言うから！　どうするのよ！」

「うっせえな！　こけしだってなんだかんだ言いながら入ったくせに！　人のせいばっかりにすんな！」

シューマイはシイッと指を唇の前に立て、真面目な顔で言った。

「静かにしないと見つかるよ」

それでマリンは、ヒッと小さく声を上げて泣き出しそうになる。

「これって、ダンジョンかもしれないな。ゲームに出てくる魔物みたいだったし」

シューマイが言うと、フッチーが目を輝かせた。

「ダンジョン⁉　凄え！　ツチノコよりも大発見じゃねえ⁉」

それをこけしがじろりと見やる。

「何言ってんの。ものすごく危ないのよ。探索者の人でも死んじゃうときがあるんだよ。知らないの」

マリンは泣きだした。

「どうすんだよ」

「見つからないように外に出て、大人に知らせなくちゃ」

「それがいいかな」

そうして四人は元の方向へと進み始めたが、思わぬ事が起きる。

化け物が現れ、それから姿を隠しながら逃げているうちに、迷子になってしまったのだ。

「ここ、どこよ」

途方に暮れた四人は、自分たちだけでここに入ったことを初めて後悔した。

＊＊＊

幹彦とチビが子供たちの気配と魔物の気配を探りながら、進んでいく。

「上手くやり過ごして逃げていてくれていたらいいんだけど」

心配だ。でも、大声で呼ぶわけにもいかないし、電話をかけてもつながらない。

「どうだ」

訊くと、

「この辺にはいねえな」

と幹彦がいい、チビも同意する。

「もっと奥に進んでいるようだな」

それでこちらも足を速める。

時々遭う敵はスライムとゴブリンで、そう強い敵でもないと思えるのはこちらが既に慣れているからで、小学生には脅威に違いない。

手早く片付けて急いで奥へと進んだ。

＊＊＊

子供たちはその間も、奇跡的に身を隠して逃げ回っていた。

しかし恐怖心はどんどんと積み重なり、いらだちが募る。道に迷ったのがなにより不安を倍加させていた。

「ツチノコなんて信じるんじゃなかった」

「こけし、今はそんなこと――」

「今更そんなこと言ってもしかたないだろ！」

こけしが文句を言い、フッチーがそれに言い返し、シューマイが取りなして、マリンがおろおろとする。完全にこれの繰り返しになっていた。

「フッチーはいっつもそうでしょ」

「そんなに嫌なら、おれと一緒に来ないでどっか行けば」

「わかったわよ。行ってやるわよ！」

こけしは反対を向いて、歩いて行った。

「こけしちゃん！」

「こけし、危ないって！」

シューマイとマリンが慌てるが、フッチーは面白くなさそうにふくれっ面をして、よそを向いた。

「バラバラになったら危ないよ。ケンカはここを出てからすればいいから、それまでは協力しあおう」

シューマイが言い、フッチーが渋々それを認めたとき、こけしの悲鳴が聞こえた。

「きゃああ！」

「こけし⁉　くそっ！」

フッチーが飛び出し、一歩遅れてシューマイとマリンが続いた。

こけしはすぐに見つかった。距離にしたらほんの数十メートルしか離れていないだろう。角を曲がってすぐのところでうつ伏せに倒れ、足首をゴブリンに掴まれて引きずられて行こうとしていた。

後先も考えず、フッチーは飛び出してそのゴブリンに殴りかかった。

「離せ、この野郎！」

ゴブリンはニタニタとしていたが、不意の攻撃に足首を掴む手を離した。

すぐにシューマイとマリンが近寄り、マリンはこけしのそばに膝をついて体を起こし、シューマイとフッチーがその前に立つ。

「こけし、マリン。離れてろ。いや、逃げろ」

「でも」

「大丈夫。二対一だ」

「それにおれにはこれがある！」

フッチーは海岸で拾って持っていた長さ四十センチほどの流木を構えた。剣道の師範代の構えをなるべく思い出して構えてみる。

ゴブリンは最初は不満そうにそれを見ていたが、エサが増えたと思ったのか、

「グギャ？　グギャギャギャッ！」

と鳴いて、棒切れを構えた。

「いけそうか、フッチー」

「わかんない。けど、こいつがまさやんより弱かったらおれが勝てる。と思う」

フッチーはなるべく震えているのがバレないように気をつけて答えた。

「わかった」

シューマイはそう言って、ツチノコを捕獲しようと思って持って来たゴミ袋にその辺のこぶし大の石を入れて、ゴミ袋を細くよじって持った。

「行くぞ！　メーン！」

フッチーが先制攻撃を仕掛ける。上段からの打ち下ろしだ。

ゴブリンはこれを避け、フッチーの肩に棒を打ち下ろした。

「あっ、てめえ、それは反則だぞ⁉」

「フッチー、こいつは剣道を知らないいんだよ」

言いながらシューマイがゴミ袋に入れた石をクルクルと頭上で回して、ゴブリンに振り下ろす。遠心力で力を増したせいで、こぶし大の石といえど痛い。

しかし、倒すまでには至らなかった。これでどうにかなるなら、探索者は苦労しない。

ゴブリンを余計に怒らせるだけになった。

「ギャアア！」

しかも、声に呼び寄せられたのか、ゴブリンが五体に増えた。

こけしとマリンは抱き合って震えた。

「こけしちゃん、こけしちゃん」

「大丈夫、大丈夫」

言いながら、現実ではアニメや特撮番組のように、正義の味方なんて来ないということに、絶望した。

先頭に震えながらも立つフッチーとシューマイに、棒が振り下ろされた。

こけしもマリンも、思わず目をつぶった。ケンカしていたフッチーでも、やられるところなんて見たくはない。

しかし、いつまで経ってもフッチーの悲鳴は聞こえなかった。代わりに聞こえてきたのは、知らない人の声だった。

「間に合ったようだぜ」

＊＊＊

目に飛び込んできたのは、男の子二人に薄笑いを浮かべて殴りかかろうとするゴブリンだった。

すぐさま幹彦がとびこむ。普通なら間に合わない距離だろうが、流石は剣聖。滑るようにして間に割り込み、先頭のゴブリンを切り飛ばしていた。

それでも目の前で人が生物を斬り殺したのだ。小学生には刺激が強いだろう。

「幹彦、凍らせることにしよう。流血は情操教育的に悪いと思う」

言い、残りのゴブリンを氷漬けにしてしまう。

そして、ほかに動くものがいなくなったのを確認してから小学生に振り返った。

「助けに来たんだけど、ケガはない？」

それに、マリンはわあわあと泣きだし、フッチーとシューマイは人形のようにこくこくと頷いて、シューマイが、

「あ。こけしは？　足、掴まれて引きずられてたけど」

と言う。

こけしは立とうとして、座り込んだ。

「痛っ！」

視ると、軽い捻挫のようだ。

「捻挫だな。ちょっと待って」

空間収納庫からポーションを出して差し出す。

「これを飲んで」

小学生たちの目がポーションに釘付けになる。

が、こけしはすぐにそれを飲んだ。

足首を視ていると、治っていくのがわかった。

「よし、大丈夫だな」

言うと、今度はフッチーとシューマイがへたへたと座り込む。

「安心して腰が抜けたか？　でもまだ早いぜ。ここを出てからにしないとな」

「ま、出られてもすぐに、親御さんには叱られるだろうけどね」

どうにか立ち上がり、幹彦を先頭にしてその後に子供たち、後ろに僕が、小学生の横にチビがついて歩き出す。

そのうち入り口が見え、外に出ると、子供たちは階段を駆け下りて親のところに飛び込んでいった。無事を喜んで迎えられたのもつかの間、ゲンコツが落とされ、子供たちが頭を押さえてうめき声を上げたが、それも無事に生還できたからこそだ。

「間に合ってよかったよ」

言うと、チビは小声で、

「うむ。運はよかったようだな、あのちびすけども」

と言った。

ピーコとじいとガン助はかばんの中から見ている。

「あとはここの報告をすればおしまいだな」

幹彦もほっとしたように言った。


ツチノコは見つからなかったが、代わりにできたてのダンジョンを発見してしまった子供たちは、ケロリとしてそれを自慢しているようだ。

僕たちは名前などを訊かれ、

「旅の隠居」

と答えておいた。

親たちが探索者に憧れてなりたいとか言い出されると困ると難色を示したからだが、名を名乗る気も元々なかった。

僕たちはまた車を運転して、家に帰った。

途中のサービスエリアで、チビたちとお土産を買ったり買い食いをしたりしたのは言うまでも無い。

「今回はダンジョンに行く予定はなかったのに、そういう結果になったな」

「でもまあ、ゆっくりはできたし、この程度ならまた旅行に行ってもいいね」

「そうだな」

僕と幹彦が言っていると、チビたちがそれを聞きつけて会話に加わってきた。

「四万十川とやらにも行ってみたいぞ。鮎が美味いんだろう」

「私は軽井沢に行きたい！」

「オイラ、京都の映画村がいいっす！」

「わしは別府の地獄巡りかの」

それに僕と幹彦は呆れた。

「どこでそんな情報を仕入れるんだ？」

「テレビか？　いや、ネットか？　ネットを使いこなす犬とかインコとかカメとか貝とか、おかしいだろ」

「幹彦。おかしいのは今更だよ」

「……それもそうか」

「うん」

うちは今日も賑やかだ。

# 六・若隠居と二つの世界が離れる日

資源ダンジョン近くのウィークリーマンションには、探索者ばかりが住んでいる。

そのほとんどは入るダンジョンを遠方に変えようとしてマンションを出て行くのだが、中には死んで遺族が手続きをするという場合がある。

今日がその日だった。

別に立ち会う必要もないのだが、不動産屋へ定期連絡のために行ったらそう聞いたので、何となく見ておこうという気になって立ち会った。

入居していたのはまだ若い青年で、友人達と一緒に探索者になってチームを組んでいたらしい。しかしここで残念ながら命を落とし、親と姉が、遺品を引き取りに来ていた。

「だから、探索者なんてやめろって言ったのに」

母親が泣きながら、少ない衣服を畳んで言う。

「家出してでもやるって聞かなかったんだ」

父親はそう言うが、納得しているわけではないだろう。

「何で探索者なんてできたの。危ないところなんだから、警察でも自衛隊でもやればいいじゃない」

姉は怒ったように言って、弟のものだった曲がった剣を睨みつけた。

別に、正論が訊きたいわけじゃないだろうから、必要人数が多すぎたからだとかそういう事を言ってもしかたがない。残されたチームメイトも、項垂れて聞いていた。

「こんなに恨めしいのに、今はもうダンジョンなしではやっていけないようになってる、この世界が悔しい。突然できたダンジョンが憎い」

母親はそう言って、泣いた。

すっかり落ち込んだ気分で戻って来たら、神谷さんから電話があった。

表向き魔道具の開発者の事務所としている所にハッキングが仕掛けられたそうだ。海外からで、元々ダミーでしかないので発注受付程度しかプログラムも入っていないため、被害はない。今回のような事件が起こった時のために、ダミープログラムにはハッキングを仕掛けられたらウイルスを感染させるようにしておいたという。詳しい話は知らないけど。

開発者は嬉々としていたらしい。

「なんかこっちの世界は、色々と面倒くさい事が多いなあ」

領収書をまとめながら言うと、神谷さんが、

「こまめにまとめていればもっと簡単ですよ。日課にしてください」

と言い、幹彦共々、

「はあい」

と返事はしておいた。


エルゼに行くと、エイン達が騒いでいた。

何でも、教会のおみくじが流行りだからと買ってみて、それに従ってみたら、大当たりだったらしい。

ラッキーカラーが赤、ラッキーアイテムがロープ、ラッキーナンバーが六で、ダンジョンで赤と青のどちらのドアを開けるか迷った時赤を開けたらセーフで、青だったら転移の罠が待っていたそうだ。更に霧で視界がゼロになった時はロープで互いをつないではぐれないで済み、数字の書かれた石を一つだけ選んで秤に載せるところで六を選んだら正解で、かなりのレアものが入った宝箱が出て来たそうだ。

それでお祝いをする事にしたらしい。

「精霊の死体が閉じ込められた水晶？」

「ああ！　学術的価値が高いらしくて、世界中の学者や研究機関が手に入れようと、オークションではかなりの金額になるのが目に見えているんだぜ！」

「お前らにも世話になってるし、おごらせてくれよな！」

エイン達は上機嫌でそう言って肩を叩き、ギルドの隣の居酒屋に誘った。

それで、ほかにも呼ばれていた連中と乾杯だ。

喜び、羨ましがり、自分もおみくじをと買って来て内容に笑ったり首を捻ったり。

一緒になって笑い、食べながら、皆を眺める。

「こっちの皆は、素直だな」

「そうだな。気持ちのいいやつらばっかりだぜ」

「面倒もないし」

「あっても、単純に解決するしな」

「それに隠居だから、手の届くところしか責任も持たないし」

「隠居最高だぜ」

僕と幹彦はグラスを合わせて何度目かわからない乾杯をした。あとどのくらいエルゼでこうして騒げるのか。

もしくは、この世界で生きるのか、日本で生きるのか。

選ぶ時は、近付いている。


ほかの国でも、ダンジョン外への魔素の流出が止まった事がわかり、あれこれと心配していた事が杞憂に終わったと胸を撫で下ろしたり、反対に残念がったりしている事が報じられていた。

地下室は相変わらず精霊たちが張り切って、収穫は順調だし、隙をみては拡張しようとしているし、精霊王は人形がよほど気に入ったらしく、走り回る。

ポーション製作のために、我が家の地下室以外のダンジョンでも比較的安全な所で薬草畑を作って薬草を植える試みがなされ、それを隠れ蓑に、地下室で作ったポーションを卸し、地下室の薬草を卸している。

薬草の組み合わせを熱心に行って薬師を名乗る者も現れ、国家資格としてテストの末に認定する取り組みも始まった。

まさに、暮らしはダンジョンとは切っても切れないようになっている。

気付けばもうすぐ確定申告で、神谷さんまで一緒になってヒイヒイ言っているし、雅彦さんの結婚相手は税理士で、来年からは面倒を見てくれると言ってくれた。

合間に地下室の温泉でリフレッシュするのが楽しみだ。

ああ。隠居らしさはどこに……。

それでも無事に乗りきり、ほっと一息ついて、ぼんやりと地下室ではしゃぐ精霊やチビ達を見ながら昼間からビールで乾杯をしていた。

「終わったなあ」

「来年はもうちょっとちゃんとしよう。で、任せよう」

「だよな。義姉さんもエルゼの分とごっちゃになってキレそうになってたもんな」

「プリンの実でもマンゴーの実でも肉でも、いくらでも渡そうな」

「あ、温泉入りたいってさ」

「美肌の薬草を用意しておこう」

笑って、グラスを傾ける。

「仕事を辞めた時は、一人だけの隠居と思って。それで幹彦が一緒にいてくれて、心強いとは思ったけど、それでも二人で。いや、二人と一匹で。それが今では、随分と賑やかになったよなあ」

言うと、幹彦も地下室を眺めて少し笑った。

「本当に、賑やかだよなあ」

どう見ても精霊がまた増えている。

気にしない、気にしない。

いつの間にか仲間が増えた。これも、悪くない。

と、精霊樹が光り、サラサラというかシャラシャラというか、音を立てた。精霊樹と向こうの世界の精霊樹とが別れを惜しんでいるかのようにも聞こえる。

「ああ。向こうの世界と、今離れたな」

チビが静かに言う。

「そうかあ。いいやつらだったよな」

しんみりとした。どうなるかわからなかったので、急遽「ニホン」に帰る事になったと言って、精霊樹と日本から持ち込んだ物を引き上げて来たのだ。

セバスとハンナも日本行きを希望し、地下室で仲良く家庭菜園の世話をしてくれている。

「異世界人とは思ってもいないだろうぜ」

「ああ。なんたって、貴族様だからな」

「それも、不思議な文化の僻地ニホン」

僕達はそう言って噴き出した。

それで僕と幹彦とチビは同時に精霊樹を見た。

「大きくなったよなあ。びっくりするくらい」

大木と呼んでも差し支えないくらいだ。

「もう、エルゼとはさよならかあ」

幹彦が言い、異世界の行った事のある場所、出会った人を次々と思い浮かべ、寂しくなる。

エルゼは最初に言っていた通り、したい事をしに行く場所で、気楽だった。多少は問題もあったけど、息苦しさはなく、開放感があった。

思えば、人付き合いのわずらわしさや家族を失った喪失感から仕事に逃げ、傷ついたのを言い訳に隠居に逃げ、面倒な雑務からエルゼに逃げたのかもしれない。

でも、もうエルゼはない。日本を選んだのは自分だ。

逃げる場所は、もうない。

「おしまいかあ」

寂しさと諦めとが入り混じり、チビの毛をわしわしと撫でた。

「でも、ダンジョンはなくならないぜ」

幹彦がそう言って片目をつぶる。

「うん。そうだな」

「だろ。だから、エルゼには行けなくても、やる事はそう変わらないって」

「それもそうか。僕達は、隠居だ」

「探索者兼、な」

どちらからともなく、噴き出した。

幹彦はいつも前向きで、俯かない。だから、相棒の僕も、俯いているわけにはいかない。

「これからも隠居の素晴らしさを広めないとな」

そうとも。僕達の隠居生活は、まだまだ続く。

だったのだが。

「ああ?」

「ううん?」

おかしな声を上げて眉を寄せた僕とチビに、幹彦が首を傾けた。

「いや、な。確かに向こうで行ったことのある場所どこにでもという転移はできなくなってるんだけど、なんか、できなくはないよな、チビ?」

「ああ。たぶん、精霊樹まではいけそうな、感じ、か?」

チビも半信半疑という感じで言って、こちらを見た。

「神獣でもわかんないのか?」

「無茶言うな、フミオ。神獣とは言われてもたった一年目だし、こういう経験はないんだぞ」

「それもそうだなあ」

「で、どうする」

僕とチビと幹彦は、黙って目を見交わして相談した。が、それは数秒もかからなかった。

「よし! 行こうぜ!」

チャレンジあるのみ!

僕たちは飛んでみた。

一瞬の後、見たことのある荒涼とした風景が目の前に広がっていた。

「異世界だ……」

僕たちはどこか拍子抜けしながらも喜びが湧き上がるのを感じた。

「あ、でも、遠い辺境に里帰りしたことになってるから、すぐエルゼに顔を出すのはちょっとどうかな」

気まずいものを感じる。すると幹彦も同じらしく、ううむと考え出したが、チビが事もなげに言った。

「じゃあ、別の大陸にも行ってみるのはどうだ。ドラゴンもいるし、獣人の住む大陸もあるしな。見所も美味いものもまだまだあるぞ」

ドラゴン！　獣人!?　おお……!!

「行こうぜ！」

「うん、行こう！」

地球と異世界の行ったり来たりの隠居生活は、まだ続きそうだ。

## 七・明けの星「居酒屋での雑談」

依頼を無事に終え、明けの星のメンバーはギルドの隣の居酒屋へ腰を落ち着けると、まずはビールのジョッキを傾けた。

「クウゥゥゥ」

仕事の後の一杯はたまらない。一気に半分ほどまで飲んで、おもむろに枝豆に手を伸ばす。

すっかり定着した枝豆。それを見て、エインはふとつぶやいた。

「あいつら今頃どの辺にいるんだろうなあ」

史緒と幹彦が故郷へ戻ると言ってエルゼを出たのは数日前のことだ。

「大体、ニホンという集落はどこにあるんだ？　聞いたこともないぞ」

グレイが言うのに、エインもエスタも頷いて考え込む。

「不思議だよなあ」

「ああ。ドの付く辺境でも、流石に一般人は知らなくても、俺たち冒険者にも知られていないってことはないだろうし」

「そもそも、あれだけの持ち物と教育と所作だぜ。世間知らずの貴族かとも思ったが、それにしてもどうももの知らず過ぎるところもあったしな」

「何もかもがおかしいんだよな」

言って頷きあい、ビールをゴックンと飲み、枝豆を口にする。

すっかり好物になった枝豆だ。本当にくせになる。

「いくら貴族でも平民でも、祝日とか大きな町の名前とかを知らないのはおかしいもんな」

「まさか、よその国の貴族か？」

エインがやや緊張して言うのに、グレイが首を横に振る。

「いや、そうだとしてもおかしい。この世界の、国を問わない常識が欠けていたところがある」

エスタは、冗談半分にそれを思い出した。

「それって、あれみたいだな。別の世界の人間」

「ああ、おとぎ話の。昔、異世界人を召喚した国があったんだよな」

エインが言い、笑いを浮かべる。

「そうそう。ある国が勇者を召喚して世界を手に入れようとしたら、異世界人が暴れまくって国が滅んだとかいうおとぎ話な」

「バカな国だよなあ」

エインとエスタは笑い出したが、グレイが真面目な顔で続けた。

「本当の話かもしれないぞ。それ以来異世界人を召喚することは禁忌とされているが、元々はそういう異世界人かもしれない人物が現れたら始末するために、教団兵ができたって聞いたことがあるからな」

それを聞いて、エインとエスタは真面目な顔でグレイを見た。

「まさか」

「まじか」

「ああ。村にいた魔術士が召喚魔法を研究していて、司祭のじいさんに止められた時にそう言われてた。もし異世界人を召喚してしまったら、その異世界人もお前も殺されるぞってな」

周囲の喧噪に反して、そのテーブルはシンと静まりかえった。

「まさか、異世界人?」

「まさかそれで教会から逃げ出すために?」

しばし考え、そろって噴き出した。

「ねえな」

「ああ、ない」

「ありゃあただの、世間知らずで貴族のボンボン疑惑のある自称隠居だな」

「そのうちまたひょっこり戻ってくるだろ」

「うまいもん、土産にしてな」

そう言って枝豆をつまんで笑い声を上げる。

エインもグレイも、エスタの笑い声を聞きながら、ホッとしていた。

領主の娘の一件以来、しばらくエスタは空元気を見せていたが、どうにか無理が見られなくなった。

それに、上を目指そうと焦っていたのがなくなり、いい結果が出ている。

忘れることはできなくても、前を向き、顔を上げて歩き出したのだと、エインもグレイもうれしく思っていた。

「ああ？　何だよ、ニヤニヤしやがって」

エスタはそんなエインとグレイに怪訝そうな顔を向けた。

「いや、美味いもので思い出してな。あいつらが孤児院に置いていったハタル、うまくいってるみたいだぜ」

「次のシーズンには、食えるかもしれんな。俺たち庶民でもちょっとがんばれば」

「異世界人でもなんでもいいや」

それで宴会を思い出し、そろってよだれをすすった。

「ああ。俺たちに害はないやつらだ。多少常識がおかしくても」

「いいやつらだしな」

「今頃どこかで、美味いもの食ってるんだろうな」

「美味いものを美味く食うことに真剣だもんな」

「くそ。俺たちも美味いもん食うぞ」

明けの星のメンバーはグラスのビールを飲み干すと、ウェイトレスに向かって手を上げた。

［特別書き下ろし番外編］

# マダルヤの悪夢

目の前のネズミを見て、僕は成功ににんまりと笑みが浮かぶのと同時に、これを使いようもない事実に眉根を寄せた。

「なんだ、史緒。実験は成功したのか、失敗したのか？」

鍛冶をしていた幹彦が、できあがった剣をしまって訊く。

「成功したと言ってもいいのかな。でも、ほんの数日間しか保たないし、色もそこまで濃くはないんだよな。それに最大の問題は、これを使うあてがないってことだな」

それに幹彦も、眉を寄せ、腕を組んで大きな溜息をついた。

スーン一家は無事にエルゼに逃げ込み、こちらで生活する事になった。それでもまだ隣国ではたくさんの黒の髪や目の人が、当たり前のこととして一方的に狩られ、虐げられ、文句も言えずにいる。

法律が違うからどうこうすることは難しいのはわかっているが、嫌がらせでもいいから一矢報いたいという気持ちはある。

それで始めた実験だった。目と髪を黒くする実験だ。

まず目が赤く毛の茶色いネズミを集めたのだが、こちらの世界では実験用のラットを販売していない。幹彦やチビたちの手を借りて、ひたすら集めた。ついでに溝掃除の依頼を受けたのでギルドに喜ばれたのはよかったとしよう。

そうして、仮説を基にしたポーションを飲ませた。

目の色は変わらないと思っている人が多いだろう。簡単な方法はコンタクトレンズや手術だが、これはまあ除外するとしても、近年ではそれは誤りだとわかってきている。

内臓の健康状態でも変わるが、ほかにも日射量でも変わる。太陽の光をよく浴びる地域の人は肌や髪や目の色が先天的に濃いが、色素の薄い人がそういう地域に移住して何年も過ごすと、変化すると言われている。

食べ物でも、例えばほうれん草を毎日よく食べる人は目が若々しく明るい色になり、はちみつやカモミールをよくとる人は暖色系の色合いが強くなるし、魚介類をよく食べる人は目の色味を強めるし、オリーブオイルをよくとる人は美しく柔らかな色合いになるとわかっている。

しかし、あっという間に変わるわけではない。

ところがこちらは魔術が発展した世界だし、そこら中に魔素が存在している。なので地球では無理なほどの変化もどうにかできないかと考えての実験だった。

「一泡吹かせたいところだが、まあ実際にどうやってそれを隣国の領主に使うかは、もっと難しいところだからな」

チビもそう言ってううむと唸った。

そんな重苦しい雰囲気を壊すように、ピーコが飛び込んできた。

「お客さんが来るよ！」

それに僕たちは腰を上げた。

「そんな時間か」

「へへへ。こっちも楽しみだぜ。試食会」

言いながら、僕たちは作業場を出て庭の方へ向かった。

枝豆が流行し、苗を植える農家が激増した。そうして案の定過剰供給気味になって、価格は思ったよりも上がらず、畑の端で茶色くなっていく光景が見られた。

知っていればその光景はどうという事は無い。なぜなら、大豆の未成熟なうちに収穫されたものが枝豆なので、茶色くなるまで待って収穫するのが正しい大豆の収穫方法だからだ。

うちの庭の大豆も見た目は茶色く枯れたようになったので、さやを集めてネットに入れて乾燥させていた。

こうしているうちにも豆はさやから飛び出して、ネットの中で転がっている。

「茶色いけど、食べられるのか、これ」

ネットを覗き込んで、農家の見学者が疑わしそうに言った。

枯れたものとして捨てられそうな大豆を見るのが忍びなく、食べられるのだと教えるために農家の数人とギルドの食堂の料理人を呼んで、収穫の仕方から見せてきたのだ。

「もちろんです」

幹彦が営業マンの笑顔でそう答える。

味噌も醤油もあればいいが、麹やら何やら足りないものがあるし、僕たちはなくとも別に困らない。

こちらでは海外旅行中だとでも思えば日本食がなくとも平気だし、そもそも、僕や幹彦は日本で食べればいいのだ。

ただただ、大豆が捨てられるのが忍びない。

「では、実食していただきましょう」

そこで、準備していた料理を出す。

「水で煮た大豆をただサラダに入れたものと、煮込み料理に入れたものです」

恐る恐る、まず見学者のうちの一人がそれらを口にする。まあ、枯れた豆だと思っていたのだから、その気持ちもわかる。腐っているんじゃないだろうな、と言わんばかりの顔つきだ。

だが、次第に愁眉（しゅうび）は開き、二口目が口に入れられる。

「ホクホクとして美味いな。食えるんだな、本当に」

それで他の皆も、安心したようにそれらを口に入れた。

「サラダに入れたものもいいアクセントになる」

「煮込みにもいいぞ、これは」

なかなかの好感触だ。

「完全に乾燥させたものは保存に便利ですし、それを使えば、こういうものもできます」

ここでもう一押し、炒り豆ときなこだ。

「乾燥大豆にさっと熱湯をかけて炒ったものです。塩やハーブで味を付けてもいいですよ。こちらは乾燥大豆を炒ってから丁寧に碾（ひ）いたものですが、こちらが使い方の一例です」

節分でおなじみの炒り豆ときなこ、きなこを使ってアレンジしたものを出す。

きなこにハチミツをくわえたあめ、きなこに牛乳とハチミツをくわえたペーストで、ペーストにはパンも添えてある。

「小麦粉ときな粉を一緒に混ぜてパンを作っても美味しいですよ」

試食品を食べて目を輝かせて大豆の可能性を語る見学者たちを見ながら、僕も思いついてにんまりと笑う。

そんな僕を、幹彦とチビが胡乱げに見ていた。

見学者たちが礼を言って帰って行く。おまけにレシピ代もなしにしたということで喜ばれたが、こんな事で特許料をもらうのは気が引ける。それよりも大豆をきちんと活用し、いつか味噌や醤油が生まれれば尚いい。

「いやあ、まさかあの枯れた枝豆がなあ」

炒り豆をポリポリとかみながら、試食会に来ていたギルドの食堂の料理人が言う。

「ニホンという所は、ここと違う食べ物がありそうだなあ。あ、そうだ」

急に真顔になった。

「お前ら最近ギルドに来ないだろう。冒険者らが噂してたの、知らないんだろうな。どうも、黒攫いのやつらじゃないかっていうのがエルゼに入ってきてるようだぜ」

それに、僕も幹彦も真顔になった。

黒攫いというのは、隣国で黒い髪や目を持つ人間をさらって奴隷にする、政府公認の人さらいのことだ。

「エルゼに来たのか。エルゼでは奴隷も黒い髪や目の人間への差別も禁止だぜ」

幹彦が言うが、料理人は顔をしかめて続けた。

「そりゃあ見つかればな。見つからないようにさらって隣のマダルヤへ運び出すんだろ。マダルヤでは年に一度魔の森の入り口付近で王族や主な貴族が集まっての、狩猟とパーティーがあるらしい。この狩猟では黒の奴隷を囮にするらしいんだが、この数が足りていないようだ。そいつらがギルドの食堂で話してやがった」

吐き捨てるように言って、顔をしかめる。

「ジラールにも言ってあるが、お前らも、絶対にしばらくは一人でウロウロするんじゃねえぞ」

それに幹彦がフフンと不敵に笑う。

「ヘッ。そんじょそこらのヤツに負けねえよ、俺は」

それに料理人は返した。

「うん。でも、面白がってわざと罠にかかりに行きそうだってギルマスが心配してたぞ」

「そんなこと……」

幹彦と料理人が同時に僕を見た。

「失礼な。そんなの、ちょっとしか思ってないですよ」

チビとピーコとガン助とじいが、下から黙って疑うような目で僕を見上げた。


「でも、チャンスなんだよな」

僕が食い下がると、幹彦は嘆息した。

「史緒。お前ってヤツは……」

「捕まればその集まりに間に合うように運んでもらえて、警戒されているその会場にも入れるんだぞ」

「そりゃそうだけど」

「で、フミオ。潜り込んで何をしたいのだ」

チビが訊くので、僕はポーションを見せた。

「これを王族貴族、全員に飲ませたい」

全員、胡散くさそうな目でそれを眺めた。まるで、大豆を食べられると初めて聞いたエルゼの人たちのような目だ。

「効果は薄いけど、乾杯用の飲み物に入れておけば、必ず全員が同時に飲むだろう。効果を上げて持続させる術式を刻み込んだ何かを身につけさせれば完全な真っ黒になるんだけど」

それを聞いて、幹彦が言う。

「奴隷がそこに近付くのは難しいだろ。牢を抜け出したところで、食べ物や飲み物は警備されているだろうし」

まあ、そこがネックだよなあ。

待てよ。

「これならいけるかも」

僕は思いつきを話した。


その男たちは、一日歩き回って疲れた足を引きずるようにして食堂の端に腰を下ろした。

「エルゼに狩場を変えやしたけど、どうも見つかりゃあしやせんぜ、兄貴」

むっつりとした顔で、兄貴と言われたリーダー格の男が答える。

「そう簡単には見つかるわけねえだろ。何とか見つけて期限までに連れて行かねえと、俺たちが奴隷にされちまう」

そんな事を小声で言い合う彼らの隣のテーブルに、明けの星のメンバーがついた。

「へえ、本当かよ」

エスタが訊くのにグレイが頷く。

「ああ。黒い髪や目はエルゼでも目立つからな。魔の森の入り口付近に隠れ村を作るんだって言ってたぞ。そろそろ着く頃か」

男たちが聞こえてきた会話に耳をそばだてているのが、傍目にはよくわかった。

「でも、なんでわざわざマダルヤの近くに？」

エインが訊くのに、グレイが答える。

「灯台下暗しだって言ってたな。もうあの辺にいないと思ってるから、黒攫いの連中は来ないだろうって」

「へえ、女子供も入れて三十人以上だもんなあ。ちょっとした集落になるな」

そこまで聞くと男たちは目配せをして立ち上がり、急いで食堂を出て行った。

それをエインたちは見送って、素早く立ち上がるとついたてのそばに潜んでギルドのロビーから様子をうかがっていた僕と幹彦の所に来た。

「顔色を変えて飛び出して行きやがったぜ！」

エインが勢い込んで言う。

「これで上手くいくのか？」

エスタが言うのに、ニヤリとした。

「まずは第一段階だけどね」

そして今度は僕たちだと、急いで家へ戻った。

そこで変装をする。

青いカラーコンタクトレンズを入れ、金髪のかつらを被る。このかつらは高校の文化祭の劇で使ったものだ。使いどころがないだろうと思ってはいたが、何となく置いてあったのを発見した。

劇は秀吉時代の話で、僕と幹彦は宣教師の役だった。

そう。おかっぱで頭頂部は丸くハゲがある、ザビエルヘアだ。

「何でも置いておくもんだね」

「ああ。二度と使うことは無いと思ってたんだけどなあ」

多分、これが最後だろう。

そうしてチビたちと一緒に、転移した。


魔の森のマダルヤ側は、王族と主な貴族が集まり、明日からの狩猟パーティーに向けて話が弾んでいた。

足りない奴隷でどうやって上手く猟を成功させるか領主が密かに頭を悩ませているところに、僕たちは商人として訪ねていった。

追い返されそうなものなのに領主に会えたのは、持ってきたものが理由だ。

「それが発泡酒か」

幹彦は愛想良く、しかも誠実に見える笑顔で答えた。

「はい。お祝いの乾杯に持ってこいのお品でございますよ。こっちの液体を半分注いでおいて、こっちの瓶の液体を注ぎます。泡が立ちますが時間が経つと消えてしまうので、乾杯の後皆様で同時に一気にお飲みになられるのがよろしいかと。まだ新商品で、ほかには卸したことがございません」

領主はサイダーの瓶に目が釘付けだ。

「ほほう。ええと、なんと言ったかな」

「はい、カッパー商会でございます」

「ああ、カッパ、そうだった」

隣で僕は、笑いそうになっていた。カッパはないだろう。

「もらおうか」

「ありがとうございます」

僕と幹彦は頭を下げて、横目でニヤリとした。


翌日、まずは乾杯してから始まるそうで、僕と幹彦は飲み物の準備を頼まれた。

しかしまずは毒味ということで、一人分だけ作り、使用人がグラスを干す。そしてしばらく様子を見るのだ。その彼の様子を皆が食い入るように見ていた。

「おお。シュワシュワと刺激はございますが、毒ではございません。ゲプッ」

そのまま時間をおいて彼がなんともないと確認できたので、表に運び、いよいよ王族と貴族の分のグラスにポーションを入れ、合図を受けてサイダーを注ぐ。

シュワシュワと音を立てて泡が立つのを、皆が珍しそうに見ている。

そしてそれを素早く、メイドたちが配っていく。

「では、泡が消えないうちに一斉に飲み干してください。我がマダルヤと陛下の強さと平和に、かんぱーい」

それで一斉にグラスをあおる。

あちこちで、サイダーに驚いたような声が上がる。

「飲んだな」

「飲んだね」

僕と幹彦は、小声を交わして、ニヤリとした。

その時、辺りを霧が漂い始めた。

「なんだ」

辺りがみるみる白くなって行って何も見えなくなるのに、僕と幹彦も領主と一緒におろおろとした。

「どうしたんでしょう」

「まさか、キメラがこっちを目指しているというのは本当だったのか」

僕と幹彦の小芝居に領主が食いつく。

「キメラとはなんだ」

「マルメラ側で、こんなふうに霧が出て、そのあと恐ろしいキメラが出たんですよ。どうも栄養状態のいい人間が好きなようで」

幹彦は芝居っけたっぷりにそう言う。

「岩を吐き、炎を吐き、氷の槍を吐き、自在に飛ぶそうですよ」

僕も恐ろしさに震えるように言うと、領主はぶるぶると顎の下の肉を震わせて首を振った。

「ここには陛下も――いや、そうだ。国中の手練れが集まっている」

それに僕と幹彦は心配そうに言う。

「大丈夫だといいんですが」

その時、ウオオオン、クケケケッ、という声が霧の中に響き渡った。そして、うっすらと影が霧に映る。

下半身は円盤形で宙に浮いており、その上に上半身が乗っているようだが、頭の部分に羽のように広がる何かがある。

「な、なんだ、あれは⁉」

その影は霧の中でゆったりと動き、立ち止まると、羽のようなものを開いた。

それと同時に、炎の球と礫と氷の槍のようなものが周囲に飛んで方々に突き刺さる。

「うわあああ！」

悲鳴が上がる。

それに向かって兵士が攻撃したが、焼き払われ、凍り付かされ、水に流され、全く歯が立たない。

「やっぱり。有名な冒険者パーティーが敗れて重傷だそうですのでね」

「まあ、私たちはこれがあるから大丈夫ですけど」

僕と幹彦は、無骨な首輪を着ける。

「なんだ、それは」

「魔物よけですよ」

「ええ。キメラに効果があるというのは、森の中で遭ったときに実証済みなんです」

僕たちは、

「じゃあ、まいどあり」

と会場を出ようとしたが、領主が引き留める。

「待て！　そ、それはいくつあるんだ」

幹彦はわざとらしく考え、

「五十はあったかな」

と言うので、僕も神妙な顔で頷いておく。

「はい。でも隣の騎士団へ卸す分ですからね。あのキメラの討伐のために」

国王が食いついた。

「倍出す！　だからそれをよこせ！　おい、金貨を持ってこい！」

国王に言われて、侍従が慌てて動く。

それで貴族という貴族がドッと押し寄せた。

「はいはい、押さないでくださいね。数はありますからね」

「きっちりと、カチンと音がするまではめてくださいよ」

僕と幹彦は笑顔で配りまくり、貴族たちは我先に首輪をはめていく。

その間にもキメラの影は岩を吐き、氷を吐き、空に向かって炎の柱を噴き上げる。

だが、全員が首輪をはめたとき、キメラは動きを止めた。そしてオオオオン、と一声鳴いて回れ右をすると遠ざかっていった。

「いや、助かった」

ほっとしたように言うのに、釘を刺す。

「まだその辺にいますから、数日は外さないようにした方がいいですよ」

まあ、外したくとも数日は外れないしかけになっているんだけどね。

そうして、首輪と飲み物の代金を受け取って、僕たちは領主館を離れた。


そのニュースは、隠そうとしても勝手に広まった。

「おい、聞いたか。マダルヤの」

旅人や冒険者が、広めて歩く。

魔の森を抜けて黒攫いの連中がマダルヤへ行ったらしい。何でも黒い髪や目を持つ人が逃れて隠れ住むために集まったという情報を得て向かったそうだ。

そして実際に行ってみれば、何十人という黒髪黒目の人間が集まっていたとか。

やたらと豪華な服を着て、食事も飲み物も高価な物がたっぷりとあり、おかしいと思ったらしいが、黒のものがやっと逃れられたと安心してパーティーをしていたのだと思って、片っ端から捕まえて牢に入れたり馬車にくくりつけたりしたという。

全員が同じ奴隷の首輪を着けていたので、大量に逃げ出したのだろうとしか思わなかったそうだ。

ところが数日経つと、勝手に髪の色も目の色も変わり、見覚えのある領主になったものだから黒攫いもびっくりだ。何せ、雇用主である。そして、見たことはないが上級の貴族に王族だ。

黒攫いが今度は真っ青になったことだろう。

飲食物も首輪も調べたがおかしなものはなく、原因は不明だったらしい。

「恐ろしい奇病だな。いきなり色が変わっちまうなんてよ」

言いながらも、その商人は「ざまあみろ」と言わんばかりの笑顔を浮かべている。

聞く方も同じだ。

エルゼの住民はもちろんどこの人間も、マダルヤの黒の髪や目を持つ人間に対するやり方には腹に据えかねるものがある。ふんぞり返って黒の者を虐げる命令を下していた者が、黒の者として数日間も扱われたというニュースに対し、天罰が下ったのだと言い、乾杯すらした者もいるほどだ。

が、僕と幹彦は、なぜか次期領主やギルドマスターに囲まれていた。

乾杯にはほど遠い雰囲気である。

「何かしただろ」

「いいえ、知りませんよ。なあ」

「はい。僕たち、ただのしがない隠居ですよ」

僕も幹彦もシラを切る。

次期領主は溜息をついた。

「マダルヤからは、エルゼの冒険者に黒の者が移動したと聞いたらしいから、その冒険者を捜してくれと言われたんだが」

「知りませんよ」

「知らねえよな」

「カッパー商会とか、しゅわしゅわする乾杯の飲み物とか」

僕も幹彦も、肩をすくめて見せた。

「じゃあ、キメラの方は」

ギルドマスターが言う。

こちらは眼光鋭く、チビたちを見ている。

「聞くところによると、ふわふわと浮く円盤の上に上半身があって、頭に羽が生えていたみたいなシルエットらしいが」

「奇妙な魔物ですね」

「流石キメラだぜ」

言いながら、ばれたかな、と内心で思った。

あれは、ガン助の上にじいが乗り、じいを押さえるようにしてチビがその上に乗り、そのチビの上にピーコが乗ったのだ。アニメで主人公たちの乗り物が合体するのを見て練習していたが、どこかで披露したかったらしい。

ギルドマスターと次期領主は大きく嘆息してから、苦笑した。

「まあ、別にいいですけどね。知らない、わからないで。それよりもむしろ、黒い髪や目の領民を拉致しようとエルゼに来たことの方が問題ですから」

「まあ、何だ。髪や目の色を変える方法があるのなら、指名手配中の人間がごまかして入ってくる危険があるのかと思ってな」

それで僕たちはほっと安堵の息をついた。

「なんだあ。いや、ポーションの力はそこまでじゃないですよ。サイダーと一緒でなければ反応しませんし、首輪に刻んだ効果を上げる術式と効果を持続させる術式があればこそです」

「やっぱりお前らだったんじゃねえか！」

「今、別にいいって言いましたよね⁉」

ギルドマスターに怒られた。理不尽だ。

# あとがき

皆様、こんにちは。本好きメガネことＪＵＮです。若隠居、無事に二巻が発刊となりました。皆様が応援してくださったおかげです。本当にありがとうございます。

二巻、楽しんでいただけたでしょうか。

一巻から引き続いて、史緒、幹彦、チビは我が道を邁進しております。そして今回から、新しい仲間も増えました。またもや、スペック高めののんびり食いしん坊たちです。ぜひ彼らもかわいがってやって下さいね。

新しい仲間たちのイラストもとてもかわいく、どの子も、どうやって活躍させてやろう、何を食べさせてやろうと、親のような気分でわくわくしています。

さて、今回はとうとう、どちらの世界を選ぶのか、という問題に直面しました。

皆様なら、どちらの世界を選びますか？　やっぱり友人もいるし、文化や技術、家族や友人の面からも日本がいいという意見は、もっともですね。異世界を選ぶというのも、フロンティア精神にあふれていて、こちらも楽しそうです。

皆様なら、どちらでしょう。

史緒と幹彦も、決心しました。その結果は、まあ、読んでいただいたとおりです。

人生は選択の連続です。小さいことでは、右の道を行くか、左の道を行くか。大きいことでは、どの学校を受験するかなど。

と言っていると、彼らの声が聞こえてきそうです。塩がいいか、タレがいいか、と……。

今後もマイペースで楽しみつつ、時々厄介に巻き込まれる彼らを、見守っていただければと思います。

ご存じの方もいらっしゃるかと思いますが、若隠居が茶渡ロメ男様の手でコミカライズされます。人生二度目のまさかの気分で、こちらも楽しみでワクワクがとまりません。その時はこちらも是非、ご覧になってください。

今回も色々とお骨折りいただいたTOブックスの宮尾様はじめ関係者の皆様、ありがとうございました。優しくも頼れる宮尾様、本当に感謝しています。

そして今回も華麗なイラストを描いてくださったLINO様。戦闘中は活き活きと格好良く、普段は楽しそうで仲が良さそうな、そんな彼らに混ざりたくなってしまいます。本当にありがとうございました。

そして読んでくださった読者の皆様。本当にありがとうございます。心より感謝いたします。

またお会いできることを、心よりお祈りしております。

漫画：茶渡ロメ男
原作：JUN
キャラクター原案：LINO

# デザイン公開！

地球人：麻生史緒

二つ名：魔王
性格：温厚だけど、
時々マッドサイエンティスト
特徴：魔術が得意

茶渡ロメ男先生による、
コミカライズ
キャラクター
なあ。その異世界。
俺達も行けるのか？
地球人：周川幹彦
二つ名：舞刀
性格：前向き、よくモテる
特徴：剣術が得意
Mikihiko
Amanegawa

Chibi
フェンリル：チビ
二つ名：白い悪魔
性格：食いしん坊
特徴：神獣、物知り
続報をお待ちください！

茶渡ロメ男先生コメント

若隠居のススメ第二巻発売おめでとうございます。

コミカライズ版も皆様に楽しんでいただけるよう、

精一杯頑張りますのでどうぞよろしくお願いいたします!

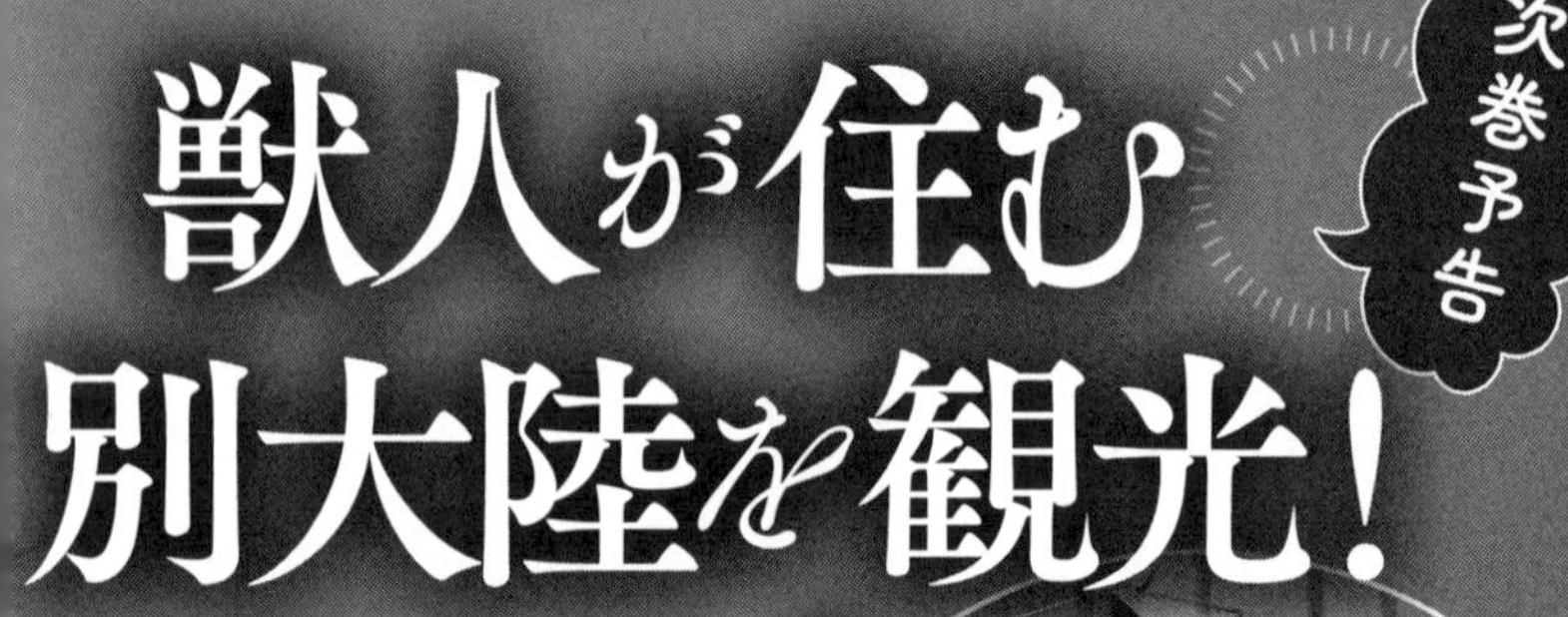


のはずが…?

いきなり投獄!?

ドラゴン肉を狩る!?

全ては肉のため!

二人は無事に帰れるのか…?

耳が四つあるぞ、幹彦！
虎人だってよ、強そうだぜ！
コミカライズ企画進行中！
若隠居のススメ
3
ペットと家庭菜園で気ままなのんびり生活。の、はず
2024年春発売予定！
WAKAINKYO no SUSUME
JUN ill. LINO

ティアムーン帝国物語
シリーズ累計
170万部
突破!
(紙+電子)
小説
第15巻
2023年
12月20日
発売!
TOKYO MX・MBS・BS11にて
放送開始!
※都合により放送日時は変更となる可能性がございます。
帝国物語
式HPへ!
餅月望——著
Gilse——イラスト
原作HP
TVアニメHP